Sentiment

La chute du mur

roman

Catalogage avant publication de BAnQ et Bibliothèque et Archives Canada

Cloutier, Annie, 1973-
    La chute du mur
    2e éd.
    ISBN 978-2-89031-704-8
    I. Titre.
PS8605.L68C58 2011   C843'.6   C2010-942202-3
PS9605.L68C58 2011

Nous remercions le Conseil des Arts du Canada ainsi que la Société de développement des entreprises culturelles du Québec de l'aide apportée à notre programme de publication. Nous reconnaissons également l'aide financière du gouvernement du Canada par l'entremise du Programme d'aide au développement de l'industrie de l'édition (PADIÉ) pour nos activités d'édition.
Gouvernement du Québec – Programme de crédit d'impôt pour l'édition de livres – Gestion SODEC.

Mise en pages : Julia Marinescu
Maquette de la couverture : Raymond Martin
Révision linguistique : merci particulier à Jacqueline Roy

Distribution :

Canada
Dimedia
539, boul. Lebeau
Saint-Laurent (Québec)
H4N 1S2
Tél. : 514.336.3941
Téléc. : 514.331.3916
general@dimedia.qc.ca

Europe francophone
D.N.M.
30, rue Gay-Lussac
F-75005 Paris
France
Tél. : (01) 43 54 50 24
Téléc. : (01) 43 54 39 15
www.librairieduquebec.fr
Représentant éditorial en France :
Fulvio Caccia

Dépôt légal : BAnQ et B.A.C., 1er trimestre 2011
Imprimé au Canada

ANNIE CLOUTIER

La chute du mur

roman

TRIPTYQUE

De la même auteure chez Triptyque :

Ce qui s'endigue, roman, 2009, 235 p.

Remerciements

Toute ma gratitude va à ma « mère d'accueil » allemande, Cornelie. Bien que la trame de *La chute du mur* soit entièrement fictive, le personnage de Jutte est fortement inspiré de cette femme extraordinaire. Sans son soutien constant, sans sa tendresse et sa compassion, sans le bon exemple et les valeurs qu'elle m'a mis sous les yeux pendant cette année de mon adolescence que j'ai passée à Norderstedt, je ne serais pas aujourd'hui la femme que je suis. De la même façon, je garde un souvenir ému de mon « père d'accueil », Alan, et de ma « sœur d'accueil », Miriam. Les personnages de Herbert et de Tamara ne revêtent qu'une lointaine parenté avec ces personnes réelles. Jürgen, il va sans dire, est une pure création fictive.

À Gerrit

Little child, dry your crying eyes
How can I explain the fear you feel inside
Cause you were born into this evil world
Where man is killing man, and no one knows just why
What have we become? Just look what we have done
All that we destroyed, you must build again

Mike Tramp et Vito Bratta

Love, only love
Can break down the walls someday
I will be there, I will be there
[...]
Is there really no chance
To start once again?
I'm still loving you

Rudolf Schenker et Klaus Meine

En septembre 2001, Sabine est en sixième année à l'école secondaire Lincoln de Jersey City. L'école vient à peine de recommencer. Le soir, après le souper, les gens s'attardent au parc ou dans les cafés, commentent le beau temps, échangent leurs impressions des dernières vacances. L'été n'en finit plus de finir et rien n'est encore trop ennuyeux : les devoirs ne se sont pas accumulés, les professeurs ne sont pas stressés, les chicanes scolaires entre copines ne se sont pas installées, tout le monde est bronzé et en santé. Il est 7 h 30. Le soleil monte en roi sur la journée qui débute. Jersey City est inondée de clarté.

Néanmoins, le matin du 11 septembre, Sabine bougonne en déjeunant. Elle étend la confiture lentement, avec application, pour que ça ne coule pas trop dans le trou du bagel. Elle se verse un grand verre de lait. Elle n'a pas le goût de recommencer l'école. Elle aimerait mieux passer la journée évachée sur son lit à niaiser sur MSN avec ses copines, comme elle l'a fait tout l'été. Elle trouve que l'autobus scolaire passe trop tôt. Elle en a marre de s'asseoir parmi des marmots enthousiastes qui fredonnent, en tapant dans les mains, les airs qui passent à la radio commerciale. Les piles de son Discman s'épuisent vite et elle doit elle aussi se résoudre à subir la musique romantique du chauffeur. Elle n'a aucune patience avec tout ce qui n'est pas du rock pur.

Dans sa chambre, elle lambine plutôt que de s'habiller. Elle se laisse tomber sur son lit défait. Elle étire la main vers le système de son.

Here I am
Rock you like a hurricane

C'est de plus en plus pénible d'aller à l'école. Les professeurs sont ternes et sévères. Sabine ne déteste pas la pédagogie par projets, parce qu'on peut placoter en équipe et se retourner vers les équipes de garçons pour rigoler, mais on se fait toujours interrompre par les professeurs qui exigent que le travail avance. Heureusement, tout de même, qu'il y a les garçons. La plupart d'entre eux sont toujours aussi bébés, mais certains commencent à se donner des airs. Ça va devenir intéressant.

— Sabine?

— Quoi?

— Est-ce que je peux entrer?

— Non!

Sa mère entre quand même. Elle va directement au système de son et l'éteint.

— Habille-toi! Tu vas être en retard!

— Ben oui, là.

Mais elle demeure étendue sur son lit. Elle regarde sa mère ramasser des vêtements qui traînent sur le sol.

— Tiens. Mets ça.

— Non. Pas ça.

— Choisis ce que tu veux mettre, alors. Mais dépêche-toi! As-tu déjeuné?

— Oui.

— Qu'est-ce que t'as mangé?

— Ben, des bagels. Comme d'habitude.

— T'as pas envie d'essayer autre chose de temps en temps?

Non. Elle n'en a pas envie. Elle préfère les choses stables, les sensations éprouvées.

— Je t'attends dans la cuisine. Habille-toi et viens-t'en!

Sabine ne répond pas. Elle attend que sa mère soit sortie pour s'asseoir sur son lit et enfiler ses jeans. Elle choisit un t-shirt ajusté. Elle fait exprès de prendre son temps pour se contempler longuement devant le miroir.

Dans la cuisine, elle entend sa mère qui s'active entre le lave-vaisselle, les poubelles sur le balcon et son portable sur la petite table du salon. Elle fait toujours plusieurs tâches à la fois. Deux assiettes dans le chariot de plastique du lave-vaisselle, cinq pas vers le bac de recyclage, un dernier courriel avant de fermer l'ordi. Retour affairé à la cuisine : les ustensiles dans le panier. Salle de bain : retouches au rouge à lèvres et à l'ombre à paupières. Coup d'œil en passant sur l'avancement des préparatifs de Sabine, commentaire à son intention sur le journal grand ouvert sur la table de la cuisine : T'as vu, Sabine? Pauline Marois, Louise Beaudoin et Diane Lemieux s'en viennent à New York!

— C'est qui, elles?

— Des ministres québécoises.

— ...

Sa mère a de nouveau disparu. Sabine l'entend s'énerver contre le soyeux indomptable de ses cheveux sombres, contre la couleur trop vive de son rouge à lèvres. «Ah, merde, ça marche pas!» grommelle-t-elle dans la salle de bain. Elle le dit en québécois parce que c'est sa langue. Mais Sabine ne comprend que trop bien. Elle constate chaque jour qu'elle est étrangement liée à l'humeur de sa mère.

Sabine est américaine. Une Américaine du New Jersey qui comprend très bien le québécois (n'est-ce pas sa langue maternelle à elle aussi?), même si elle refuse de le parler (surtout avec sa mère) parce que depuis l'année passée, elle s'est mise à trouver ça quétaine. C'est difficile de dépasser sa condition d'immigrante. En public, sa mère les trahit constamment. Elle articule son anglais avec trop de soin. Elle ne fait pas assez d'erreurs grammaticales. Et puis il y a son accent et son intonation, bien sûr.

Sabine ne sait pas ce qui se passe. Depuis quelque temps, elle trouve sa mère énervante, avec ses horaires réglés à la minute et l'attention qu'elle porte à l'alimentation. Elle aime encore se blottir contre elle le jeudi soir pour suivre la série *Friends* sur NBC. Elle aime quand elles se font venir des burritos le vendredi soir et quand elles sortent dans le quartier pour terminer la soirée. Je t'aime, répète inlassablement la mère de Sabine. *I love you too, mom. I really do*, songe Sabine. Mais ça devient lassant de toujours se le dire et se le redire.

Sentiment d'exclusion.

Elle voudrait que ce soit les garçons qui lui disent des mots d'amour, pour une fois.

Par la fenêtre entrebâillée, Sabine entend les dix-roues qui passent en vrombissant sur l'autoroute deux rues plus loin. Frein moteur. Transmission assourdissante. Klaxon de paquebot. Sabine est habituée à ce vacarme matinal. Les camions roulent vers le nord, *upstate*. Comme chaque matin, ils foncent vers des banlieues pour y livrer leurs marchandises. Elle inspire avec satisfaction. Tout le monde à son affaire. L'univers en place. Elle agrippe son sac à dos et sort de sa chambre.

La mère de Sabine lève les yeux du *USA Today* qu'elle parcourt avec attention parce qu'on y parle du Québec sur deux pages ce matin, ce qui est rare, voire inédit. Assise toute droite dans son tailleur et ses chaussures à talons, un œil sur l'horloge, l'empreinte de rouge à lèvres sur sa tasse à espresso, elle hèle Sabine :

— T'as vu ? Tout le Québec est à New York !

— Hmm.

— Regarde !

Elle tient le journal ouvert au-dessus de la table.

— Des ministres, des artistes, des gens d'affaires !

— Ben oui.

— Tu te sens pas fière ? Même pas un tout petit peu ?

— Ben oui.

— Tu as passé toute ta petite enfance à Longueuil ! Ça doit bien te faire quelque chose, le Québec, quand même !

— Ben oui, là, je te dis !

Elles regardent l'heure en même temps.

— Il faut que j'y aille *mom*.

— As-tu ta clé ?

— Oui.

— Okay. Bonne journée ma belle.

Elle se lève pour lui poser un baiser sur le front.

— Bonne journée, répond Sabine en s'esquivant.

*

Douze minutes plus tard, Sabine est à l'école. Elle jacasse avec les filles dans la cour en attendant que la cloche sonne. Elle observe de loin les garçons qui se lancent un ballon de football. Il fait incroyablement beau. Elle se détend.

Un peu plus tard, elle est assise à son bureau dans sa classe. Elle est supposée lire, mais elle s'occupe plutôt à dessiner une tenue de patin sur la page de garde de son volume. Penchée sur son esquisse, la tête posée sur l'arrondi de son bras pour la dissimuler, elle crayonne une jeune fille élancée qui a des airs germaniques. Ouais. Pas pire. (Mais je suis plus belle en vrai.)

Plus tard encore, il est presque 9 h. Toute la classe fait des mathématiques. Mme Hyatt, au tableau noir, explique des règles de division. Les garçons sont dissipés. Ils commentent le match d'hier soir, le premier de la saison régulière de la NFL. Seule Tasha, près de Sabine, pose sur Mme Hyatt un regard appliqué. Elle se tient droite. Elle lève la main pour demander des explications.

Vers 9 h 15, la directrice entre dans la classe. Elle chuchote à Mme Hyatt de la suivre dans le couloir. Mme Hyatt la suit immédiatement. Sitôt que les deux femmes ont le dos tourné, c'est le chahut.

Cela ne dure toutefois qu'une minute. Mme Hyatt revient avec un air si hébété que le silence et l'immobilité se font instantanément. Il est arrivé quelque chose, comprend Sabine.

— Des avions ont percuté les tours du World Trade Center, à New York. Ce sont probablement des terroristes qui ont fait cela. Il y a plusieurs victimes : les voyageurs qui étaient dans les avions et plusieurs personnes qui travaillaient dans les tours. L'école va être évacuée. La secrétaire est en train de téléphoner à vos parents pour qu'ils viennent vous chercher.

C'est comme ça que Mme Hyatt, d'une voix qui se veut posée mais qui tremble néanmoins, explique les faits.

La nouvelle de l'attaque contre les tours du World Trade Center se répand comme une traînée de poudre. Quelques minutes plus tard, des parents commencent à arriver. Ted Pervanic s'en va avec son père en complet qui, sans desserrer les lèvres, lui fait signe de le suivre, ainsi qu'à ses deux petits frères qu'il a d'abord récupérés à la garderie. Leah Branson se précipite dans les bras de sa gardienne qui gémit *oh my God, oh my God*. Tasha sort docilement derrière ses parents. Sabine est exaspérée de devoir attendre sa mère. Elle a la clé ! Elle pourrait rentrer chez elle toute seule. Mais les règles sont strictes et on les traite comme des bébés dans cette école. Sabine se demande si sa mère a son cellulaire avec elle. Sinon, il se peut qu'elle passe son avant-midi ici à attendre qu'on lui permette de partir!

Maintenant, c'est l'affluence. Dehors, on entend les voitures se garer, les adultes se précipiter. On entend les portières claquer. Sabine est à la fenêtre et elle guette. Elle fait comme si elle était très calme.

Il ne reste plus que Sabine. Mme Hyatt a hâte de s'en aller, elle aussi. Elle fait les cent pas sur l'estrade. Elle efface machinalement le tableau qui devient tout poudreux de craie blanche. Elle compose et recompose sur son cellulaire sans obtenir de communication. Sabine ne comprend absolument pas pourquoi on évacue l'école. Quand arrive enfin sa mère, elle quitte néanmoins avec elle sans poser de question.

*

Elles marchent sur Montgomery Street vers leur appartement. Elles se dépêchent. Sabine enregistre chaque pas. Elle s'étonne de la distance qu'il faut parcourir pour rentrer, alors que d'habitude, en autobus, elle ne remarque même pas qu'il y a de l'espace et du temps entre chez elle et son école. Tout est pareil et différent à la fois. Elle sent que c'est grave.

La hâte est généralisée. Les trottoirs sont remplis de gens qui vont en tous sens. Ils ont des gestes nerveux mais inefficaces, ils se cognent, ils marmonnent, ils ne savent plus où se mettre.

Sabine enregistre l'accablement bizarre de cette meute. Alors que d'habitude on les ignore superbement, ça semble pénible, ce matin, de ne pas saluer les gens qu'on croise, de ne pas partager ses soucis avec eux. On ne peut quand même pas aborder des inconnus pour leur dire : « Vous avez entendu ? Nous sommes attaqués ! » Car bien sûr ils ont entendu, et ça donnerait quoi de se l'entendre confirmer ? Personne n'est en mesure de rassurer personne. L'angoisse est pesante, et chacun la porte les lèvres pincées, le regard baissé.

Un autobus municipal les frôle, mais elles ne songent pas à y monter.

Au coin de Grove Street, elles s'immobilisent de stupeur. Au-delà des quais de transbordement, au-delà de l'Hudson, les tours du World Trade Center, dans Battery Park, se dressent devant elles. Deux coulées immondes de fumée noire s'en échappent. Elles écarquillent les yeux. *Oh my God.* Leur cœur se met à battre à cent milles à l'heure.

La foule, autour d'elles, se densifie. Tout le monde attend. Quoi ? On ne sait pas. Mais il n'est plus possible de vaquer à quoi que ce soit de familier ni de reprendre le fil des gestes qu'on pose ordinairement le mardi matin vers 9 h 30. On est là à fixer ces sillons de fumée qui progressent vers la Pennsylvanie, et il n'y a plus ni avant ni après.

À 9 h 50, l'une des tours se met à vaciller. Elle émet des bouffées gigantesques de cendre, comme un vieux poêle mal entretenu qui surchauffe. Puis elle se désintègre. On dirait la finale absurde d'un spectacle de mauvais goût. Sabine est empoignée par sa mère qui la serre contre elle avec des tremblements violents.

— Ne regarde pas ça, Sabine!

Trop tard. C'est comme un rêve. On voit et on ne voit pas en même temps. Les choses surviennent, et on n'y peut rien. Sabine a vu. Elle a regardé. Il n'était pas possible qu'elle fasse autrement.

Et maintenant la tour est anéantie. On ne la voit plus. Dans les premières secondes, le cerveau cherche machinalement à la reconstituer, mais rien à faire, elle n'est plus là. L'autre tour se dresse encore, fragile, transpercée, béante. Et la fumée s'épaissit.

Les gens se pressent sur le coin de la rue, débordent sur le boulevard. La circulation s'est immobilisée. Les gens se garent n'importe où et sortent de leur voiture en s'épongeant le front, leur regard halluciné braqué sur l'autre tour qui fume toujours. Ils pitonnent sur leur cellulaire. Ils y aboient leur peur ou bien la gémissent avec les yeux dans le vague.

— *It's the end of the world!*

— *This, I assure you, is the beginning of World War Three.*

— *These damned mother fuckers are gonna pay for this!*

— *Our president's wrath will be terrible. You can trust him on that!*

— *Yeah, trust him to lead the most terrible retaliations ever.*

— *Let's drop the bomb on them.*

— *On who?*

— Whoever. They have to pay for this.
— It's Satan's work.
— These damned Jews.
— How can they hate us so?
— It's God's punishment for our decadence.

D'une voix sourde, sur un ton contenu, les gens disent n'importe quoi. Leur angoisse envahit l'atmosphère, elle devient un ballon gigantesque qui oblitère les autres sons, et Sabine se demande si ce qu'ils disent est vrai. Elle reste ainsi, dans une apesanteur oppressée, pendant un intervalle infini.

Puis, subitement, sa mère est traversée d'une convulsion. Elle se secoue. Elle tire sur le bras de Sabine pour rentrer à la maison le plus rapidement possible.

Première partie

Notre-Dame-des-Laurentides

Le vendredi 16 décembre 1988, ma mère recevait ses collègues de travail pour un party de Noël dans notre bungalow de Notre-Dame-des-Laurentides, en banlieue de Québec. J'avais quinze ans.

La veille, je l'avais accompagnée chez Steinberg dans sa Tercel rouge vin. Après le souper, nous étions sorties dans la nuit glaciale pour aller acheter ce qu'il fallait pour le party. « Mets ta tuque ! » avait dit ma mère. J'étais sortie sans répondre et « sans m'habiller », comme elle disait toujours. Dans la voiture, les banquettes en cuir m'avaient gelé les cuisses à travers mes jeans qu'il était alors normal de porter ajustés comme une seconde peau. Je m'étais recroquevillée dans le froid polaire.

Au FM 93, une voix solennelle était en train d'annoncer un concert de Marillion au Colisée pour le 3 janvier, avec les gros effets de batterie et de guitare électrique de *Kayleigh* en vacarme de fond.

Nous avions glissé sur la rue Sherwood. La voiture était devenue chaude. Brûlante, même. Sur notre chemin défilaient les pères Noël en plastique illuminés et les abris Tempo sales. Il avait peu neigé depuis l'automne. Des touffes d'hémérocalles en décomposition perçaient encore sous la mince couche de neige durcie. Jusque-là, c'était un hiver de vent brutal.

Ma mère avait stationné la voiture le plus près possible des portes coulissantes du Steinberg. Nous nous étions hâtées vers l'intérieur. Ma mère avait pris un chariot et je l'avais suivie. Nous avions déambulé sous les néons sans regarder autour de nous, occupées elle à défiler une liste mentale qui lui faisait bouger les lèvres en récapitulant sur ses doigts, moi à constater une fois de plus que ce n'était pas chez Steinberg que j'allais trouver à cruiser. (Je me doutais bien que je m'étais arrachée à *Lance et compte* pour rien. Quel garçon intéressant faisait l'épicerie avec sa mère ?)

Dans le chariot, ma mère avait empilé des céleris, des carottes, des choux-fleurs et des courgettes emballés dans de la cellophane. Elle prévoyait faire une trempette. C'était la nouvelle mode : sain, simple et pas trop cher, prêchaient *Coup de pouce* et *Châtelaine*. Je soulevais les items que ma mère déposait dans le chariot, à l'affût de quelque chose de vraiment bon.

— Eurk, pas des courgettes.

— Veux-tu que je t'achète des concombres ? avait offert ma mère.

J'avais haussé les épaules. Je haïssais tous les légumes. Et comme j'étais naturellement petite et délicate, je pouvais me passer de jeûner à la salade, comme le faisaient la plupart de mes amies. De fait, mon régime se composait essentiellement de sous-marins aux charcuteries, de Coke diète et de biscuits Fudgee-O.

La liste de ma mère comportait des biscuits Ritz, des cornichons sucrés et du Cheez Whiz pour les hors-d'œuvre, des boissons à base de 10 % de « réel jus de fruit », une dinde, commandée au téléphone quelques jours auparavant, qu'elle avait récupérée au comptoir de la charcuterie, quelques caisses de bière et trois viniers en carton. Sous son œil assez indifférent, j'avais ajouté quelques *coolers* à notre panier. Ils venaient de mettre en marché une nouvelle saveur (« fruits exotiques »), et je voulais y goûter avant de m'en acheter tout un *six pack* avec mon propre argent, un beau soir, au carré d'Youville.

Nous avions récupéré nos sacs d'épicerie en papier brun au service à l'auto. Sur mon insistance, ma mère m'avait laissée conduire jusqu'à la maison. Il n'y avait pas grand risque à ce que je prenne le volant avec la transmission automatique et les boulevards déserts. Et puis nous n'habitions qu'à dix minutes.

À la maison, j'avais laissé ma mère faire l'aller-retour entre la voiture et la cuisine pour rentrer les paquets parce que j'avais les mains gelées. (C'était la mode des gants de cuir non doublés, et comme j'adorais les longs doigts fins qu'ils me faisaient, je refusais d'enfiler quoi que ce soit d'autre.) J'avais commencé à ranger les provisions dans l'armoire, mais c'était plus par convoitise que par souci d'entraide, et tombant enfin sur mes quatre bouteilles de *cooler*, je m'étais jetée dessus, ainsi que sur un paquet de boules de Noël en chocolat emballées dans du papier d'aluminium coloré, et j'étais allée les dissimuler dans ma chambre. Je n'étais pas reparue. Je m'étais endormie vers minuit, ivre de beaucoup de sucre et d'un peu d'alcool, et pas du tout certaine de ma performance aux deux examens qu'il me restait à faire.

*

Le lendemain, à 16 h 30, je revenais de l'école. En montant derrière moi dans l'autobus 30, Nicolas Boucher, un garçon du Petit Séminaire de Québec que je connaissais depuis l'école primaire, s'était senti obligé de me saluer d'un grognement inintelligible, mais après cela, il ne m'avait plus regardée. Pour ma part, j'avais fixé la pointe de mes bottes neuves (modèle équitation) tout le long du trajet (une heure et quart à partir du carré d'Youville). Il y avait du Def Leppard dans mon walkman. J'avais écouté *Pour Some Sugar On Me* sans arrêt, en en rembobinant les quatre minutes et demie de ruban jusqu'à ce que les piles soient si faibles que la musique ne soit plus qu'une longue rumination qui n'avait plus de sens. J'avais alors appuyé sur *stop*, mais, pour me donner une contenance, j'avais fait semblant de continuer d'écouter. Nicolas regardait droit devant lui, l'air buté. J'avais fermé les yeux.

Au coin de la rue Bernier, à deux arrêts à peine de chez moi, Nicolas était sorti sans se retourner. Je l'avais regardé s'éloigner, ses mains nues rentrées dans ses manches pour ne pas geler, ses jeans défraîchis, son *coat* de ski Kappa.

Quelques minutes et un feu rouge plus tard, j'étais sortie à mon tour. J'avais marché vers la maison. Le ciel était bas. Malgré l'autoroute qui grondait tout près, j'avais ressenti le vide et le silence de ce début de vacances. Sur les montagnes autour, le peu de neige adoucissait la grisaille. De gros flocons épars s'étaient mis à tomber. Sur ma manche, il était possible d'en distinguer les branches, la perfection. Je me sentais désœuvrée.

J'étais arrivée à la maison. À cette époque, elle était isolée dans un boisé. J'avais tourné la clé dans la serrure et j'étais entrée. J'avais suspendu mon manteau et mes gants à l'un des crochets dans le haut de l'escalier qui menait au sous-sol. J'entendais l'eau courir dans les calorifères, le réfrigérateur gronder. Près de la table de la cuisine, j'avais vérifié les messages sur le répondeur. Rien. J'étais allée dans la dépense prendre une canette de Coke diète. Après avoir vérifié l'élasticité de mes jeans, je m'étais aussi emparée d'une rangée de biscuits feuille d'érable. Je ne risquais rien. Je n'engraissais jamais. Je m'étais évachée sur le divan.

Mes examens de chimie et d'enseignement religieux ne s'étaient pas trop mal passés. De toute façon, mes parents se satisfaisaient d'une moyenne de 70, ce qui ne me demandait pas d'efforts exagérés. Et si j'allais skier? Je me suis levée. J'ai téléphoné à quelques amies. Personne ne répondait. Katinka était à son chalet dans Charlevoix. Ses parents étaient venus la chercher à la sortie de l'école dans leur Mercedes. Ce commencement inerte des vacances m'accablait. Que faire? Où aller?

Certes, je n'oubliais pas qu'il y aurait un party. Un party prévisible, avec ma mère qui s'affairerait et qui ne s'assoirait pas une seule fois de la soirée, avec mon père qui tournerait en rond, qui ne saurait pas où se mettre, qui finirait, lui, sûrement, par aller skier au manoir Saint-Castin.

Le sapin de Noël, par la magie de la minuterie, s'est allumé. Mille picots de lumière ont dansé dans la pénombre. Je suis retournée m'écraser sur le divan. Je me suis assoupie, je crois.

*

Vers 17 h 15, j'ai entendu la Tercel dans l'entrée. Quelques instants plus tard, ma mère a surgi dans la maison, les bras pleins de commissions de dernière minute. Des serviettes avec des sapins verts et des clochettes. Des chandelles qui sentaient la cannelle.

— Oh, Liv, t'es là?

Elle a déposé ses paquets sur la table de la cuisine. Je l'entendais vider les sacs de leur contenu, mettre des bouteilles au froid, sortir de la vaisselle en styromousse. Puis elle est venue au salon mettre de la musique sur notre nouveau lecteur au laser.

— C'est quoi ça? me suis-je insurgée aussitôt qu'une espèce de musique de synthétiseur a entamé *Sainte nuit*.

— Aimes-tu ça? J'ai acheté ça ce midi. On n'avait pas encore de CD de Noël!

— On dirait Renée Martel.

— C'est Renée Martel.

28

— C'est ben con, comme musique!

Je n'avais aucune patience avec ce qui ne passait pas au FM 93. Ma mère est partie se changer. Je l'entendais aller et venir entre sa chambre et la salle de bain. J'ai éteint la musique.

Lorsque les premiers convives sont arrivés, un peu avant 18 h, j'ai dû m'en occuper. Je savais que ma mère se débattait avec son maquillage devant le miroir. Elle n'arrivait jamais à tracer correctement les traits de khôl qui lui bridaient le regard, à appliquer juste assez de fard à joues. Elle m'appelait souvent en renfort. J'aimais ça, la maquiller. Ce soir-là, pourtant, j'ai plutôt entrepris d'égayer les invités, de les débarrasser de leurs lourds manteaux, de leur offrir de la bière ou du Cinzano.

— T'es donc ben fine de t'occuper de nous comme ça, disaient les collègues de ma mère en s'emparant de leur *drink*.

— C'est correct. Ça me fait plaisir.

Je voulais qu'ils perçoivent ma serviabilité comme un sacrifice. Qu'ils ne s'aperçoivent pas que je n'avais rien de mieux à faire. Je me prenais pour une *barmaid*. Je disais «*on the rocks*» en déposant des glaçons cubiques dans les apéritifs. Je faisais couler la bière le long des verres pour qu'elle ne mousse pas trop. Les invités semblaient ravis de tomber sur moi plutôt que sur ma mère. Ils me demandaient comment j'allais, comment allait l'école, si la saison de ski était commencée et si je brisais le cœur des garçons avec mes beaux yeux bruns.

Mon père est revenu assez tôt de son travail, tout heureux de «tomber en vacances pour deux semaines». Il m'a commandé un kamikaze (vodka, triple sec, jus de lime). Je ne l'avais jamais vu boire ça. J'ai compris qu'il n'avait réclamé ce cocktail d'adolescente que pour me permettre d'étaler mes connaissances. Pendant qu'il buvait, ma mère est enfin apparue. Elle s'était bien arrangée. Elle avait mis les boucles d'oreilles en pierres du Rhin que je lui avais achetées pour son anniversaire. C'était toutefois la seule chose de sa tenue qui scintillait vraiment. Elle s'était habillée chez Simons et tout était correct. Mais elle souriait peu. Et elle s'inquiétait de tout. Au salon, à la ronde, elle a ainsi marqué son entrée :

— Ça va, tout le monde ? Est-ce que Liv s'est bien occupée de vous ?

Peu de gens ont interrompu leur conversation pour lui répondre. Ceux qui l'ont fait l'ont rassurée :

— Mais oui, Huguette. Inquiète-toi donc pas ! Ta grande fille est bien accueillante. Tu dois être fière d'elle !

Je n'ai pas entendu ce que ma mère a répondu.

Plus tard dans la soirée, je me suis installée dans le sous-sol, devant Super Écran. On n'y passait que des vieux films et je n'écoutais pas. De temps en temps, je montais au salon. Pendant un moment, je m'y tenais en retrait en épiant les comportements qui demeuraient civils et inhibés (hélas). Puis j'allais à la cuisine glaner un peu de ces alcools forts qui servaient à composer des *drinks* chers et sucrés, et auxquels mes mauvaises fausses cartes ne me donnaient pas accès à la Société des alcools. Mon verre à la main, je redescendais au sous-sol réfléchir à ce que je voyais et entendais là-haut.

C'était maigre. La vie adulte me paraissait bien terne à cette époque-là. Ma mère, par exemple, ne buvait pas. Son comportement au cœur de la fête était tout à fait conforme à ce que je connaissais d'elle. Pas de minauderies, pas de flirts, pas de déclarations déplacées. Elle ne calculait pas l'accumulation de mes apparitions à la cuisine où trônaient, sur l'îlot de mélamine beige, quantité de bouteilles et de flacons. Comme d'habitude, elle ne s'impatientait pas de ma présence, mais elle ne cherchait pas à la mettre en valeur non plus ; comme d'habitude, elle s'attendait à ce que je parle bas et à ce que je me fasse discrète. Elle n'imaginait pas que cette soirée puisse s'imprimer dans ma mémoire et perturber ma compréhension de ce que c'était que d'être adulte et de parvenir à trouver la vie intéressante quand même.

Le problème, songeais-je, était qu'il ne se passait jamais rien. Et lorsque par extraordinaire il se passait *quelque chose*, on ne pouvait ni le prévoir, ni le prévenir, ni le retenir. La plupart du temps, les gens et les événements s'affairaient hors de ma portée, en dehors de ma vie. Je les contemplais et je les enviais, mais il n'y avait rien que je pouvais faire pour les agripper et j'étais impuissante à me les approprier.

Trois semaines plus tôt, par exemple, un tremblement de terre avait eu lieu alors que j'étais occupée à célébrer les seize ans de mon amie Katinka et de son jumeau Philippe dans un Pacini de la Première Avenue, à Charlesbourg, et je n'avais rien vu venir. Nous étions une gang, au moins une quinzaine, à manger de la pizza et du pain à l'ail que nous faisions nous-mêmes griller sur des plaques chauffantes mises à notre disposition. Les garçons en avaient mangé des piles. Les filles s'étaient retenues de s'empiffrer. Pour ma part, j'avais commandé une bière en entrée et on me l'avait servie sans commentaire.

— Tu manges pas?

— Non.

Philippe s'était assis à côté de moi. Je m'en étais secrètement étonnée. Depuis que nous nous connaissions, nous ne nous saluions jamais que brièvement, et contraints par les circonstances. Je supposais qu'il me méprisait. Il y avait tant de dédain entre les gens de mon âge! Pour un oui ou pour un non, pour un chemisier mal assorti ou une remarque trop spontanée, on dépréciait et on était déprécié. Je doutais toutefois que Philippe, qui, cette année-là, avait remporté le championnat canadien junior de patinage de vitesse, ait eu à essuyer le mépris de quiconque. Il s'entraînait pour les Jeux olympiques de 1992 qui auraient lieu à Albertville, dans les Alpes françaises. Cela lui conférait un statut exceptionnel, inattaquable. On voyait parfois sa photo dans *Le Journal de Québec*.

— Tu surveilles pas ta ligne, j'espère ? avait-il insisté en feignant l'étonnement.

— Non, c'est pas ça. J'aurais le goût d'une autre bière, mais j'ai plus d'argent.

— Tiens, prends-en dans la mienne.

Il avait suggéré cela sans me regarder, et joignant le geste à la parole, il avait versé la moitié de sa bière dans mon verre encore barbouillé de mousse. Mon cœur s'était mis à battre. Je l'épiais du coin de l'œil avec étonnement. Nous avions bu côte à côte sans rien dire.

Puis le sol s'était mis à trembler.

— Eh ! Qu'est-ce que tu fais ? m'étais-je exclamée en riant.

— Rien !

— Arrête ! Arrête ça ! avais-je intimé en riant plus fort.

Sur la table, les verres vibraient et s'entre-choquaient. Dans le restaurant, les gens s'étaient rendu compte que quelque chose était en train de se passer. Quelqu'un s'était exclamé : « Un tremblement de terre ! » Puis les lumières s'étaient éteintes et il y avait eu un silence. Pendant ce silence, tout avait continué de vaciller et de gronder, et cela s'était tant amplifié qu'un moment j'avais craint que quelque chose ne s'effondre. Les secousses avaient duré près d'une minute, peut-être un peu plus.

Philippe, qui avait pris ma main pendant la durée du tremblement de terre, l'avait relâchée quand les secousses avaient cessé. Il s'était levé et était allé parler à Katinka. Nous avions quitté le restaurant peu de temps après. Je ne l'avais plus revu depuis ce temps-là.

Le problème était surtout que rien ne durait jamais, songeais-je maintenant, dans le sous-sol de mes parents, pendant qu'en haut, un party plate allait encore s'étirer pendant des heures autour de bâtonnets de bretzel et d'une interminable partie de *Quelques arpents de pièges*.

*

C'est pourtant ce soir-là, le soir du party de bureau de ma mère, que, pour la première fois, j'ai entendu parler d'un organisme qui offrait la possibilité d'effectuer une année d'études secondaires à l'étranger. Alors que je me trouvais à la cuisine pour remplir mon verre d'un peu de vodka et de beaucoup de jus d'orange, Jocelyne, la meilleure amie de ma mère, est entrée dans la pièce en expliquant à un homme que je ne connaissais pas que sa nièce était en Californie pour l'année afin d'apprendre l'anglais. L'homme s'ébahissait poliment :

— Oh ! Ça doit être une expérience très enrichissante pour elle !

— Oui.

Puis, se tournant vers moi, Jocelyne s'était exclamée :

— Eh, salut Liv ! Comment ça va ? Achèves-tu ton secondaire ? Mon Dieu que t'es menue ! T'es bien chanceuse d'être faite petite comme ça !

Elle tenait son assiette à la main.

— J'ai pas de mérite.

— Pis moi qui dépense des fortunes chez Weight Watchers sans aucun résultat !

— Dis pas ça. T'as maigri depuis la dernière fois que je t'ai vue. Ça te fait bien.

— En tout cas, ma nièce, elle, a pris bien du poids, en Californie. Il paraît qu'elle mange tout le temps, tellement elle s'ennuie de nous autres.

— Pourtant, moi, si j'étais en Californie… a tenté de répondre l'homme.

Mais je l'ai interrompu :

— Qu'est-ce qu'elle fait en Californie, ta nièce ?

— Elle passe l'année à Santa Ana avec un organisme…

— Quel organisme ?

— Quel organisme ?

— Oui ?

— Ouf. Je ne sais pas trop, là.

Elle se creusait la tête.

— Attends… C'est quelque chose avec « exchange ». World Exchange ?

C'était bien avant Google, et je n'ai pas pu en apprendre plus ce soir-là. Et d'ailleurs, apprendre quoi ? Tout à coup, mon père s'est tenu devant moi dans son vieux *suit* de ski des années 1970 et sa tuque à pompon.

— Viens-tu en ski, Liv ?

Je l'ai regardé sans le voir.

— Non, non merci, papa.

— T'es sûre ?

— Hmm. Vas-y, toi, papa.

— Bon. Dans ce cas-là, je m'en vais si je veux profiter de la dernière heure avant la fermeture. Au revoir, tout le monde.

— Bon ski, Jean, l'ont salué Jocelyne et son collègue.

Je suis allée dans ma chambre et me suis assise sur mon lit. Ma tête tournait. Sur mon bureau, il y avait un minuscule globe terrestre qui jadis, à l'école primaire, m'avait servi de taille-crayon. Les pays y étaient désignés par des abréviations : URSS, Fr, Ch, Ang, N-Z. Je n'avais jamais été capable d'en nommer ne fût-ce que la moitié.

J'ai saisi le globe et je l'ai élevé devant moi. Je l'ai fait tournoyer à petits coups d'ongles nonchalants et rêveurs. Puis j'ai souri. Ne tenais-je pas le monde entre mes doigts ? Il existait d'autres endroits. L'avenir, pour la première fois, s'ouvrait devant moi.

Le mardi 11 septembre 2001

Les tours jumelles s'effondrent sur Manhattan ce matin-là. À 10 h 30, tout est fini. La mère de Sabine a allumé la télévision et on ne voit plus que cela. Ce qui s'est effondré.

Sabine est debout, accoudée au dossier du divan. Depuis qu'elle est revenue de l'école, elle tient son sac à dos entre ses bras. Elle ne se rend pas compte qu'elle en fait un morceau de sécurité contre sa poitrine.

Par la fenêtre, on ne voit que trop bien les colonnes de fumée. Pas besoin de se pencher vers le dehors et de tourner le regard vers le ciel. On aperçoit les volutes noires du milieu du salon. On les voit ramper vers l'ouest, comme des hydres démoniaques.

La mère de Sabine est vissée au divan. Elle a encore sa gabardine sur le dos, son rouge à lèvres matinal à peine entamé, elle est encore toute chic pour bien recevoir la catastrophe dans son cerveau, encore et encore. Sabine est juste derrière elle. À chaque instant, elle veut sortir en haussant les épaules pour vérifier si les tours sont encore là. Mais ce n'est évidemment pas le cas. Aussi ne bouge-t-elle pas.

Elle jette un coup d'œil sur l'horloge de la cuisine : 11 h 15. Elle sait que l'avant-midi n'en finira pas de traîner et que même lorsqu'il sera fini

il restera l'après-midi à traverser. Résignée, elle ramène son regard sur l'écran de la télévision.

Participer au malheur des autres. Regarder ces gens crier, gémir et souffrir. Regarder les flammes et la désolation. Attendre dans l'angoisse qu'on annonce d'autres attentats.

Sabine soupire. Avoir vécu avec légèreté et confiance pendant toute son enfance pour se percuter sur *ce moment-là.* Faire son possible chaque jour pour être une fille de son temps, croire en son pays d'adoption, les États-Unis d'Amérique, prêter allégeance au drapeau en échange d'un sentiment en béton de sécurité et de légitimité – et puis paf!, s'enfarger dans les rets de la géopolitique comme ça, alors qu'il fait beau et qu'on ne demande qu'à poursuivre sa petite existence peinarde. Sabine suppose que les ministres québécoises ne se pointeront pas à Manhattan, finalement. Ou est-ce que par hasard elles se trouvaient dans le coin des tours au moment des attentats?

Au début de l'après-midi, elle finit par se décongeler une pointe de pizza. Elle s'assoit sur une chaise dans la cuisine. Elle attend que le micro-ondes sonne. Entre deux bouchées machinales, elle ferme les yeux.

— Mom?

— Hmm?

— Est-ce que je peux mettre de la musique?

— Pas maintenant, Sabine.

— Je sors.

— Okay.

Elle laisse son assiette sur la table.

38

Dehors, le trafic a repris. (Avait-il cessé? Le monde a-t-il arrêté de tourner quand les tours se sont effondrées?) Les gens passent, s'en vont quelque part. Les feuillages sont brassés par le vent. Les autobus suivent leur trajet coutumier et leurs freins sous compression font le même bruit déchirant que d'habitude.

Si je marche, mettons, jusqu'à l'école, est-ce que je vais encore apercevoir cette maudite fumée? Si je croise quelqu'un, est-ce que cette personne va être en train de parler dans son cellulaire en sanglotant? Si je ferme les yeux et que je les rouvre ensuite, est-ce que je vais encore être Sabine Simard qui habite à Jersey City et qui a une espérance de vie de quatre-vingt-trois ans si elle continue de manger de la confiture allégée et de faire de l'exercice physique?

Elle fait le tour du bloc, mais à chaque instant elle veut rebrousser chemin et rentrer chez elle. C'est idiot. Elle s'efforce d'aligner les pas. Il lui semble que le quartier se vide de sa substance, comme un décor dont on se met à distinguer les rouages, le caractère factice. Finalement, elle court les cent derniers mètres. Elle pousse en trombe la porte de l'appartement et va directement à sa chambre pendant que sa mère s'étonne en tournant brièvement la tête:

— Eh? Mais t'étais où, toi?

Elle met des collants de ballet et elle pratique ses anciennes figures de patinage artistique sur le plancher de bois franc pendant plus d'une heure. Si elle s'applique, si elle ne déroge pas, si elle s'impose une discipline – le World Trade

Center, mon œil. Elle oublie qu'elle a abandonné le patinage et que plus jamais elle ne va s'entraîner à l'aréna.

Plus tard, lorsque, comme tous les jeunes gens de sa génération, elle se souviendra avec exactitude de ce qu'elle faisait le 11 septembre 2001, elle aura l'impression de ne pas avoir bougé de devant la télévision de toute cette journée-là et, en un sens, ce sera la vérité, parce que même dans sa chambre, même pendant qu'elle s'oblige à exécuter strictement ses figures, elle entend distinctement le débit alarmé des présentatrices de CNN. *President Bush will be addressing the nation – The borders have been closed – According to some reports, there could be other attacks –*, c'est ce qu'elle entend dans sa tête alors qu'elle exécute encore et encore son double axel sur le plancher.

*

Des gens s'élancent par les fenêtres des tours. Ils volent comme de gros oiseaux. On les regarde et on pense : des colis qui tombent.

C'est maintenant le soir et on a oublié de souper. Sabine a faim, mais elle se réjouit pour sa ligne de ce déficit calorique. Depuis des heures, elle s'applique à regarder la télé sans la voir. Elle s'est installée loin de sa mère, sur le fauteuil. Elle passe et repasse ses chorégraphies de patinage dans sa tête, mais elle s'interrompt souvent, elle ne peut s'empêcher de trébucher et de s'affaler sur la glace, même en pensée.

Il faut se prendre les images dans la tronche encore et encore. Les pompiers calcinés sous les débris. Les gens qui marchent hagards sur le pont de Brooklyn, leur veston plié sur l'avant-bras dans la journée qui continue d'avancer. Les yeux d'Oussama ben Laden, leur menaçant mysticisme, et son AK 47 prêt à servir. La lutte désespérée dans le vol 93 de la United Airlines. Les appels ultimes dans les cellulaires. Les gens affolés qui courent dans Wall Street, pourchassés par une fumée colossale, et on ne sait pas s'ils ont réussi à s'enfuir ou s'ils ont été engloutis par la poussière, la télévision ne le dit pas. Au Moyen-Orient, des femmes en burqa se congratulent devant la destruction du double symbole phallique du grand Satan. Dans la jungle amazonienne, des guérilleros barbus ont la même réaction, précisément.

Vers 22 h, le téléphone sonne.

— Ah mon Dieu ! J'ai fait un saut ! s'exclame la mère de Sabine en croisant ses mains sur sa poitrine.

Sabine revient à elle et se précipite pour répondre. Dans le passage, le répondeur s'est déjà emparé de la communication. Sabine appuie sur la touche « *off* » pour le faire taire.

— *Hello ?* répond-elle.

— …

— *Just a moment, please.*

Elle tend le combiné à sa mère qui s'est levée derrière elle.

— *Hello ?* dit la mère de Sabine en portant le téléphone à son oreille.

— …

— *Oh my God.* Jutte.

— ...

— *No, no. It's not a bad time. I mean it is, of course it is, you know, but...*

Elle jette un regard à la télévision, réalise qu'elle a été assise là, sur le divan, pendant presque douze heures.

— ...

— *I know. It's like the end of the world. How did you trace me?*

— ...

— *Oh, so Jürgen finally lost his nerve, right?* (Elle baisse le ton. Inspire.) *How is he?*

— ...

— *It's my daughter, yes. She's ten. Almost a teenager already. A beautiful girl, very bright.*

— ...

— *Sabine. I try to pronounce it the German way, yes.* (Elle rit. Puis elle émet une sorte de sanglot. Puis elle regarde sa montre.) *My God, what time is it in Germany?*

— ...

— *Yeah. I guess the whole world is watching. I just didn't go to work this afternoon. I couldn't. Sabine and I have been watching all day. These terrifying images. God. I don't know what this will do to her. I didn't even think of carrying on for her sake. I mean I did, but I didn't have the energy. This is huge. This is just too – too much.*

— ...

— *I'm a translater. German to French. Sometimes a bit of English.*

— …

— *Oh God, I don't know. This is just too much. I have been trying to forget, you know. I mean I won't forget ever, but forget the ties, you know… God. I hope I'm not hurting you. Just let me think about it, okay? My father died, you know. In a car accident, seven years ago. Sabine and I are used to a very quiet life, I'm afraid.*

— …

— *I will talk to her. I'll think about it. I'll see what I can do.*

— …

— *Yeah. Thanks for calling. For going through all this trouble. I appreciate it. I'll see what I can do and I'll let you know.*

— …

— *Yeah. Good night.*

Dans la pénombre, la mère de Sabine se tient immobile, le téléphone contre son cœur. La voix de la présentatrice de CNN remplit l'appartement. Désormais, Sabine déteste les cordes vocales de cette femme pour le reste de ses jours.

La mère de Sabine va au téléviseur et l'éteint. «On en a eu bien assez pour aujourd'hui, han?» Elle s'assoit contre Sabine dans le fauteuil. Le calme revient peu à peu.

— Mom?

— Quoi?

— Est-ce que c'était ma grand-mère au téléphone?

— Oui.

Sa mère se penche sur elle. Elle embrasse sa chevelure :

— On parlera de ça plus tard. *Okay?*

— *Yeah. Okay. I don't mind.*

— On va aller se coucher maintenant.

— Oui, enfin.

— Sabine…

— Quoi?

— Te sens-tu capable d'aller à l'école demain?

— Ben oui.

— Il va peut-être manquer des élèves.

— Pis?

— Ça te dérange pas? T'es pas traumatisée?

— Non.

— Alors on va reprendre notre routine le plus rapidement possible, toutes les deux, d'accord?

Deuxième partie

Notre-Dame-des-Laurentides

Quelques jours plus tard, ce fut Noël, la messe de minuit avec le parfum, les manteaux chics, la neige floconneuse qui virevoltait sous les lampadaires quand nous sommes sortis de l'église et surtout les cadeaux.

J'ai reçu ce que je voulais cette année-là. Des skis fluorescents. Des bottes à attaches arrière. Des bâtons agencés. Un polar lilas. Des gants en gore-tex. Un billet de saison pour le manoir. Une tuque tyrolienne à pompon. Le coupon prépayé pour la pose des fixations. Et, dans mon bas de Noël, des certificats-cadeaux à dépenser chez Aldo, Sport Select et Jacob. J'étais satisfaite.

J'avais bien sûr essayé de trouver des cadeaux, moi aussi, mais j'avais dépensé l'essentiel de mon allocation de décembre en t-shirts Benetton et en barrettes de chez Simons. Avec le peu qu'il restait, j'avais acheté des sels de bain pour ma mère et ma grand-mère, ainsi qu'un calendrier des Nordiques que j'avais trouvé en spécial chez Provi-Soir pour mon père. Mais je n'avais pas trouvé de papier d'emballage dans la maison et j'avais oublié de demander à ma mère où en chercher. J'ai donc offert tout ça dans des sacs de plastique. Je me suis sentie un peu *cheap*.

Le 26 décembre, après deux journées complè-
tes, comme chaque année, à ne strictement rien
faire et à attendre que mes amies aient terminé
de fêter dans leur famille nombreuse, j'ai harcelé
mon père dès l'aurore pour qu'il me conduise au
centre de ski. Il faisait beau. La neige étincelait
sous le soleil froid. Le ciel était d'un bleu pur.
J'adorais les sapins sombres de Lac-Beauport, la
neige épaisse qui faisait ployer leurs branches
quand mon père me conduisait silencieusement
dans le matin endormi.

Lorsque je suis arrivée au centre de ski, Katinka était là, en train de mettre ses bottes près
de son casier.

— Katinka! Tu es là! Tu es revenue!

Elle a levé sa belle tête blonde en riant:

— Pensais-tu que j'allais m'enterrer aux
Éboulements pendant deux semaines?

Je connaissais Katinka depuis le premier jour
de notre secondaire un. Dans le brouhaha de la
rentrée, j'avais alors entendu quelqu'un l'appeler
par ce prénom: Katinka. Je m'étais retournée par
curiosité. J'avais vu une jolie fille de douze ans se
jeter dans les bras d'une autre fille aussi heureuse
qu'elle de leurs retrouvailles. J'avais vu ses yeux
briller d'excitation. Ce matin-là, désemparée par
la foule, la nouveauté et l'isolement (je ne connaissais personne dans ma nouvelle école), j'avais
envié l'apparente facilité avec laquelle Katinka
accomplissait sa transition entre le primaire et
le secondaire. De toute évidence, elle arrivait à
notre école, le collège Notre-Dame-de-Bellevue,
comme dans son manoir, entourée de nombreuses

46

copines de longue date. À la voir, on aurait juré que toute son existence n'avait eu pour but que de la préparer à cette rentrée.

Au cours des semaines qui avaient suivi, j'étais parvenue à me lier d'amitié avec des filles que je qualifiais de «potables» et qui, bien sûr, étaient beaucoup plus que cela. Mais je n'avais eu de cesse de tenter d'accéder à Katinka. Cela ne s'était pas fait simplement. Nous n'étions pas dans la même classe. Elle ne semblait jamais entendre ce que je clamais avec ostentation en passant devant elle pour attirer son attention. À l'évidence, elle ne connaissait même pas mon prénom, qui n'était pourtant pas moins original que le sien et qui s'incrustait assez aisément dans les mémoires. Ce n'est qu'en secondaire trois, alors qu'enfin nous nous étions retrouvées dans la même classe d'anglais, que tout à coup elle s'était tournée vers moi et qu'elle avait engagé la conversation comme si j'étais une vieille copine. Elle m'avait alors demandé s'il était vrai que je connaissais Nicolas Boucher, le beau gars du Petit Séminaire de Québec. Je lui avais répondu que oui, que j'avais été à l'école primaire avec lui, que je le voyais quasiment chaque jour dans l'autobus qui me ramenait à la maison et qu'elle le verrait aussi si elle venait chez moi un jour après l'école.

— D'accord, avait-elle dit.

— D'accord quoi?

— Je vais aller chez toi. Vendredi prochain?

Et elle était venue. Nous avions pris l'autobus 7 jusqu'au carré d'Youville où, à ma grande frustration, nous avions constaté l'absence de Nicolas.

Katinka avait d'abord haussé les épaules et pris un air nonchalant dans l'espoir d'attirer l'attention des autres garçons du Petit Séminaire qui remontaient la rue Saint-Jean et qui s'attroupaient au terminus. Le peu de succès de Katinka auprès d'eux s'apparentait à l'indifférence que j'essuyais chaque jour de leur part, et je m'en étonnais. Katinka, elle, semblait me le reprocher. Quand l'autobus 30 s'était immobilisé devant nous et qu'il avait fallu y monter, elle s'était irritée :

— Il me semblait qu'il prenait l'autobus avec toi ?

— D'habitude, oui. Il va peut-être monter au carré Jacques-Cartier. Il fait ça, des fois.

— N'importe quoi.

— Je t'ai quand même rien promis ! Descends, si t'es pas contente !

De nouveau, elle avait haussé les épaules. Nous nous étions assises en silence. Elle regardait par la fenêtre. À l'approche du carré Jacques-Cartier, elle avait rassemblé ses affaires, et j'avais compris qu'elle avait perdu toute envie de venir chez moi.

— Regarde ! Il est là !

J'avais saisi le bras de Katinka, qui avait immédiatement reposé son sac sur la banquette. Nous avions tourné notre regard vers l'avant de l'autobus. Nicolas Boucher montait. Il présentait sa passe d'un geste minimal. Il venait vers nous, qui baissions les yeux.

— Salut, les filles, avait-il dit en hochant la tête.

Katinka était sortie avec lui pendant quelques semaines et elle s'en était vite lassée. Mais pendant cette courte période, elle avait passé ses fins de semaine chez moi. Nous étions devenues copines.

— Mais comment t'as fait pour revenir si vite ? lui demandais-je devant les casiers du manoir Saint-Castin.

— J'ai chiâlé, c'est tout. J'ai dit que je pouvais me garder toute seule pour le restant des vacances.

Seule ? Nous nous sommes regardées avec la même idée.

— Oui : prépare-toi au meilleur party du Jour de l'An depuis ta naissance, Liv. Ça va être l'orgie !

Katinka m'inquiétait toujours lorsqu'elle parlait de la sorte, mais il y avait beaucoup d'enflure et d'exagération dans ce qu'elle disait et, au bout du compte, avec nos six packs de *coolers*, nos rares cigarettes de pot et nos frenchs avec les gars du Petit Séminaire ou du manoir, nous finissions toujours par nous comporter comme des représentantes assez conventionnelles de notre classe sociale et de notre époque. Pour ma part, honnêtement, je préférais cela.

Je me suis assise à côté d'elle pour mettre mes bottes. Je la voyais qui guettait, tel un radar, les skieurs matinaux qui allaient et venaient. Il s'agissait surtout de bouts de chou qui avaient cours dans la pente école.

— Qui tu guettes comme ça ?

— Vincent.

— Encore, Katinka? Tu l'aimes encore?

— Je l'aime pas. Je le veux.

Vincent était le gars le plus populaire du manoir. Il avait quitté le cégep pour être patrouilleur l'hiver, chômeur l'été. À la cafétéria, sur sa banquette de prédilection, contre la baie vitrée qui donnait sur les pentes, il embrassait à pleine bouche une fille différente chaque semaine.

— Mais Kat, tu sais bien qu'avec lui, c'est une fille après l'autre. Tu le sais que ça ne durera pas.

— Avec moi, ça va être différent.

— Mais qu'est-ce que tu lui trouves, de toute façon?

— Il a de l'expérience.

Mais Vincent, ce matin-là, n'arrivait pas. Katinka était déçue. Nous sommes allées récupérer nos skis que nous avons chaussés avec nonchalance, de ces mouvements secs des pieds qui se concluaient par le claquement des fixations. Nous sommes descendues vers les télésièges en ligne droite, sans dévier de notre trajectoire étudiée, comme si ça skiait tout seul. Nous nous trouvions bien spéciales.

Depuis les télésièges, Katinka a regardé les quelques skieurs dans l'espoir d'y reconnaître celui qui l'intéressait. Je n'ai pas dit : « Mais je suis là, moi, Katinka! Je suis heureuse de te voir! » Je n'ai pas demandé si Philippe était rentré des Éboulements, lui aussi.

Nous avons skié tout l'avant-midi et il ne s'est rien passé de notable.

*

Entre deux virées au centre de ski, j'ai passé le reste du temps des fêtes à essayer de joindre International Exchange par téléphone. (C'était ça, le nom de l'organisme. Jocelyne avait téléphoné le lendemain du party pour me communiquer cette information. Elle retirait toujours beaucoup de satisfaction du fait de rendre service avec célérité.) Le bottin téléphonique sur les genoux, le combiné à l'oreille, je laissais longuement sonner et je recomposais toutes les demi-heures. Tout le monde était en vacances. En 1988, quand on téléphonait à un organisme entre le 23 décembre et le 7 janvier, soit on se heurtait à un répondeur téléphonique et on laissait un message, soit l'appel retentissait pendant de longues minutes dans un bureau désert. Ma détermination à obtenir des informations, à m'inscrire pour le voyage, se heurtait à un bureau déserté pour les vacances.

Je ne savais pas ce qui me prenait. Pour la première fois de ma vie, je désirais quelque chose qui ne se vendait pas aux Galeries de la Capitale. Mais le désirais-je vraiment? Et qu'est-ce que je désirais au juste? Partir? Apprendre une autre langue? Passer l'hiver dans le Sud? Cela ressemblait fort à un caprice de plus. Mais un processus s'était mis en marche et je m'obstinais. Je n'avais rien à perdre à m'informer, calculais-je.

J'ai fini par obtenir, le 31 décembre en après-midi, une responsable qui était passée au bureau, pressée par la compagnie de sécurité qui l'avait avertie que l'alarme d'incendie s'était déclenchée.

Après avoir constaté que le thermostat se maintenait à quinze degrés Celsius et que rien ne fumait, cette responsable a retourné quelques appels. «International Exchange, m'a dit cette femme, est un organisme qui favorise les échanges entre étudiants de 16 à 19 ans en fin d'études secondaires. Il est présent dans quarante pays. C'est Felicia Glover, une infirmière de la Croix-Rouge revenue à peu près indemne, mais très secouée, du débarquement à Dieppe, qui l'a mis sur pied au lendemain de la Seconde Guerre mondiale afin de favoriser l'harmonie et la compréhension entre les peuples.»

Je me souviens encore de ces mots. Quand je les ai entendus, au téléphone, mon cœur s'est mis à battre plus fort. J'ai compris que je n'en étais déjà plus à mon fantasme initial, qui avait bel et bien été de passer l'année sur une plage californienne et de m'en vanter à mon retour. Le soleil et la chaleur: oui, mais pour construire quelque chose. C'était drôle, parce qu'à la limite, il m'avait toujours paru terriblement niais de s'exalter pour des utopies telles que l'harmonie ou la fraternité. Mais voilà que je trouvais ça beau. Et tant mieux si, pour améliorer le monde, il fallait se dorer au soleil!

Il est toutefois devenu clair que ce ne serait pas si simple.

Il y avait des tonnes de papiers à remplir, des appels téléphoniques à faire, des décisions à prendre, des gestes à poser. Ma mère, soupesant l'épais envoi de documents que la femme d'International Exchange s'est empressée de me faire parvenir à mes frais, a commencé à râler. Elle pressentait que le 13,87 $ qu'elle devait débourser n'était que le début d'une longue série de factures qu'elle aurait à acquitter jusqu'à ce que la fantaisie de ce voyage m'abandonne et que je revienne à des ambitions plus modestes.

Pour l'heure, c'était plutôt l'inverse. Mes ambitions gonflaient, gonflaient. Jamais il ne m'était venu à l'idée d'accomplir quelque chose d'aussi démesuré que de quitter Québec. Et voilà que Jocelyne avait évoqué cette possibilité de voyage alors que je traversais un instant de désœuvrement si puissant qu'elle m'était apparue comme l'unique solution à la stagnation de mon adolescence. J'allais donc partir. L'affaire était entendue. Pour échapper aux doutes et aux questions décourageantes de ma mère qui se penchait par-dessus mon épaule pour lire les documents en même temps que moi, j'ai tout ramassé, enveloppes, piles de papiers, formulaires et stylos, et je suis allée démêler tout cela dans ma chambre.

Il me fallait d'abord choisir un pays. D'office, j'ai écarté les destinations trop exotiques (Égypte, Brésil, Corée, Mexique et Thaïlande). L'esprit d'entreprise qui m'habitait était certes nouveau et assez ardent, mais cette disposition optimiste ne pouvait en aucun cas être qualifiée de téméraire. Honnêtement, je me figurais passer l'année couchée par terre sur une paillasse parmi les lézards et les cancrelats d'un de ces pays «en voie de développement», et c'était beaucoup plus que ne pouvait supporter mon imagination atrophiée par quinze années passées dans un bungalow des Laurentides astiqué au M. Net. Le Japon, l'Australie et la Nouvelle-Zélande ont été mis de côté en conclusion du même type de raisonnement : crocodiles, serpents venimeux, alphabet katakana, tremblements de terre. Comment expliquer ? Je désirais partir, mais pas trop.

J'ai passé plusieurs heures à scanner du regard la liste des pays proposés. À la méditer. À l'évaluer. Étendue sur mon lit, les mains croisées derrière la nuque, le regard dans le vague : où aller ? L'idéal aurait été de partir pour le sud des États-Unis. Mais le formulaire réclamait quatre choix de pays. Il n'était pas possible d'y inscrire une région ou un État. En proposant ma candidature pour les États-Unis, je risquais de me retrouver dans le New Hampshire ou dans les Dakotas, plutôt qu'en Californie comme la nièce de Jocelyne. Ces éventualités manquaient évidemment d'attrait. Je retournais à la liste. France. Espagne. Angleterre. Grèce. Italie.

L'Europe, donc. De fait, il était difficile de résister à l'attrait de ces contrées de conte de fées, de chaleur espagnole, de pâtes italiennes, de facilité linguistique (en France). J'étais certaine, advenant un séjour en Italie, par exemple, de me retrouver dans la chambre lumineuse d'une villa cossue, de fréquenter un lycée animé de jeunes gens bien habillés et accueillants, de passer mes après-midi à grignoter des biscotti dans les cafés situés dans des ruelles tortueuses tout en faisant mes devoirs, alors qu'il ne pleuvrait jamais. L'idée que je me faisais de l'Europe était figée en

1800. C'était une Europe post-révolutionnaire, préindustrielle, une représentation terriblement idéalisée. Même en France, j'étais persuadée qu'on m'enverrait sur la côte méditerranéenne. Pas un instant il ne m'est venu à l'esprit qu'en l'inscrivant comme troisième choix, je courais le même risque qu'avec les États-Unis. Si je m'étais retrouvée dans des villes aussi nordiques que Caen ou Lille, j'aurais été bien attrapée, et j'aurais probablement paniqué.

La tête pleine d'extases touristiques victoriennes, je me suis donc emparée de mon stylo et j'ai mis :

1. Italie
2. Espagne
3. France
4.

Je suis venue bien près d'inscrire la Grèce en quatrième position, à cause du soleil et des petites maisons blanchies à la chaux autour de la mer Égée. Mais j'avais des doutes sur le degré de civilisation de ce pays. Et puis la langue… Restaient donc l'Angleterre et l'Allemagne. L'Angleterre était plus facile à cause de l'anglais, mais c'était le pays qui nous avait jadis conquis et à l'école j'avais appris sinon à le détester, du moins à le bouder. L'Allemagne, au contraire, avait un je-ne-sais-quoi. Le château de Neuschwanstein, Sissi (qui était autrichienne, mais qu'importe), le rocher de la Lorelei sur le Rhin. Je connaissais ces clichés et je les appréciais. De plus, c'était la destination la plus orientale que j'étais capable d'envisager sans m'évanouir d'anxiété.

Et la langue? Le souffle coupé par cette ultime objection, j'ai hésité, le stylo en l'air, mais j'étais lasse, je voulais en finir et j'ai donc inscrit:

4.   Allemagne.

Je me débrouillerais avec ce que j'appelais «mon anglais» (une moyenne de 73 % depuis le début de mon secondaire et un répertoire d'une bonne centaine de tounes américaines: «Come back to me», «Don't ever let me live without you», etc.). Ça allait devoir faire l'affaire.

De toute façon, je ne m'imaginais plus qu'à Florence, en osmose linguistique latine avec les Italiens, parmi les trésors artistiques de la Renaissance, et les collines à quelques pas de la mer.

J'ai passé le reste de mon congé des fêtes à rassembler des photocopies de mon certificat de naissance et des lettres de référence afin d'obtenir un passeport. J'ai poireauté dans la salle d'attente de ma médecin de famille pour qu'elle produise le certificat qui attestait de ma bonne santé. J'ai rédigé le texte qui expliquait mon désir de passer une année à l'étranger et qui moussait ma candidature. J'ai fait de mon mieux pour éviter les fautes d'orthographe. J'étais capable de bien écrire quand je le voulais.

J'ai accompli tout cela seule. Mon enthousiasme ne diminuait pas. C'était comme un jeu. Mes parents étaient tout à fait dépassés par mon ambition qu'ils jugeaient incongrue. Ils ne me connaissaient, comme élans assez mitigés – et toujours brefs –, que les amourettes débiles et sporadiques qui me propulsaient vers les garçons du centre de ski. Une fois, il est vrai, j'avais demandé à apprendre le piano. Mais lorsque le piano avait été acheté (un modeste Yamaha, heureusement), et les leçons payées d'avance pour un an, mon enthousiasme n'avait duré que quelques semaines. Jamais mes parents n'avaient espéré que je me distingue en quoi que ce soit, et d'ailleurs mes résultats scolaires ne les encourageaient pas à nourrir des illusions particulières à mon sujet. Jamais ils n'avaient fait pour moi de projets autres que celui de me voir devenir une employée du gouvernement du Québec ou de l'Université Laval. Ils me voyaient vivre ma vie adulte dans une de ces maisons de ville préfabriquées pas trop chères que l'on commençait à construire aux alentours des Galeries de la Capitale. Ils se voyaient grands-parents d'un ou deux enfants, pas plus, et pas avant que j'aie terminé un baccalauréat, en administration de préférence. Jamais ils n'avaient envisagé la possibilité que je les quitte si tôt. Mon père craignait – et il faut dire que je lui en avais donné, au cours des derniers mois, des raisons concrètes – mon comportement sexuel, et ce qu'il nommait ma «consommation», parce qu'il ne savait pas se représenter de façon plus concrète ce qu'il pouvait bien se passer dans un party d'adolescents. Il doutait de la capacité d'une famille d'accueil, européenne de surcroît, à modérer mes emportements d'adolescente. Ma mère, qui n'avait pas les moyens d'avancer les 6000 $ que coûtait l'aventure, se refusait à endosser mon projet, et attendait, résignée, que je me heurte à un refus de l'organisme, lequel serait, imaginait-elle, motivé par mon trop jeune âge et mes médiocres résultats scolaires.

Or, j'ai été choisie. En février 1989, j'ai appris que je partais vers l'Allemagne et que je bénéficiais d'une bourse qui couvrait la totalité des frais liés à mon séjour en Europe. Ma ville d'adoption était Norderstedt, près de Hambourg, à quatre bons degrés de latitude et à 800 km au nord de Caen. Ma famille d'accueil se nommait Eichmann.

Du mercredi 12 septembre
au mercredi 26 septembre 2001

La fumée large et épaisse sillonne paisible-ment l'azur de ces journées-là. Elle devient fami-lière. Sabine la cherche sans cesse des yeux. Au début, les premiers jours, elle est là pour vrai. Elle flotte encore, elle s'attarde, déchiquetée en lambeaux qui s'éparpillent, qui n'ont plus le ca-ractère fantastique des premières heures, et qu'on voudrait enfin voir disparaître pour de bon. Lorsque c'est fait, lorsque toute trace de fu-mée est totalement dissipée et que le ciel est redevenu innocent, on ne peut s'empêcher de la rappeler à sa mémoire, et alors elle apparaît. C'est une illusion d'optique, bien sûr, des restes mnésiques, ces deux sillons noirs et toxiques, à la fois effarants et floconneux. Et si on s'acharne un tant soit peu à les faire revivre, ils s'allongent, ils s'allongent… Ils deviennent beaucoup plus longs que ce qu'ils ont été dans la réalité, jusqu'au plus loin qu'on peut regarder vers l'horizon impas-sible.

À l'école, on a fait venir des psychologues qui reçoivent chaque élève, un à la fois, dans un bureau improvisé.

— As-tu vu la destruction du World Trade Center à la télévision? demande-t-on à Sabine.

— Oui.

— Est-ce que cela t'a fait peur?

— Un peu, oui.

— Pourquoi?

— Ben... C'était épeurant.

— Peux-tu m'expliquer un peu mieux ce que tu as ressenti?

— Pas vraiment, non.

Dans la classe de Sabine, les garçons et les filles apprivoisent le jargon de la catastrophe. *Al-Qaida. Windows on the world. Afghanistan. United Airlines. Retaliation.*

Sabine ne connaît pas de victimes des attentats, pas plus qu'elle ne cherche à s'inventer de parenté aussi poignante. Autour d'elle, les filles se vantent de connaître quelqu'un qui connaît quelqu'un qui était dans les tours et dont on n'a retrouvé, parmi les débris fumants, que le cellulaire en train de composer et de recomposer infiniment et automatiquement le numéro de son amoureuse. Cela a impressionné Sabine les premiers jours, mais maintenant ça la fatigue.

Elle voudrait déjà passer à autre chose. Elle constate que ce n'est pas possible. On ne peut pas faire comme si de rien n'était. Il faut dire et redire la catastrophe pour qu'on l'assimile et qu'elle se réifie, pour qu'elle devienne ce monument plus gros et plus fantasque encore que ne le furent les tours elles-mêmes, un tumulus grandiose de mots inattaquables et inincendiables. Alors le 11 septembre 2001 fera partie de chacun et empêchera tout le monde, pour les siècles à venir, de rêver banalement aux garçons le soir dans son lit, d'aspirer à grandir sans avoir à se

dire à chaque instant que nous avons été attaqués, nous les États-Uniens et les États-Uniennes
d'Amérique, et que le plus probable est que nous
le serons encore.

— Cela s'appelle la catharsis, dit la mère de
Sabine au souper.

— La quoi?

— La catharsis. *Though I'm not sure of the word
in English. Never mind.*

— Mais j'aime pas ça, toujours parler du 11 septembre. C'est con.

— Con?

— Ouin.

Sa mère la regarde:

— T'es pas obligée d'en parler, toi.

— *I know.*

Elle se lève de table.

— Eh! Desservs ton couvert!

Sabine revient vers la table en soupirant. Sa
mère se lève derrière elle:

— Ça va passer, tu vas voir. Les gens vont
finir par parler d'autre chose.

C'est ce que Sabine désire plus que tout: que ça
passe. Maintenant, tout de suite, immédiatement.
Elle veut que les jours se succèdent, inlassables,
qu'il pleuve ou qu'il fasse soleil, peu importe, mais
que cela ne cesse pas. Elle veut la continuité et
l'enchaînement, la chorégraphie lisse et gracieuse
de l'existence. Sans perturbation aucune.

Dehors, partout, une floraison de drapeaux.
C'est *cool*, les étoiles dorées, les bandes rouges sur
fond blanc, ça soutient l'Amérique, ça lui martèle
qui elle est. Sabine voudrait être fière, et elle l'est,

et même ça lui fait du bien de se sentir en liesse, mais tout de suite on se rappelle la raison d'être de cette débauche iconique : le deuil, la revanche, nous Américains contre vous qui êtes autres et menaçants, le front commun de la méfiance et de la peur. Il y a quelque chose de malsain dans ce chatoiement coloré qui est supposé figurer l'allégresse, mais qui rappelle l'horreur et l'impuissance. Et puis Sabine n'est pas certaine d'être vraiment américaine, alors il y a des jours où elle se demande s'il est légitime qu'elle nage, elle aussi, dans cette mer de drapeaux pour se consoler.

La catharsis. *Oh well.*

Sa mère a cessé de regarder les nouvelles. « On le sait, ce qui est arrivé. À quoi ça servirait de s'en laver le cerveau jusqu'à oblitérer tout le reste ? » *My so-called life* est le seul programme qui trouve grâce aux yeux de Sabine, parce qu'en suivant les malheurs adolescents de la protagoniste, elle se réfugie dans un monde télévisuel clos, complet et terminé une fois pour toutes, un univers qui a été écrit, imaginé et tourné avant le 11 septembre. Le malheur est qu'une fois l'émission terminée, Sabine a du mal à réintégrer le vrai monde. Sa respiration est hachurée. Elle sait que c'est fini, passé, et que George Bush s'occupe de tout, mais elle est sur ses gardes. Qu'est-ce qui va encore arriver ?

Au parc, les jambes étirées de Sabine sur la balançoire touchent le bleu du ciel. L'automne est frais, avec son ocre, son rouge, ses orangés. Sabine, momentanément, oublie. Dehors, l'air est si tonique et abondant qu'on ne peut pas vraiment croire qu'on pourrait en manquer. Et puis quel terroriste perdrait son temps à percuter un camion de livraison contre un bloc à appartements de Jersey City ? Là-bas, dans le stationnement, les garçons de sa classe s'échangent des mégots. Ils mettent les mains dans les poches de leurs jeans trop larges, trop mous. Ils s'exclament en monosyllabes décontractées. *Eh man. What's up man.*

Si au moins il y avait encore la patinoire. Sabine a abandonné le patin parce qu'elle en avait marre de faire des efforts et d'enfiler des jupettes. *Plus haut, ton saut ! Attention à l'arrondi de tes bras ! Patine plus vite et avec plus d'élégance, Sabine !* Quelle aliénation ! Elle voulait enfin avoir la possibilité de passer ses soirées à chatter avec ses amies. Mais il s'avère que ses amies n'ont pas la permission de monopoliser l'ordinateur familial et que les discussions se terminent vite.

Après l'école, elle fait ses devoirs chez Tasha, à qui elle explique les mathématiques. Des deux, c'est elle qui a l'esprit le plus vif, mais Tasha est beaucoup plus méthodique et appliquée. Elle apprécie le travail bien fait.

— Pourquoi tu soulignes tout ?

— Je ne souligne pas. J'utilise ma règle pour tracer des lettres qui ne dépassent pas.

Seule Tasha peut être aussi minutieuse.

La porte d'entrée s'ouvre. Les parents de Tasha sont là avec des sacs d'épicerie. Ils sont tournés l'un vers l'autre et parlent avec animation.

— *That anthrax shit.*

— *I know. They've had an envelope just here in Union City !*

— *Gosh. My mom lives in Union City!*

— *But what can you do about it. Besides praying and hoping.*

— *Yeah. I'm afraid they'll eventually hit on the kids. Schools are easy targets.*

— *They probably will. They want us dead, gone, swept off the map, and the best way to do that is by killing our children. Burn the ground to its very core, and then build their fucking mosques all over our country.*

— *Gosh. We have to fight against that, don't we?*

— *Sure. President Bush will send troops. It's already settled. Just wait and see.*

Sabine est assise toute droite et les regarde. Les entend, surtout, avec acuité.

— Ils sont fatigants avec leur 11 septembre, han? demande Tasha.

— Hmm.

— Maman! Papa! Vous voyez pas qu'on est là?

Les parents de Tasha viennent vers elles:

— Mais oui, on vous voit. Ça va bien, vous autres?

Sabine se lève. Elle range ses cahiers dans son sac. Elle va glander dans le stationnement avec les garçons jusqu'à ce que sa mère revienne du travail.

*

— Maman?
— Oui, Sabine.
— Est-ce que c'est l'œuvre de Satan?

64

— Hein? Quoi donc?

— Ben, le 11 septembre, là.

— Qui est-ce qui a bien pu te mettre cette idée-là dans la tête? Pas Mme Hyatt, toujours?

— Je le sais que ça n'a pas rapport. Mais il y en a qui disent ça.

— Il n'y a pas de Satan, franchement! Tu ne crois pas à ces niaiseries-là, j'espère!

— Ben non.

— C'est de la haine et de la bêtise, *as usual*. Une religion contre l'autre. Deux civilisations qui se regardent en chiens de faïence.

— Mais les terroristes sont diaboliques, non?

— Le monde n'est pas si simple, Sabine.

— Non?

— Non.

— Et Ben Laden, alors?

— Ouais. Comment t'expliquer... Ben Laden est un catalyseur.

— Un quoi?

— Un catalyseur de catharsis!

Pour une rare fois ces temps-ci, elles se sourient avec complicité toutes les deux.

*

Sabine pense plus que d'habitude à son père. Il est grand, mince et blond. Il est allemand. Ses présentations orales détonnent parmi celles des élèves de sa classe. Eux ne parlent plus que d'Afghanistan, de terrorisme et d'anthrax. De la quantité de kérosène conflagré que ça prend pour anéantir une tour de 110 étages.

— J'ai choisi de vous parler du bombardement de Dresde.

— Du quoi?

— Commence pas, Brandon.

— Dresde est une ville d'Allemagne de l'Est. Elle a été bombardée en février 1945, explique Mme Hyatt, qui vient à la rescousse de Sabine.

— C'est ça, reprend Sabine. Elle a été bombardée par les alliés à la toute fin de la Seconde Guerre mondiale. Les Alliés, c'était notamment les États-Unis et l'Angleterre.

— *America rules*! affirme Brandon.

— Vas-tu te taire?

Sabine ne s'en laisse pas imposer.

— Bon. Ce bombardement par les alliés a marqué le début de la fin de la Seconde Guerre mondiale. Mille trois cents B-17 de la USA Air Force ont alors largué près de 4000 tonnes d'engins incendiaires et de bombes sur cette ville de 600 000 habitants. On estime que l'opération a fait plus de 100 000 morts, mais il est difficile de les dénombrer avec exactitude, car un nombre incalculable de personnes ont disparu en cendres sous l'effet d'une chaleur avoisinant les 1000 degrés Celsius.

Avant la guerre, on disait de Dresde qu'elle était la Florence du nord, c'est-à-dire qu'elle regorgeait de trésors artistiques. De fait, c'était une ville magnifique sur le bord de l'Elbe.

Nous – les Américains – avons justifié l'attaque en prétendant que Dresde constituait une cible militaire importante. Mais il semble aujourd'hui que le véritable but du bombardement

ait été de saper le moral de la population allemande et d'impressionner les Russes qui approchaient sur le front est.

Voici un témoignage: «C'était une horreur
inimaginable. Tout était en feu. Nous avions de
la difficulté à respirer. Ma mère a enveloppé le
bébé dans une couverture mouillée. Nous avons
couru à travers les corps calcinés, les membres
éparpillés. Il y avait des incendies partout. On
ne voyait plus le ciel à cause de la fumée. Les
maisons s'écroulaient. Les sirènes hurlaient. Une
poutre s'est effondrée sur ma mère et le bébé. Je
ne sais plus comment j'ai réussi à fuir. J'avais six
ans.»

La ville a été incendiée à plus de 90 %, avec
une efficacité comparable à la destruction d'Hi-
roshima et de Nagasaki.

Lorsque les incendies ont été éteints, des
dizaines de milliers de corps, pour la plupart des
corps de femmes, d'enfants et de vieillards, ont été
empilés sur la place publique. On s'est dépêché
de les incinérer avant qu'ils se décomposent.

*

— Ma mère veut que je rentre avant qu'il
fasse noir.

— *Fuck.*

— Je le sais.

— Elles capotent toutes depuis...

— Ouin. Depuis *nine eleven.*

C'est le nom de code de cette chose qui s'est
écrapoutie sur leur vie.

— Toi, Sabine?

— Oh, moi j'ai pas d'heure pour rentrer.

— T'as de la chance. Ta mère est cool.

Sa mère est-elle *cool*? Sabine regarde là-bas, dans le parc, les enfants se bousculer, crier de joie en descendant la glissade. Leur conscience naïve de quatre ans les protège-t-elle du 11 septembre? Ou est-ce qu'il faut qu'elle remonte encore plus loin dans le temps pour se rappeler ce que c'était qu'un âge innocent?

*

Un soir, Sabine regarde sa mère bûcher sur une traduction importante. Assise sur le divan, les genoux entre les bras, elle réfléchit en attendant de se mettre au lit. Elle ne veut pas ouvrir la télé et tomber sur *quelque chose*.

— Pfff. Je n'y arrive pas ce soir, dit sa mère.

Elle replie le portable pour l'éteindre, ne plus le voir. Elle se laisse tomber dans le divan à côté de Sabine.

— Aurais-tu le goût d'aller à Manhattan samedi, Sabine?

— Avec toi?

— Ben oui, avec moi!

— Pourquoi?

— Pour magasiner, passer du temps ensemble. Est-ce qu'on a besoin d'une raison?

— J'ai pas le goût.

— Pourquoi?

— J'ai pas le goût, c'est tout!

— Si ce sont les attentats qui t'inquiètent…

— Je ne suis pas inquiète !
— Bon. Laisse faire d'abord.
Sabine aurait aimé que sa mère insiste.

Troisième partie

Cap-Rouge

Je partirais donc.

Je m'arracherais à Notre-Dame-des-Laurentides, à l'école secondaire Notre-Dame-de-Bellevue, à mes copines délurées et fofolles, aux jupes à carreaux imposées par les sœurs et que nous barbouillions de feutre, aux séances de foirage (ce mot qui voulait dire « embrasser et caresser ») avec les gars du Séminaire (rarement, toutefois, avec ceux que je convoitais), aux veillées au carré d'Youville à boire et à ne pas inhaler la fumée de cigarettes achetées à l'unité.

Katinka n'en revenait pas. En avril, pour mes seize ans, elle a décidé d'organiser un party chez elle.

— Pour te faire passer l'envie de partir! Tu vas voir, on va te faire un party dément, avec une fontaine de vodka-jus d'orange puis *full* de beaux gars qui vont tous tomber en amour avec toi, puis après ça, tu vas être bien obligée de rester avec nous autres!

Je ne me suis pas enthousiasmée tout de suite. Outre que je craignais vaguement les fantasmes de partouze de mes amies adolescentes et leurs possibles débordements, je me méfiais des élans mythomanes de Katinka. Son party du jour de l'An qui, selon ses termes mêmes, devait se révéler «orgiaque», n'avait jamais eu lieu. Les parents de Katinka étaient inopinément rentrés de leur chalet le 30 décembre et l'avaient contrainte à sagement défoncer la nouvelle année en famille. Elle n'avait pas rouspété outre mesure, à ce que je sache. Peut-être avait-elle toujours su qu'elle ne serait pas libre de faire ce qu'elle voulait le 31 décembre et que cela l'arrangeait de faire miroiter à tout bout de champ des foires alcoolisées qui ne se concrétisaient jamais. En tout état de cause, j'avais appris à ne pas prendre ses promesses trop au sérieux.

Or, elle a bel et bien organisé un party pour mon anniversaire, et il a eu lieu. Appuyée par son frère Philippe, elle a supplié ses parents de lui laisser la maison, le soir du 14 avril 1989, et ils ont acquiescé à sa demande. Ce jour-là, un vendredi, M. Dupré est rentré tôt de son travail dans l'import-export (il occupait un bureau sur le chemin Sainte-Foy, dans un édifice qu'il avait fait construire pour sa compagnie), il a empoigné les valises que Mme Dupré, tout l'après-midi, s'était employée à remplir de vêtements lavés et repassés par ses soins, ainsi que la glacière de provisions qui leur permettrait de subsister toute la fin de semaine, ils les a entassées dans le coffre de la Mercedes en forçant un peu, puis il est revenu dans l'entrée où Mme Dupré s'informait de moi et me pressait de venir plus souvent parce que j'étais une bonne amie pour Katinka, et il a dit :

— Viens-tu, là, Agnes ?

Mme Dupré a rappelé à Philippe comment mettre le système d'alarme en fonction et à Katinka qu'il y avait de l'argent pour les commissions dans le tiroir de la cuisine. Puis, vers 17 h, ils sont partis vers leur chalet des Éboulements sans se faire plus de soucis que cela.

J'ai assisté à leur départ, assise sur les marches devant la maison. J'ai regardé la Mercedes s'éloigner sans bruit, dans un doux ronronnement, puis disparaître au coin de la rue des Cèdres. J'ai fermé les yeux. C'était un bel après-midi de printemps. L'air était doux. Les crocus perçaient le long des clôtures, là où la neige, réchauffée par la terre vive des plates-bandes, avait déjà fondu. Des filles du primaire se faisaient des passes de basket dans la rue peu passante. Elles s'exclamaient joyeusement, concentrées, satisfaites de leur jeu. Un rayon de soleil, dans le ciel nuageux, plombait sur moi.

— Liv? T'es où?

J'entendais Katinka me chercher dans la maison.

— Ici! En avant!

Une longue soirée s'étalait devant nous. J'ai soupiré. J'aurais voulu que ce fut cela, mon party, ici et maintenant: rester assis tranquilles à prendre une bière ensemble, Katinka, Philippe et moi, sur le devant de leur maison de banlieue, dans l'après-midi qui, doucement, cédait la place au soir. Regarder les enfants qui s'amusaient. Penser à notre enfance envolée, déjà, et à notre avenir de cégépiens qui se précisait. Sur le ton de la confidence, regretter que ce ne soit déjà plus le temps de se lancer la balle dans la rue. Nous demander si nous en aurions, un jour, des enfants.

Le fait que Katinka ait organisé un party pour moi me comblait de joie et me rassurait sur son amitié. Elle avait grand cœur malgré ses accès d'égoïsme. Elle n'avait pas des tonnes d'amies pour rien. Mais je m'étonnais de mon peu d'enthousiasme à la perspective de consacrer une soirée de plus au *cooler* et aux minauderies. J'en avais un peu marre que nous ne parlions jamais, Katinka et moi, que des mélanges de fort et de jus qui saoulaient le mieux sans rendre malade, que des gars et de la façon de les amener à nous embrasser, marre de lui offrir sans cesse la compétition facile qui la faisait triompher dans une gloire qui ne satisfaisait qu'elle, marre de ramasser ceux qu'elle ne désirait pas.

M'ayant enfin repérée, elle s'est assise près de moi.

— Brr. C'est pas chaud!

Un nuage passait.

— Attends. Le soleil va revenir.

— Ouin. De toute façon, on a des choses à faire, nous!

— Comme quoi?

— Ben, préparer la maison!

— Philippe va-tu nous aider?

— Oui, oui. Il est déjà en train de descendre des cadres dans le sous-sol.

Elle s'est levée, frissonnante.

— Viens! On va aller l'aider! *Anyway*, il revient pas, ton soleil.

« Préparer » la maison signifiait la condamner, du moins temporairement. Placarder certaines fenêtres. Étendre des bâches sur les fauteuils. Entreposer les cadres et les bibelots au garage et au sous-sol. Bloquer l'escalier qui menait aux étages du *split level*. Afficher clairement les toilettes avec des grosses flèches que j'ai moi-même collées un peu partout dans l'entrée, le salon et la cuisine.

— Combien de monde t'attends, coudonc, Kat?

— Ben, j'sais pas, là.

— Combien de personnes t'as invitées ?

— Euh...

— Beaucoup ?

— Ouin. Pis j'ai dit à ce monde-là d'amener qui ils voulaient.

— Un *open house*, donc.

— Ouin, on peut dire.

Je commençais à croire qu'elle avait vraiment fait les choses en grand cette fois-ci. Je m'inquiétais de ce que ça pouvait devenir, un *open house*. Des tas de légendes urbaines assez peu réjouissantes circulaient à ce sujet. La mort dans l'âme, je suis partie au dépanneur acheter une caisse de 24 pour bien me faire voir des gars, car la plupart d'entre eux appréciaient les filles qui buvaient de la bière, et encore plus celles qui partageaient.

Les gens ont commencé à arriver vers 19 h. Pressés de boire, ils jetaient leur manteau par terre dans le corridor, allaient à la cuisine, posaient leur stock de bière sur le comptoir et allaient s'écraser par terre dans le salon, à cause des bâches sur les divans. Des couples se sont tout de suite mis à s'embrasser et, après quelques minutes, certains ont réclamé « de l'intimité ». Katinka, bonne fille, a jugé que ces couples, malgré le caractère clairement *ad hoc* de leur union, méritaient qu'on fasse pour eux une exception et elle leur a dit d'enjamber la clôture dans l'escalier. Ce mouvement vers le haut a créé de l'espace dans le salon, et on en avait besoin. Ça grouillait partout au rez-de-chaussée. Le plancher de bois franc était déjà mouillé et collant à la grandeur. Quelqu'un a mis le lecteur de disques compacts en marche. Un *heavy metal* que je ne connaissais pas a tonné bien au-delà des murs de la maison. Les vitres en tremblaient derrière leurs panneaux de *plywood*. Au milieu du désordre, les détecteurs de fumée, qu'on avait oublié de désactiver, ont fait entendre leur épouvantable sirène. Les cendriers débordaient. Environ un pied de fumée rampait au plafond. En levant le regard, on se demandait comment il se faisait que les détecteurs n'aient pas été alarmés plus tôt.

Et ça continuait d'entrer à pleine porte.

Nicolas Boucher n'avait pas été invité, mais il est venu quand même. Lorsqu'il est arrivé, Katinka, qui apparemment n'avait pas trouvé mieux, est disparue avec lui, et je ne l'ai plus revue. La barrière dans l'escalier avait été arrachée. Elle gisait dans le corridor, et tout le monde s'enfargeait dedans en faisant l'aller-retour entre le salon et la cuisine. Déjà, vers 20 h, il ne venait plus que quelques retardataires qui ne se donnaient pas la peine de sonner avant d'entrer, étant donné que la puissance de la musique disait clairement à des centaines de mètres à la ronde que le party battait son plein au 2347 de la rue des Cèdres et que les règles de civilité ne tenaient plus.

J'ai essayé de boire. J'ai placoté avec des filles et j'ai minaudé auprès de certains gars. Mais rapidement, une certaine lassitude s'est emparée de moi. C'était le chaos. Des couples étaient allongés par terre. Les toilettes étaient bouchées. Les gars avaient le regard vitreux. Le maquillage des filles coulait. Les housses sur les divans donnaient une apparence postnucléaire à la scène. J'avais honte, je crois. J'aurais voulu m'en aller.

Mais j'avais tout juste seize ans et des apparences à sauvegarder. Ne pas apprécier un *open house* organisé en mon honneur était impensable. Je n'avais d'autre choix que de rester. Je me suis donc accoudée au comptoir de la cuisine parmi les sacs de plastique de chez Provi-Soir et les cartons de bière vides décorés d'images de bouteilles qui dégoulinaient de fraîcheur. J'ai pensé à mon voyage.

Il approchait.

International Exchange avait organisé des rencontres préparatoires pour les participants. J'y avais fait la connaissance de jeunes Québécois qui s'apprêtaient à partir pour les États-Unis, la France, l'Algérie, même. C'était des gens spontanés, ouverts et habillés autrement qu'à la dernière mode, qui discutaient de l'indépendance du Québec, des deux cents ans de la Révolution française, de Gerry Boulet, du Che et de la prochaine union européenne avec un sérieux qui ne m'était pas familier. L'idée qu'on puisse s'enthousiasmer pour des idées était totalement nouvelle pour moi.

Je sentais que je changeais. À preuve, je ne parvenais pas à m'enivrer. Je me souvenais de la dernière rencontre préparatoire. Nous étions restés autour d'un feu jusqu'à tard dans la nuit à discuter, à boire de la bière pour fraterniser – non pour nous enivrer –, fiers de modestement contribuer à la fameuse « harmonie entre les peuples », conscients de perpétuer le rite séculaire qui consiste à refaire le monde à cet instant précis de l'adolescence où cela est possible, avant que ce soit le monde qui ne nous refasse.

— Katinka t'a laissée tomber?

À cause de la puissance démente du système de son, je n'avais pas entendu Philippe s'approcher. Je l'ai regardé :

— Demandes-tu ça pour m'écœurer?

— Non, non. Je trouve pas ça ben fin de sa part, c'est tout.

— Elle trippe sur ce gars... Nicolas Boucher. Je la comprends.

— Elle trippe pas sur lui plus que sur un autre.

— Je le sais bien. Mais c'est de ses affaires, non?

— Mais c'est un party pour toi!

Il s'est assis près de moi. Ses beaux yeux bleus étaient paisiblement allumés. Il n'était pas saoul, lui non plus.

— Tu bois pas?

— Non. À cause des entraînements.

— C'est vrai. T'as pas fini ta saison ?

— Non. Il me reste une compétition à Salt Lake City, la semaine prochaine. Elle a dû être reportée à cause d'une tempête.

— Ah. Ça va-tu bien, tes compétitions ?

— Pas pire, oui. C'est pas ma meilleure année.

— Ah.

— Mais je suis arrivé premier au championnat canadien, au 1000 mètres. C'était ça le plus important.

— Wow !

— Ouin.

Il y a eu un silence. Nous regardions ailleurs. Je savais évidemment qu'il avait remporté le championnat canadien, mais je faisais semblant de ne pas avoir prêté attention à cette nouvelle dans les journaux. Il s'appliquait à décoller une étiquette sur une bouteille de Coors. Je le regardais faire.

— Ouin, ben, tu vas nous manquer, en tout cas ! a-t-il dit en repoussant la bouteille vers le milieu du comptoir.

— Ben voyons donc.

— Non, non, je suis sérieux, là !

— Hmm.

Je me souvenais du tremblement de terre. Il m'avait ignorée depuis ce temps-là. Cet après-midi même, il avait déplacé les fauteuils et placardé les fenêtres sans m'adresser la parole. À l'heure du souper, il avait sorti des lasagnes Stouffers du congélateur et m'avait demandé : « En veux-tu une ? » J'avais répondu : « Oui, s'il te plaît », et il l'avait mise dans le micro-ondes après que la sienne eut été prête. Quand la minuterie avait fait son bip bip, il ne s'était pas levé pour aller me la chercher.

Il avait passé la plus grande partie de l'hiver à s'entraîner sur le nouvel anneau olympique couvert à Calgary et à compétitionner dans l'Ouest canadien et en Europe. On pouvait lire les résultats de ses compétitions dans *Le Journal de Québec*, et je l'avais vu, une fois, aux nouvelles du sport de TVA. Je savais qu'il avait connu une bonne saison et que, pour une fois, il était parvenu à ne pas se blesser. Je suivais ses exploits avec dévotion, étonnée de connaître quelqu'un dont on parlait dans les journaux. Le nez dans le journal, j'analysais chaque détail des photos qui le montraient assis sur le banc après une épreuve, le capuchon rabaissé, les cheveux hirsutes, manifestement claqué mais satisfait de l'effort qu'il venait de fournir. Il avait l'air sûr de lui. Il avait l'air de répondre avec humour aux questions des journalistes. Il avait l'air jeune et invincible. J'étais évidemment folle de lui, de son image dans les journaux, et je l'investissais de plus d'un fantasme romantique. C'était débile parce que, de son côté, il semblait à peine s'apercevoir de mon existence. Je ne savais pas ce que ça prenait pour attirer l'attention d'une vedette sportive nationale, mais il était évident que ça prenait plus que moi, Liv Simard, qui avais les cuisses minuscules et atrophiées d'une fille qui se fatiguait au bout de trois ou quatre descentes de ski alpin.

— J'aimerais ça, aller te voir là-bas, était-il néanmoins en train de tenter de me faire croire.

— À Hambourg?

— Ouin, Hambourg. C'est où, donc, ça, déjà? En France?

— En Allemagne de l'Ouest.

— Ah ouin. L'Allemagne de l'Ouest... Est-ce que c'est du côté des bons, ça?

Je comprenais ce qu'il voulait dire.

— Oui. C'est du côté capitaliste en tout cas.

— Ah.

— D'un côté, t'as l'Allemagne de l'Est communiste. Eux, ils ne peuvent pas sortir de chez eux et il y a plein d'affaires qu'ils n'ont pas, comme les lecteurs au laser. De l'autre – est-ce que ça t'intéresse?

— Oui!

Il semblait, en effet, m'écouter avec attention. Il me regardait en souriant au milieu du vacarme.

— De l'autre, tu as l'Allemagne de l'Ouest, un pays européen ordinaire, comme la France ou l'Angleterre.

— Berlin, c'est où, ça?

— C'est compliqué. Berlin est dans l'Allemagne de l'Est, mais la ville elle-même est divisée en deux: Berlin-Est et Berlin-Ouest. Berlin-Est est la capitale de l'Allemagne de l'Est. Berlin-Ouest est capitaliste.

— Ça veut-tu dire que les gens qui habitent à Berlin-Ouest sont libres, mais entourés de communistes?

— Oui. Mais ils ont le droit d'aller et venir entre l'Allemagne de l'Ouest et Berlin-Ouest, en train, en voiture ou même en avion.

Il semblait impressionné.

— Wow. Faut être né du bon bord, en tout cas !

— Ouin. Quand ils ont commencé à construire le mur…

— Le mur de Berlin !

— Oui. Quand ils ont commencé à le construire, en 1961, il y a des gens qui se sont dépêchés de déménager à l'Ouest avant que la frontière se ferme définitivement. Mais comme toujours, il y en a qui ont cru que ça allait s'arranger, qu'il était impossible que la folie humaine aille jusqu'à diviser tout un peuple. Ceux-là sont demeurés à l'Est et ils y sont encore. Chaque année, il y en a plein qui tentent de passer clandestinement à l'Ouest. Il y en a qui réussissent. Qui creusent des tunnels qui débouchent dans des bars de Berlin-Ouest, par exemple. Mais la plupart en meurent. Les gardes frontaliers tirent à vue sur tout ce qui bouge.

Il regardait fixement devant lui. C'était moi qui étais devant lui, mais il ne semblait pas me voir. Peut-être que mon visage donnait un contour aux représentations qu'il se faisait d'un mur érigé au cœur même de l'Europe, un mur qui faisait partie de notre monde dit libre et de notre époque. C'était une réalité difficile à imaginer dans un *split level* de Cap-Rouge déchiré par le vacarme et la bière tiède.

— Viens, a-t-il dit, sortant subitement de sa torpeur.

— Où ça ?

82

Je l'ai suivi. Nous avons rapidement enfilé nos manteaux et nous sommes sortis dans le seul but de nous éloigner du bruit. Il faisait froid. Avec la nuit, l'eau avait gelé sur les trottoirs. Nous marchions avec précaution. Au bout de quelques mètres, il m'a entraînée dans une ruelle piétonnière que je n'avais jamais remarquée et qui débouchait sur la rivière. Nous nous sommes assis sur une roche dont nous sentions le froid glacial à travers nos jeans. Nous nous sommes collés pour nous réchauffer.

— Des fois, je me demande pourquoi je me donne tout ce mal.

— Tu veux parler du patin?

— Ouin. J'arrête pas de me blesser. Ça coûte une fortune à mes parents. Je vois jamais mes amis. Je parcours le Canada, les États-Unis et l'Europe, mais je ne visite jamais rien. Toujours des chambres d'hôtel. Je suis allé en Allemagne au moins trois fois et je ne savais rien de ce que tu viens de m'expliquer, là, le mur de Berlin, l'Est et l'Ouest. Toujours la discipline, les protéines, les vitamines, les séances de musculation et de cardio.

— La gloire…

— Ouin. J'avoue que c'est un trip.

Il m'a regardée :

— Quand t'es sur le podium, puis qu'ils lèvent le drapeau de ton pays, puis que le *Ô Canada* part, puis que t'es le seul à le comprendre parce que t'es en Corée ou en Norvège, puis que ça leur dit rien, à eux autres, ton hymne national, et qu'ils sont juste envieux parce que c'est pas le leur, le seul qu'ils connaissent, qui joue, tu sais que ton pays est fier de toi, tu sais que ça va passer aux nouvelles le soir chez vous, puis que ça va impressionner les filles, tu te sens tellement fier, *on top of the world*!

J'ai ri :

— Bon, ben, je pense qu'on le sait, maintenant, pourquoi tu fais ça!

Il a passé son bras autour de mes épaules :

— Ouin. Mais il y a d'autres fois où je me dis que la vie, c'est plutôt comme maintenant...

Il s'est mis à chuchoter dans mon oreille. Je sentais sa bouche tout près. Je retenais mon souffle.

— ...assis sur le bord de la rivière chez nous, à Cap-Rouge, avec la plus belle amie de ma sœur, à écouter la glace craquer, à être juste bien, comme si ça devait durer pour l'éternité.

Je me suis serrée un peu plus contre lui. Mes défenses diminuaient. Je ne savais plus si je devais le croire, mais j'en avais puissamment envie. Envie de lui, de sa gloire, de sa rivière et de son corps d'athlète. Il a baissé les yeux vers moi, et sa bouche s'est entrouverte avec avidité, comme si j'étais, comme il l'avait dit, la plus belle amie de sa sœur. Lentement, gravement, nous nous sommes embrassés, ses belles lèvres contre les miennes, sa langue chaude qui parcourait mes joues, mon cou, mon visage. Nous nous sommes accrochés l'un à l'autre. Nos mains froides sous le manteau de l'autre, nous nous sommes léchés, mordus, agrippés pour que le présent dure. Avec toute l'intensité de nos seize ans, un long moment, nous nous sommes consumés dans le froid, avec obstination, pour que le temps se fige comme la glace dans la nuit et qu'il ne nous emporte pas aux confins de nous-mêmes. C'était en pure perte, bien sûr. C'était égoïste et maladroit. Mais c'était beau, aussi.

Quand à la fin nous nous sommes séparés, nous sommes revenus en silence vers chez lui. Le party battait de l'aile. La police était venue, alertée par un voisin, et avait escorté la plupart des jeunes vers l'arrêt du 15. Katinka avait disparu.

*

Katinka a fait l'amour pour la première fois cette nuit-là. Apparemment, Nicolas Boucher avait déjà fait ça et s'y était bien pris. Katinka pavoisait.

Le party avait été si spectaculaire, et Katinka a mis tant d'emphase sur la perte de sa virginité, sur le montant astronomique de la facture de l'entreprise de nettoyage qu'elle avait dû faire venir en catastrophe, le lendemain du party, et sur le fait que ses parents n'ont jamais rien su, qu'il n'a plus été question d'autre chose jusqu'à la fin des classes qui a eu lieu le 21 juin, cette année-là.

Évidemment, Sabine est déjà allée à Manhattan des dizaines de fois. Avec sa mère, elle s'y rend presque chaque mois pour magasiner sur la Cinquième Avenue. Parfois, elles prennent d'abord le métro jusqu'à l'édifice des Nations unies, près de l'East River, où il arrive que sa mère ait rendez-vous avec une femme qui précise ses attentes sur les traductions qu'elle lui confie. Tel terme diplomatique. Telle formulation. Telle nuance. Quand elle était petite, Sabine aimait bien les Nations unies parce que, dans le hall d'entrée gigantesque, il fallait s'approcher d'une agente de sécurité qui vérifiait sur son *walkie-talkie* que sa mère et elle étaient attendues au quatorzième étage, aile sud-est, et qui leur remettait un badge portant leur nom. Sabine Simard. Elle trouvait ça *cool*. Maintenant elle bougonne et trouve que c'est long, les Nations unies.

Pendant que sa mère discute, Sabine attend dans le couloir et regarde les immenses tableaux abstraits commandés à des artistes dont elle ignore tout.

Puis la mère de Sabine sort après avoir serré la main de la femme et elles sourient toutes les deux.

— Eh, Sabine, bonjour, ça va? demande la femme en français.

— Ça va bien, merci, et vous?

Elle raffole secrètement des salamalecs de la politesse. Elle n'hésite pas à étaler son français dans ce genre de circonstances.

Le trajet en métro est beaucoup plus long qu'à l'habitude parce que certaines stations autour du World Trade Center sont provisoirement interdites d'accès et que cela crée des embouteillages sur les autres lignes.

— Est-ce que les stations du World Trade Center sont écrasées sous les débris?

— Non. Les stations sont intactes.

— Ben pourquoi elles sont fermées, d'abord?

— C'est parce qu'ils craignent que l'Hudson n'en défonce les murs, maintenant qu'ils sont affaiblis par l'écroulement des tours. Ils vont les renforcer pour éviter que ça arrive.

— Le fleuve Hudson?

— Hmm, hmm.

— Et qu'est-ce que ça ferait, si ça arrivait?

— Ben... Tu as vu *Titanic*, non?

— Oui.

— Tu te rappelles la force avec laquelle l'eau s'engouffre dans le paquebot, comment les gens sont emportés comme des fétus de paille en même temps que les lustres et les belles tables bien mises?

— Hmm, hmm.

— Ça ferait à peu près la même chose dans les tunnels du métro de New York.

— *Gosh*.

Elles descendent à Sheridan Square. Il fait beau. Les rues sont inondées de promeneurs qui font du lèche-vitrine, qui retirent de l'argent au guichet automatique, qui parlent dans leur cellulaire.

New York! La victorieuse New York!

Certains vieillards portent des masques qui les protègent des émanations toxiques qui pourraient s'attarder sur Manhattan, mais ils sont rares, et puis ce n'est pas vrai que les rues sont devenues blanches de poussière duveteuse et qu'elles gisent sous ce linceul.

— Veux-tu qu'on aille à la boutique de Britney Spears?

— Eurk, non, j'ai jamais aimé ça, Britney Spears, franchement!

— Jamais? ironise sa mère.

— Arrête.

Ces jours-ci, les activités qu'elle aimait, patiner, dessiner, écouter de la musique pop, commencent à lui sembler ridicules. Elle n'aspire qu'à marcher droit, silencieusement, pour qu'on ne la remarque pas. À épier dans la foule les visages des hommes grands et blonds.

Vers la fin de l'après-midi, elles s'assoient à un café dans Central Park.

— Veux-tu du Coke? demande sa mère.

C'est rare qu'elle offre cela. Elle est plutôt exigeante sur le plan de la nutrition.

— Est-ce que je pourrais avoir du café?

— Du café?

— Oui. S'il te plaît, *mom*.

L'enfance s'estompe bel et bien, tombe doucement avec les premières feuilles de l'automne.

Elle ferme les yeux. Elle pense à Brandon. Ils ont longtemps maintenu une relation spéciale, elle et lui. Ils se parlaient de hockey et de patin. Mais ce temps-là aussi est fini. Maintenant, Brandon ne parle plus que de s'enrôler dans l'armée aussitôt qu'il aura l'âge nécessaire pour aller décarcasser ces écœurants de talibans. En plus, il s'est mis dernièrement à harceler les filles à la récréation. Il les accole au mur et leur demande : « Puis, aimerais-tu ça que je t'embrasse ? »

Elle préférait quand il ne se comportait pas comme un crétin et qu'elle n'avait pas à le partager.

Ce qu'elle voudrait maintenant dans sa vie, ce sont des gens comme ceux qui vont et viennent dans Central Park. Des gens qui déambulent dans le décor de l'existence, qui vont et viennent sans faire de remous.

*

Le lendemain, lorsque le téléphone sonne, Sabine se doute que c'est Tasha qui appelle. Elle demande à sa mère de répondre et de dire à Tasha qu'elle n'est pas là. Sa mère, pressée par la sonnerie, n'a d'autre choix que de faire comme elle lui demande. Mais elle raccroche brutalement, sans regarder Sabine.

Apprendre à mettre des limites sans heurter. Où est-ce que je commence ? Où est-ce que je finis ? Qui sont ces autres à qui je dois la civilité ?

À la cuisine, la mère de Sabine fait sentir sa colère. Elle pose le pain sur la table, le fromage, les tartinades. Elle pince les lèvres et claque les portes.

Sabine considère la nourriture :

— Pourquoi on ne mangerait pas de la lasagne au steak haché, à la place ?

C'est plus fort qu'elle. Il faut qu'elle en rajoute, plutôt que de garder un profil bas, comme il serait plus stratégique de le faire. Sa mère bondit :

— Ah non, pas aujourd'hui, Sabine !

— T'es fâchée contre moi.

— Oui !

— À cause de Tasha ?

— Tu ne peux pas la laisser tomber comme ça. On est responsable de ses amies !

— Mais qu'est-ce que t'en sais ! T'as même pas d'amies, toi !

— Non.

Ce petit « non » succinct arrête Sabine.

— Pourquoi t'as pas d'amies, *mom* ?

— Je ne sais pas.

— En voudrais-tu ?

— Non. Je ne pense pas. C'est...

— C'est quoi ?

— C'est compliqué. Tu devrais en profiter, pendant que tu as des amies sincères qui veulent jouer avec toi.

— J'ai passé l'âge de jouer.

— Tu sais ce que je veux dire.

— Mais si j'ai pas envie de me tenir avec elles ? Est-ce que je suis obligée ?

Que répondre à cela.

*

Dans le stationnement, ce soir-là, elle embrasse Brandon pour la première fois. La noirceur tombe. Il met ses mains sous son t-shirt.

Et pourtant le moment est un peu gâché parce qu'elle ne peut s'empêcher de se demander si Brandon a aussi embrassé Tasha et s'il l'a trouvée plus intéressante qu'elle.

Quatrième partie

Notre-Dame-des-Laurentides, Montréal, Cap-Rouge et Dorval

L'été 1989 a été troublant et *dull* à la fois. À mesure que le départ approchait, je devenais plus émotive. Je voyais tout comme si c'était la première fois.

La plupart de mes amies travaillaient ou étaient parties en vacances avec leurs parents. Katinka avait obtenu un emploi à temps plein chez Simons. Parce que son père connaissait « un des Simons » et que Katinka était particulièrement jolie et bien habillée, elle était devenue la plus jeune employée qu'ils aient jamais embauchée.

Pour ma part, j'étais contente de ne pas travailler. Je voulais étirer le temps, compter les minutes et me délecter du fait qu'elles passaient lentement. J'avais obtenu une bourse, après tout. J'étais quelqu'un de spécial, moi aussi.

Les journées se succédaient donc interminablement. Au bout de longues heures au frais devant la télé du sous-sol, je partais parfois marcher dans mon quartier sans trottoir. J'allais jusqu'au bout de la rue, cela ne prenait que quelques minutes, puis je revenais déjà parce que le boulevard, plus loin, était trop passant. En longeant les bungalows de mes voisins, je me rendais compte que je n'avais jamais gardé leurs enfants, jamais déneigé leur entrée.

Le reste du temps, je restais dans ma chambre ou dans la cour, à lire des abécédaires allemands (*ich bin, du bist, der Tafel, das Messer*) auxquels mon esprit s'accrochait peu, et à parler au téléphone avec d'autres candidats d'International Exchange.

J'avais peur, je crois. Je me cramponnais à ma mère et à mon père. Je les suivais au golf (ma mère) et dans le garage (mon père). Je leur demandais s'ils me trouvaient chanceuse de partir. Je savais qu'ils n'avaient jamais été en Europe. Ma mère avait dû se rendre à Calgary une fois pour une conférence. Mais c'était tout.

Ils restaient calmes. Ils avaient fini par se faire à l'idée que je parte. Ma mère avait punaisé sur le mur du couloir, au-dessus du téléphone, la liste des choses à accomplir avant mon départ. Elle l'annotait méthodiquement. La valise. Le papier à lettres. Le dictionnaire français-allemand.

Philippe et Katinka avaient passé leur permis de conduire. Ils venaient me voir après le souper. Ils arrivaient dans la deuxième voiture familiale, une berline Celica bleu pâle qui désolait Katinka, mais qu'elle conduisait néanmoins avec une grande fierté. Philippe la laissait conduire. Ils ne semblaient jamais prendre ombrage de leurs succès respectifs. Ils étaient très tendres l'un envers l'autre.

— Bonsoir, Mme Simard! Bonsoir, M. Simard! saluaient-ils en entrant dans la maison.

Ils savaient tous les deux se montrer bien élevés. Mes parents les appréciaient. Ils aimaient me savoir avec eux.

— Bonsoir, leur répondaient-ils sobrement en hochant la tête.

Et ils nous laissaient entre nous.

Nous décidions parfois de faire un tour de voiture autour du lac Beauport. Nous partions dans le couchant, entre les montagnes lumineuses qui ceignaient le crépuscule. Nous nous arrêtions sur le quai et plongions nos pieds dans l'eau.

Katinka s'était prise d'une profonde affection pour moi. Elle ne faisait pas trois pas sans se saisir de mon bras, sans me prendre à témoin, sans soupirer que l'année serait longue sans moi. Je me réjouissais de ce que l'équilibre de notre amitié s'établisse enfin. Je partais. J'avais ce courage. Il n'y avait pas moyen de nier mon acte de bravoure. Alors elle le reconnaissait. Elle m'admirait, elle aussi. Et puis, bien sûr, il y avait Philippe. Je ne sais pas ce qu'ils se disaient à mon propos quand je n'étais pas là. Je les imaginais pouffant et banalisant nos rapports triangulaires, mais je ne crois pas qu'ils allaient jusqu'à se moquer de moi.

À chacune de leurs visites, j'étais plus amoureuse de Philippe. Comment aurait-il pu en être autrement? Il était athlétique, il avait la voix basse. Il savait faire languir une fille avec juste assez de nonchalance pour la rendre folle. Et pourtant mon attirance pour lui relevait d'une profondeur de sentiment qui dépassait le flirt ou l'esthétisme. J'avais eu accès à lui, le soir de mon anniversaire. Il me semblait que je le connaissais. Nous ne nous disions jamais rien d'intime (et d'ailleurs nous ne nous trouvions jamais seule à seul), mais je sentais qu'il était fier de moi. Lui-même voyageait beaucoup pour ses entraînements et ses compétitions, mais il était toujours sous bonne garde et il s'imposait une discipline stricte. Il ne parvenait que très rarement à visiter les endroits où il se rendait ou à rencontrer des gens d'une autre culture. Il enviait mon indépendance et prenait grand plaisir à me faire parler de l'Allemagne de l'Ouest.

— Il paraît que la bière est bonne, là-bas !

— Dans le sud surtout. Moi, je m'en vais dans le nord.

— J'ai des compétitions en Hollande, des fois. C'est fort, le patin de vitesse, là-bas ! Mais presque jamais en Allemagne. C'est plate.

— Ouin.

— Peut-être que je pourrais quand même aller te voir, si je patine en Hollande cet hiver ? Je ne sais pas si c'est loin de Hambourg ?

— Je ne sais pas.

— Moi non plus, disait-il, pensif.

Puis, changeant de sujet :

— Est-ce qu'ils parlent anglais ? Est-ce que tu vas te faire comprendre ?

— Je le sais pas. Même en anglais, je ne suis pas très bonne.

— Je suis sûr que tu vas les séduire.

Je rougissais.

— Mais non. Dis pas n'importe quoi.

— Non, non, c'est vrai, c'est quand même pas n'importe quoi, une fille qui part si loin de chez elle! Pour un an!

— Ben, voyons. Tu le sais que je suis une fille bien ordinaire.

Nous nous regardions. Nous ne disions rien à cause de Katinka. Elle faisait semblant de ne rien voir. Lorsque nous nous trouvions seules, il lui arrivait parfois de me saisir le coude et de s'exclamer en pouffant: «Tu te rends compte? On va finir belles-sœurs!» J'adorais quand elle disait cela. Je me souviens encore de sa douceur lorsqu'elle pensait à nous trois comme membres d'une même famille.

*

Un soir, Philippe est venu me voir seul. C'était quelques jours avant mon départ. Il a sonné. C'était une soirée pluvieuse et nous avions fermé les fenêtres. Nous ne l'avions pas entendu arriver.

— Bonsoir, Mme Simard. Bonsoir, M. Simard.

— Bonsoir, Philippe.

Mes parents se sont regardés. D'un accord tacite, ils se sont levés pour nous laisser seuls. Ils avaient confiance en Philippe. Ils ont pris la Tercel de ma mère et ont disparu dans la nuit.

Je me souviens de cette soirée diluvienne. L'été, déjà, tirait à sa fin. Philippe avait mis des jeans qu'il s'était achetés pour la rentrée. Il me regardait droit dans les yeux et je faisais de même. Nous n'avons pas allumé la télé. À cause de la pluie, nous ne sommes pas partis en voiture non plus. Nous sommes allés dans ma chambre. Par habitude, nous avons fermé la porte et nous l'avons verrouilllée. Philippe s'est assis sur mon lit. Il a fouiné dans mes cassettes. J'en conservais des dizaines dans un tiroir. Puis il s'est tourné vers moi :

— Tu vas me manquer.

— Toi aussi.

— Veux-tu…

Il s'est interrompu.

— Vas-tu m'écrire ?

— Oui, ai-je soufflé.

— Promis ?

— Oui.

Il me semblait que ma promesse entraînait la sienne et qu'il m'écrirait aussi. Je ne lui ai pas demandé de s'y engager clairement.

Dehors, la gouttière charriait des torrents d'eau. Il m'a parlé de son entraînement. Des espoirs qu'il avait. Il visait Albertville, mais il y aurait aussi Lillehammer, deux ans plus tard seulement. Cela semblait à la fois naturel et spectaculaire. Au bout d'un moment, il a tiré sur mon bras pour que je m'assoie près de lui. Il m'a embrassée. Il goûtait vaguement la bière. Ça m'a un peu étonnée, vu qu'il conduisait. Mais ça m'a excitée, aussi. J'ai senti mes seins se dresser. J'ai espéré qu'il les caresse et il l'a fait pendant de longues minutes.

Plus tard, nous nous sommes étendus l'un par-dessus l'autre. Il m'embrassait à pleine bouche et je lui caressais le pénis. C'est à peu près tout ce que nous savions faire, malgré nos vantardises. Mais juste ça, c'était fondre dans la chaleur d'une tendresse débile.

Tout à coup, il s'est redressé. Je voyais son beau visage dans la pénombre :

— As-tu des condoms, toi ? a-t-il demandé.

— Oui.

— Où ?

J'ai pointé l'endroit du doigt. Déjà il mettait un pied par terre, il étirait le bras vers la commode, il fouillait sous mes sous-vêtements dans le tiroir.

— Philippe…

— Quoi ?

— Attends.

— Attendre quoi ?

— J'aimerais mieux pas.

— Quoi ? Pourquoi pas ?

Je ne savais pas. Tout ce que je savais, c'était que j'étais celle qui partait. Il me semblait que ça me conférait certaines prérogatives.

— Viens, reviens près de moi.

Je tapotais l'espace qu'il avait réchauffé à côté de moi.

Il a hésité. Puis il est revenu. Peut-être était-il plutôt soulagé. Pendant un long moment, nous nous sommes ainsi ancrés l'un à l'autre. Puis nous nous sommes endormis.

Lorsque j'ai ouvert un œil, mon cadran indiquait minuit quarante-cinq. Les chiffres rouges luisaient dans la pénombre.

— Philippe ! ai-je chuchoté. Philippe ! Réveille-toi ! Regarde l'heure !

Il s'est étiré. Il s'est remis à m'embrasser. Puis il a dit :

— C'est tellement bon de me réveiller dans tes bras.

Je me rappelle la scène comme si c'était hier. Cela semblait si adulte ! M'éveiller dans les bras d'un homme.

— Mets tes jeans, Philippe, ai-je dit en lui tendant ses vêtements. Il faut que tu rentres chez toi, maintenant !

— Mais tes parents m'ont laissé m'endormir ici !

— Ils n'ont sûrement pas compris que tu étais encore là !

— Mais oui, voyons ! Ma voiture est dans l'entrée !

Il s'est tout de même habillé. Il était tellement beau. Tellement musclé, comme ces corps parfaits qui s'exhibaient dans les revues sportives. (Il avait, d'ailleurs, fait l'objet d'un entrefilet avec photo dans l'édition de mars 1989 de *Sports Illustrated*.) Il a fait mine de s'en aller. Puis, la main sur la porte de la chambre, il s'est immobilisé. Une fois de plus, il est revenu vers moi. Il s'est penché. Il tenait ses clés de voiture dans une main. De l'autre, il a caressé ma joue :

— Je ne t'oublierai pas, a-t-il chuchoté, pendant que, la joue sur l'oreiller, je le regardais de tous mes yeux prononcer ses adieux. Je ne t'oublierai pas.

*

Je l'ai revu une dernière fois. L'avant-veille de mon départ, Mme Dupré m'a invitée à souper. Mon père m'a emmenée à Cap-Rouge. Philippe et Katinka m'attendaient en jasant sur le pas de la porte. C'était parfois déroutant d'assister à leur calme complicité.

— Liv! s'est écriée Katinka en se levant.

Philippe se tenait un peu en retrait. Leur mère a ouvert la porte pour me saluer.

— Comme ça, tu t'en vas en Europe, m'a-t-elle dit en ébouriffant affectueusement mes cheveux.

— Oui. Est-ce que ça vous rend nostalgique d'entendre parler de l'Europe, Mme Dupré?

— Un peu, oui.

Elle était d'origine polonaise.

— Avez-vous déjà été en Allemagne?

— Oui, mais c'était dans ce qui est aujourd'hui l'Allemagne de l'Est. En fait, j'ai grandi près de la frontière allemande, à Slubice. Le samedi, nous allions faire les courses en Allemagne.

— Est-ce que vous parlez allemand?

— Mais oui! Enfin, je me débrouille pas trop mal.

— Oh, dites-moi quelque chose!

— *Ich hoffe, daß Du ein gutes Jahr in Deutschland hast.*

Puis elle s'est levée pour aller cuisiner. Philippe, Katinka et moi sommes montés dans la chambre de Katinka.

— Qu'est-ce qu'elle t'a dit, ma mère?

— Elle m'a souhaité une bonne année en Allemagne.

— T'as compris?

— Ben, oui. Un peu.

Katinka n'en revenait pas.

— Tu ne parles pas polonais, toi, Katinka?

— À quoi ça me servirait?

— Toi, Philippe?

Il fit signe que non, gêné.

— Notre mère nous parlait en polonais quand on était petits, a-t-il expliqué, mais on n'a jamais voulu lui répondre autre chose que du français. On trouvait ça bizarre, le polonais, je suppose.

— Ouin. Avec tous ces « wice » et ces « Zbignew » je sais pas trop quoi.

Ils ont ri ensemble. Puis, comme prise d'une inspiration subite, Katinka a ouvert un tiroir de son bureau et en a sorti une enveloppe épaisse.

— Tiens, a-t-elle dit en me la tendant. Tu liras ça quand tu auras le temps.

Elle l'a donnée de manière si brusque que j'ai été saisie d'émotion et que les larmes me sont montées aux yeux. Elle s'est détournée :

— C'est rien. C'est pas grand-chose. Tu liras ça plus tard, là. Quand tu auras le temps.

Mais je ne l'ai pas écoutée. J'ai ouvert l'enveloppe en reniflant. J'avais le temps. J'avais toute la vie, pour elle.

— J'en reviens pas que tu m'aies écrit.

— C'est rien, je te dis!

Puis, prétextant je ne sais quoi, elle est sortie, et elle a fait signe à Philippe de la suivre. Je me suis aussitôt absorbée dans ce qu'elle m'avait écrit.

Tu es ma best *et tu vas tellement me manquer!
J'veux pas que tu t'en ailles! Je vais harceler ma
mère pour qu'elle me paye un billet d'avion pour
Hambourg,* Germany, *tu vas voir! On va cruiser les*
Germans *ensemble, avoue qu'on va être trop* cutes!
*Pis quand tu vas revenir, on va tellement fêter ça, je
te laisserai plus partir, pis Philippe non plus, tu peux
être certaine!*

Elle détestait la composition et c'était compré-
hensible car elle n'était pas bonne avec les mots.
Ni à l'oral ni à l'écrit. J'ai reçu sa lettre comme
une véritable déclaration d'amitié. Je me souviens encore de son écriture ronde et juvénile sur
les feuilles huit et demi par onze, avec la ligne
verticale rose et les trois trous. Je n'en revenais
pas qu'elle se soit donné la peine de m'écrire à
l'encre violette. J'étais tellement touchée. J'ai lu
la lettre et je l'ai relue. Je l'ai pressée contre mon
cœur. J'étais jeune et exaltée. Je croyais que nous
deux, c'était pour la vie.

Lorsque je suis descendue, Mme Dupré s'ap-
prêtait à servir le souper. Katinka ne me regardait
pas. Son attitude signifiait: Ne me reparle pas de
ma lettre, ça me gêne! et je n'ai rien dit. M. Dupré est arrivé. En s'assoyant lourdement, il s'est
exclamé de sa grosse voix:

— Si c'est pas Liv Simard.

— Oui, c'est moi, ai-je répondu en pouffant.

— Papa, commence pas, a dit Katinka.

— Commence pas quoi, fille? Laisse-moi accueillir notre invitée, là.

Puis, se tournant vers moi:

— Comme ça, la fantasque, tu t'en vas passer l'année en Eu-ro-pe.

Il a détaché les dernières syllabes du continent, pour accentuer le démesuré (et le snobisme?) de mon entreprise.

— Oui.

Il me considérait en hochant la tête.

— Ouin. Ça te fait pas trop peur?

— Papa, arrête donc, est intervenu Philippe.

— C'est correct, Philippe. Non, ça ne me fait pas peur. Je ne m'en vais pas sur la lune, là!

— Pas sur la lune!

— Ben non. Puis Philippe, lui, il va bien s'entraîner en Corée et à Calgary, puis ça ne vous énerve pas tant que ça!

— Eh, mais je ne le laisse pas partir tout seul!

— Ben, vous devriez peut-être!

Il a éclaté de rire. Mais il n'a pas répondu.

Mme Dupré avait préparé des fondues parmesan, des lasagnes et une immense salade verte. Il y avait, sur la nappe, deux bouteilles de Valpolicella, et nous pouvions nous servir librement. J'adorais me retrouver dans cette famille chaleureuse et rassurante. J'écoutais leurs plaisanteries et leur familiarité. Je me sentais profondément heureuse. J'avais oublié que je partais.

Au dessert, nous avons parlé des compétitions de Philippe, du bal des finissantes qui aurait lieu au château Frontenac, cette année-là, pour celles qui restaient à Québec, et de la possibilité qui s'offrait à Katinka de travailler chez Simons à temps partiel pendant l'année scolaire.

Ma mère est venue me chercher vers 11 h. La nuit était douce. Toute la famille, même M. Dupré, est venue jusqu'à la rue pour me souhaiter bon voyage. Katinka m'a serrée dans ses bras. Elle a dit :

— Si je ne travaillais pas chez Simons après-demain, j'irais avec toi à Mirabel !

— Oh, mais viens donc ! Prends congé !

— Ah, mais je ne peux pas, voyons. Je suis déjà chanceuse de travailler là !

— Hmm.

— Mais je vais venir te chercher quand tu vas revenir.

— Arrête ! Tu vas sûrement travailler ce jour-là aussi.

— Non, non, je te le jure : quoi qu'il arrive, je vais aller te chercher à l'aéroport quand tu vas revenir.

Elle s'est tournée vers ma mère :

— Hein, Mme Simard, est-ce que je vais pouvoir embarquer avec vous, quand Liv va revenir ?

— Ben oui, tu m'appelleras à ce moment-là, Katinka, puis on passera te chercher !

— Tu vois ? a dit Katinka en se retournant vers moi.

Nous avions les larmes aux yeux toutes les deux.

— Oublie-moi pas, Kat. J'ai besoin de savoir que tu ne m'oublieras pas.

Elle n'a rien répondu. L'émotion l'étranglait. Je suis alors allée vers Philippe. Il m'a serrée dans ses bras et nous nous sommes embrassés, et personne n'a émis de commentaire.

— Bon bien, on va y aller, là, Liv, a dit ma mère.

Nous nous sommes assises dans sa Tercel. Elle a démarré. J'ai ouvert la fenêtre et j'ai sorti mon bras.

— À l'année prochaine, là ! ai-je crié une dernière fois.

Tous les Dupré sont restés dans la rue en agitant la main jusqu'à ce que nous tournions le coin.

Sur le chemin du retour, ma mère a mis la radio au FM 93. Nous n'avons pas dit un mot. En arrivant à la maison, je me suis dirigée tout droit vers ma chambre et je me suis mise au lit. Ma mère est venue cogner à ma porte :

— Es-ce que ça va, Liv ?

Je lui ai tendu les bras. Ma mère, dans la pénombre, est venue jusqu'à moi et m'a serrée dans ses bras jusqu'à ce que j'arrête de pleurer et que je m'endorme.

Du samedi 6 octobre
au dimanche 21 octobre 2001

Un homme est arrivé tard hier soir. Sabine a entendu la sonnette, les pas de sa mère dans le couloir, puis un conciliabule sur le pas de la porte. Finalement, l'homme est entré. Il y a eu des allées et venues dans le couloir, des lumières qu'on allumait et qu'on éteignait, des bruits de vaisselle dans la cuisine. Puis le silence.

Au matin, Sabine s'est levée la première. Elle prend son déjeuner. L'homme a dormi dans le salon. La lumière matinale l'assaille à travers les fenêtres. Ça le réveille. Sabine voit ses pores d'ici, des stries sur son nez. Il est plutôt beau.

Il remue. Il émet une espèce de grognement en s'étirant. Il s'assoit sur le divan. Secoue la tête. Se frotte la mâchoire. Puis il se retourne subitement et repère Sabine.

— Salut.

— *Hi.*

— Est-ce que tu comprends le français?

— *Yes. You?*

Il rit.

— Je suis pas sûr, des fois.

Elle ne l'encourage pas. Il s'étire une fois de plus, puis il se lève. Il vient dans la cuisine. Il s'assoit à table auprès d'elle.

— Qu'est-ce que tu fais?

— *What does it look like I'm doing?*
— Tu déjeunes.
— *Yeah.*
— Tu dois te demander ce que je fais ici.
— *No.*
— Non?
— *I don't mind.*
— J'ai connu ta mère quand elle était jeune.
— …

Il regarde autour de lui:
— Tu ne vas pas à l'école ce matin?
— *No. We're free today.*
— Aimes-tu ça, l'école?

Elle le toise, consternée:
— *It's okay.*

Il la considère:
— T'aimerais mieux que je me taise, han?
— *Maybe.*

Il pianote sur la table pendant qu'elle finit de manger. Lorsqu'elle se lève pour desservir, il essaie une autre stratégie:
— Est-ce que tu fais du sport, toi?
— *No.*
— T'aimes pas ça?
— *No.*
— C'est drôle…
— *What?*
— T'as pourtant l'air sportive.
— *Yeah? You think so?*

Elle hésite:
— *That's because of my skating.*
— Tu patines?
— *I used to. I stopped.*

— T'as arrêté ? Pourquoi ?

— *I didn't feel like it anymore.*

— Dommage.

— *Yeah.*

Elle se dirige vers le corridor. Il la retient :

— Tu sais, je patine aussi.

— *You figure skate ?*

— *Figure skate ?* Oh ! Non. Je fais du patin de vitesse. J'en faisais.

— *Were you any good ?*

— J'ai fait les Olympiques.

— *Really ?*

À son corps défendant, elle écarquille les yeux.

— *Which ones ?*

— Albertville. 1992.

— *I would have loved to do the Olympics too. Turin 2006.*

— Pourquoi t'as arrêté ?

— *I told you. It's complicated.*

Et pourtant ça ne l'est pas. Elle a arrêté parce qu'elle est paresseuse, voilà tout. Elle ne sait plus quoi faire de sa vie.

Il regarde autour de lui :

— Penses-tu que je pourrais me faire un café ? dit-il en se levant.

Il commence à ouvrir les portes d'armoire.

— Laisse faire, dit la mère de Sabine qui s'avance vers lui en robe de chambre. Assis-toi. Je vais nous faire un espresso.

Elle embrasse Sabine sur l'occiput.

— Ça va, Sabine ?

— Hmm, hmm.

— Je suppose que vous avez fait connaissance ?

— Si on peut dire, répond l'homme. Au fait, dit-il en tendant la main à Sabine, moi c'est Philippe.

Elle lui serre la main sans répondre.

— Toi, ça va, Philippe? demande la mère de Sabine.

Il rit:

— Ça va mieux qu'hier, en tout cas!

— Plains-toi pas. J'aurais pu te renvoyer au motel. J'ai passé proche de le faire.

— Je le sais.

*

Plus tard, ce matin-là, Philippe est dans la douche. On entend l'eau qui jaillit. Sabine en profite pour revenir dans la cuisine et alors elle s'immobilise devant la scène. Pendant un long moment, elle contemple intensément sa mère qui, appuyée silencieusement contre le comptoir de la cuisine, regarde au loin, par la fenêtre, pendant que l'horloge cliquette avec régularité.

*

Quelques jours plus tard, il dort toujours sur le divan. Le matin, il fait rôtir les bagels de Sabine avant même qu'elle s'éveille. Elle le trouve trop beau, trop fin, trop attentionné. Elle voudrait qu'il s'en retourne à Montréal, mais elle ne le lui dit pas. En même temps, elle voudrait qu'il reste pour toujours.

Sa mère s'est remise à trembler, comme autrefois. Sabine reconnaît cette oscillation subtile qui ne la fait paraître ni vieille ni malade, mais qui s'empare néanmoins d'elle contre son gré. Cette sensation à peine perceptible de la silhouette de sa mère qui vibre dans le contre-jour a accompagné son enfance.

Don't forget your pills, mom. C'est ce qu'elle voudrait dire à sa mère.

Quand elle revient de l'école, la clé accrochée au cou, Philippe est là. Il travaille sur son ordinateur portable. Qu'est-ce qu'il fait?

— Je gère une compagnie.

— *What kind of business?*

— Des vêtements de sport.

— *Figure skating skirts too?*

— *Boy.* T'es sure que t'as arrêté le patin, toi?

Elle ne répond pas, vexée. Il la regarde se verser un énorme verre de jus d'orange et de mangue.

— Viens ici, dit-il.

— *What?*

— Je vais te montrer quelque chose.

Très lentement, elle approche une chaise. Elle s'assoit sur le bout des fesses, avec une moue.

— Regarde.

L'un après l'autre, sur le site Internet de la compagnie Sportbec, les plus beaux costumes de patinage artistique défilent. Lilas, roses, argentés. Lamés, scintillants, à froufrous. Décolletés, ajourés, épurés.

Encore une affaire de bébé. Sabine soupire:

— *You sell this?*

111

— Hmm, hmm. Lequel tu préfères ?

— *None of them.*

Elle le regarde :

— *I told you. I don't skate anymore.*

— Regarde le vert. Tu ne t'imagines pas exécuter une triple boucle piquée avec ce costume-là, avec la jupe qui tourbillonne devant l'assistance émerveillée ?

— *Will you stop bugging me with figure skating ? What's it to you anyway ?*

— Bon, bon, d'accord.

Elle se lève et va faire ses devoirs dans sa chambre.

*

La mère de Sabine est incapable de travailler à la maison ces jours-ci. Elle se rend à un bureau qu'elle partage avec une autre traductrice. Face à Philippe, elle passe de l'indifférence la mieux simulée à l'envie frénétique de lui plaire. Elle cuisine une lasagne végétarienne fabuleuse, elle se met du rouge à lèvres et elle verse du vin rouge, puis, une fois le souper terminé, elle lui demande :

— Enlèverais-tu la table et ferais-tu la vaisselle ? J'ai ma journée dans le corps.

Et lui s'exécute.

Le soir, après le souper, ils marchent dans le quartier. Sabine refuse de les accompagner. Elle les attend sur le divan en fixant le plafond.

*

— Est-ce que t'aimerais ça, visiter l'Allemagne, Sabine? demande un jour Philippe alors qu'une fois de plus, ils sont seuls dans l'appartement à son retour de l'école.

— *No.*

— Non? Pourquoi?

— *Who told you about Germany anyway?*

— Qui m'a dit quoi?

— *Never mind.*

— T'as raison. Je suis indiscret. Désolé.

Elle le regarde:

— *I don't feel like flying these days.*

— J'avoue qu'il y a de quoi. Mais ils ont renforcé les mesures de sécurité. Dans quelque temps, tout va reprendre son cours normal.

— *And I don't speak German anyways.*

— Ta mère pourrait te l'apprendre.

— *I'm not interested.*

*

Les ruines du World Trade Center sont désormais accessibles au public. Philippe suggère de s'y rendre ce dimanche. La mère de Sabine se tourne vers elle:

— Qu'est-ce que t'en penses, Sabine? Viens-tu avec nous?

— *So stupid.*

— Ben voyons, là, Sabine!

Sa mère se tourne vers Philippe:

— Elle n'est pas à l'aise.

— *I'm not afraid!*

— J'ai pas dit ça. J'ai dit que tu n'étais pas à

l'aise. La première tour s'est effondrée sous nos yeux, explique-t-elle à Philippe.

— Quoi?

— Oui. On ne savait pas que ça allait arriver, évidemment. On regardait les tours fumer. J'aurais dû m'en aller, l'empêcher de voir ça. Mais je ne pouvais pas deviner.

Sabine la fusille du regard. Aller raconter ça à un étranger! Elle s'en va dans sa chambre et claque la porte.

En tout cas, elle a gagné. Il n'est plus question de se rendre à Ground Zero. Même Philippe ne sait plus trop pour quelle raison il a désiré s'adonner à ce tourisme de catastrophe.

*

On peut toutefois se rendre sur les quais de l'Hudson. Sabine s'est pratiquée plusieurs fois à contempler la vue amputée à partir de Jersey City. Elle dépasse le coin de la rue avec précaution, tourne la tête tranquillement vers l'endroit, et – ben voilà, plus de tours. Si on ne sait pas qu'il y en a déjà eu, l'absence ne paraît pas du tout. Il y a tellement de gratte-ciel à Manhattan! Deux de plus ou de moins!

Sabine a habilement négocié sa participation à la promenade. Elle sent l'effarement et la fatigue de sa mère. Elle sait qu'elle a de la difficulté à concilier les humeurs de sa fille et les mystérieuses exigences de Philippe.

— Je vais y aller à condition qu'on mange des burritos en revenant.

— Okay, Sabine. Okay.

Maintenant elle marche devant sa mère et Philippe et, mine de rien, elle écoute attentivement ce qu'ils disent:

— Comment va ta sœur? demande sa mère à Philippe.

— Elle va bien. Elle a étudié en communications. Elle travaille à Radio-Canada. Elle a eu des jumeaux l'année dernière. Un garçon et une fille.

— C'est de famille!

— Eh oui! Son mari est cardiologue au CHUL. Ils habitent à Cap-Rouge, à deux pas de chez ma mère. C'est elle qui garde les enfants.

— Oh! Elle doit être contente d'être grand-mère, ta mère!

— Oui.

Une pause.

— Est-ce que tu lui en veux encore, Liv?

— À Katinka? Non.

— Elle a eu une aventure dernièrement.

Sabine tend l'oreille.

— Tu ne dis rien, reprend Philippe.

— Ça ne me surprend pas, honnêtement, répond sa mère.

— C'est plus fort qu'elle, Liv.

— Qu'est-ce qui est plus fort qu'elle? Utiliser les gens et les jeter après? Séduire, séduire, séduire?

— Oui.

— Franchement!

— Et après tout, est-ce que c'est si grave que ça? Comme femme, y aurait pas une possibilité que tu te sentes solidaire de ça?

— Tu veux dire qu'en tant que femme, je devrais être infidèle et égocentrique ? Tu veux dire que je devrais enfin adopter une sexualité narcissique et baiser tout ce qui bouge ?

— Énerve-toi pas, Liv !

— Non, mais !

— T'exagères pas un peu ? Katinka n'est pas si pire que ça !

— Pas si pire !

— Elle a l'air heureuse en tout cas.

— Pour l'instant !

— Oui. Depuis vingt-huit ans.

Cinquième partie

Norderstedt

Cette année en Allemagne ne fut pas facile. Je ne l'ai même pas complétée. Je me suis heurtée aux limites de ma petite personnalité chevrotante, loin de chez moi. Je suis tombée sur une famille d'accueil solide, saine, aimante. Une mère présente, qui cuisinait. Un père sévère et juste. Une petite sœur admirative et obéissante. Mais cet environnement généreux et sécuritaire, plutôt que de me porter à me déployer, m'en a découragée.

Lorsque, à la gare principale de Hambourg, je suis descendue du train qui arrivait de Francfort, je me suis trouvée face à face avec eux: les Eichmann, ma famille d'accueil. Dès notre première rencontre, j'ai éprouvé à leur égard des sentiments d'une ambivalence à peu près insoutenable.

Il faut dire que j'étais partie de chez moi depuis plus de trente heures. J'avais pris l'avion pour la toute première fois, de Mirabel à Amsterdam. Puis, immédiatement, d'Amsterdam à Francfort. À l'aéroport de Francfort, j'avais récupéré mes bagages, demandé mon chemin, échangé mes dollars contre des deutschemarks, et finalement pris le métro, puis le train pour Hambourg. Si j'avais un instant ressenti de la fierté à la pensée d'avoir su me débrouiller seule, une fois installée dans mon siège, un profond découragement n'avait pas tardé à s'abattre sur moi, et je n'avais plus ressenti que l'envie de me coucher par terre et de m'apitoyer sur mon sort.

Il n'était pas question, en 1989, de téléphoner à mes parents à tous les coins de rue. Les appels outre-mer coûtaient cher. Mes parents n'auraient rien pu pour moi, de toute façon. Le nez contre la fenêtre, j'avais regardé le paysage. Les vallons défilaient, ainsi que les hameaux, les champs, et le ruban des routes qui serpentaient au loin. Le soir tombait. Je m'étais laissé gagner par la langueur.

Lorsque enfin le train avait atteint sa destination finale, la gare principale de Hambourg, j'étais hagarde. Depuis des heures, je jonglais avec un regret angoissé. À chaque instant, j'avais pensé à Philippe et à Katinka, me demandant ce qu'ils faisaient, s'ils pensaient à moi. Trois heures du matin : ils dormaient. Je prenais conscience du décalage horaire. De l'espace et du temps qu'il y avait entre eux et moi. Cela m'accablait.

Je n'avais pas, avant mon départ, beaucoup réfléchi aux Eichmann. Ils m'avaient fait parvenir des photos de famille que j'avais longuement examinées : un père, une mère, un garçon de dix-huit ans et une fille de treize ans. Ils avaient aussi rempli des formulaires qui m'avaient appris qu'ils aimaient « la lecture, la randonnée et le vélo », que leur plat familial préféré était « la pizza » et qu'ils avaient voyagé « en Grèce, en France et en Scandinavie ». Ils parlaient tous un peu français. Tout cela me semblait sympathique et banal.

Sur le quai de la Hauptbahnhof, le soir du 31 août 1989, ils se sont agglutinés autour de moi avec empressement et m'ont assaillie de questions en anglais :

— *Did you have a good trip?*

— *Do give me your bag. It's terribly heavy.*

— *Do you like it here? Hamburg is a great city.*

— *How could she know? She just got here!*

— *Our house is on the outskirt of Hamburg. You'll see.*

— *I'm sure you'll like it. You'll have your own room!*

— *Do you like to bike? We've arranged for you to have a bike.*

— *Are you hungry? We can have some tea when we get home.*

— *We've already planned a trip to Lübeck this weekend. Do you know Lübeck?*

— *She couldn't. Such a small town! How could she know it?*

— *You're lovely. We expected you to be, from the pictures you sent us.*

J'étais impressionnée par leur usage assuré de l'anglais, qui n'était pas plus leur langue maternelle que la mienne. Même la fille – plus jeune que moi – s'adressait à moi dans cette langue. C'est elle qui avait dit : *You'll have your own room.* Je me suis demandé pourquoi cela lui semblait excitant. Pas un instant, je n'avais songé qu'il aurait pu en être autrement, que j'aurais pu devoir partager ma chambre.

À ainsi les entendre m'annoncer et m'expliquer les arrangements qu'ils avaient faits en prévision de mon séjour, je me suis rendu compte qu'ils planifiaient ma venue depuis des semaines. Qu'ils en avaient parlé et discuté, que chaque détail de mon séjour chez eux avait été prévu avec enthousiasme. Qu'ils avaient conçu une pyramide phénoménale d'attentes envers moi.

*

J'ai dormi vingt heures d'affilée. Je ne me suis pas éveillée de la journée du lendemain. Vers le soir, j'ai ouvert les yeux. La maison m'a d'abord semblé silencieuse. Je me suis assise dans mon lit. Ma valise gisait, ouverte sur le sol. Je ne l'avais ainsi éventrée, la veille, que pour y prendre mon pyjama, que j'avais enfilé comme une somnambule avant de m'affaler sur mon lit. Je l'observais maintenant comme un ancrage. Ce fragment de mon monde, naufragé avec moi.

Le soir tombait rapidement. Au bout de quelques minutes, ma chambre a été plongée dans la pénombre. J'étais attentive. Le passage des voitures dehors, sur le pavé. Celui de l'eau dans la tuyauterie. Les voix des Eichmann quelque part dans la maison.

J'avais besoin de revenir tranquillement à moi.

Je suis allée à la fenêtre. J'ai tiré sur le cordon qui permettait de lever le store. J'ai examiné le mécanisme de la fenêtre : il s'agissait d'une poignée qui permettait de l'entrebâiller latéralement. J'ai ouvert grand. Je me suis penchée vers le jardin. Ma chambre donnait sur le côté de la maison des Eichmann. Des buissons assez hauts obstruaient la vue sur les voisins, mais je percevais les contours d'une assez vaste villa. À droite, des marronniers balisaient la rue qui semblait peu achalandée. Le crépuscule zébrait le ciel de rose, d'orangé.

Je suis restée là. Il ne me venait aucune observation particulière. Le décor (une maison, des buissons, une rue et des lampadaires) me paraissait évident et déplacé à la fois. Plus tard, la porte s'est entrebâillée et la mère a passé sa tête :

— *How are you ?* a-t-elle demandé avec beaucoup de douceur.

— *Fine.*

J'ai mis une seconde à accepter sa présence. Puis, je me suis tournée poliment vers elle et j'ai repris avec douceur, moi aussi :

— *I'm very fine. Thank you.*

— *We were beginning to worry about you ! You slept for hours ! You were exhausted, I gather. It must be the jetlag.*

— *Yes.*

Elle a regardé la fenêtre largement ouverte :

— *Do you like it here ?*

— *Yes. I think so.*

— *Do you need anything ?*

— *No, thank you.*

— *Okay. I'll be waiting for you in the kitchen, then. You must be ravenous !*

— *Yes.*

Ravenous. Je ne savais pas ce que cela voulait dire.

Ils étaient tous musiciens de formation. La mère s'appelait Jutte, le père, Herbert, et la fille, Tamara. La famille comprenait aussi un fils, Jürgen, qui, comme moi, participait à un programme d'International Exchange. Il était à Seattle pour l'année. J'occupais sa chambre. Jutte me racontait tout cela en anglais pendant que je mangeais ce qu'elle avait mis devant moi. Il s'agissait d'une espèce de bouilli aux légumes que j'ai goûté avec appréhension. C'était toutefois savoureux. Ils étaient végétariens, venait-elle de m'apprendre. Je ne savais pas que penser de cela. J'avais trop faim.

Au bout de quelques minutes, Tamara est venue s'asseoir avec nous. Ses gestes inhibés trahissaient sa timidité, mais elle était curieuse de me voir.

— *Hi*, a-t-elle dit.

— *Hi*.

Je continuais de manger, mais je lui souriais, et elle me souriait aussi. Elle a demandé en allemand à sa mère s'il y avait du thé. Jutte lui a répondu qu'il y en aurait un peu plus tard. J'ai compris cela. J'ai demandé à Jutte si Herbert était là. Elle m'a répondu qu'il arriverait par le train de 21 h 40.

— Le train?

— Oui. Nous n'avons pas de voiture.

— Oh!

Elle espérait que cela ne me dérangerait pas. Elle était certaine que non. Eux-mêmes vivaient sans voiture depuis toujours et ne s'en portaient pas plus mal. C'était, d'ailleurs, meilleur pour l'environnement.

— L'environnement?

— Oui. Comprends-tu ce mot?

— Oui, c'est le même en français.

Mais je ne comprenais pas. Qu'est-ce que l'environnement pouvait bien venir faire là-dedans? Je la regardais intensément, incapable de faire miennes ces différences, ces remarques qu'elle énonçait avec naturel et qui me semblaient bizarres.

Plus tard, Herbert est arrivé et nous avons pris le thé dans le salon. Jutte a posé sur la table basse un plateau sur lequel elle avait placé une théière et quatre tasses fumantes. Il y avait aussi de la crème, du sucre et des biscuits minuscules, raffinés et chocolatés, le genre de biscuits que ma mère appelait des «biscuits fins» et qu'elle n'achetait que lorsqu'elle recevait, pour accompagner la crème glacée trois couleurs.

J'ai trouvé vraiment originale cette idée de boire du thé après le souper. J'ai cru que les Eichmann faisait cela pour moi, pour souligner mon arrivée. Et, pour la première fois, je me suis trouvée chanceuse d'être dans un pays étranger. Prendre le thé! Manger des biscuits fins! C'était la première chose exotique que je me sentais heureuse d'accomplir.

*

J'ai passé mes premières semaines à Norderstedt dans un état de fatigue intense. La fatigue était causée par ce qui en allemand s'appelle «*Heimweh*» (c'est l'un des premiers mots que j'ai appris), et en français «mal du pays», une expression ringarde qui n'exprimait pas bien ce que je ressentais. Elle était aussi causée par mon plongeon brutal et total dans la langue allemande, que je comprenais à peine.

J'ai tout de suite aimé l'allemand. Ses syllabes râpeuses. La beauté prenante de sa prononciation minutieuse. J'étais époustouflée par la maîtrise que les Allemands semblaient en avoir. Même les enfants! Je sortais dans la rue, je me rendais au parc du quartier et j'écoutais, mine de rien, les enfants s'amuser, rire, se chamailler, tout cela en allemand. La conscience d'être dans un monde semblable au mien (avec ses enfants, ses rires, son insouciance), et pourtant inaccessible, m'emplissait d'une nostalgie qui, à certains moments, confinait au désespoir. Je rentrais chez les Eichmann en traînant les pieds. Je m'aplatissais sur mon lit. Je ne bougeais plus. Dans ma tête, les mots, les sonorités dansaient. *Ich bin Liv. Ich komme aus Notre-Dame-des-Laurentides. Aus Kanada.*

Malgré ma fascination, je refusais de parler allemand avec les Eichmann. Il s'agissait d'une obscure lutte de pouvoir. Je voulais que l'anglais soit notre terrain neutre. Sans fin, je marmonnais les expressions allemandes que j'entendais au fil des jours, les slogans des pubs dans la rue, les salutations nonchalantes des gens qui se croisaient. Mais quand Jutte me demandait comment j'allais, invariablement, je répondais: *I'm fine, thank you, and you?* Nous savions l'une comme l'autre

124

que j'étais parfaitement en mesure de dire: *Es geht mir gut*. Mais il en allait de mon système de défense, et j'avais peur de m'effondrer si je me convertissais intégralement aux façons de faire des Eichmann.

Les premières semaines, une fois mon métabolisme ajusté à l'heure centrale européenne, je me suis éveillée tôt, et malheureuse. Je regrettais amèrement mon exil. Je me trouvais sotte de l'avoir désiré. À cette époque, il était encore tout à fait extraordinaire de partir pour l'Europe. Rien ne m'avait poussée à entreprendre ce voyage, qui ne constituait certainement pas un rite de passage obligé. Et voilà que chaque matin, dans un lit qui n'était pas le mien, j'émergeais péniblement d'un sommeil comateux. Je pensais alors à Philippe et à Katinka. À mes parents. Et chaque matin, il me fallait tout ce que je possédais de volonté pour m'extraire de mon lit. Faire des gestes. Continuer.

Je cherchais la familiarité de mon quotidien québécois dans ma vie étrangère. Je ne comprenais pas que tout soit différent, que je ne m'y retrouve pas. Je faisais preuve d'un immense mépris en-vers la culture dans laquelle j'étais plongée et qui m'apparaissait quasiment obscène, tellement ses subtilités me contrariaient.

Car tout m'indisposait: les fenêtres ouvertes qui refroidissaient les pièces, la langue que je ne comprenais pas, les pistes cyclables sur le trottoir, la douche sans rideau qui obligeait à essuyer le carrelage après s'être lavé, l'économie obsessive d'énergie, la façon qu'avaient les Allemands d'interpeller brutalement même leurs amis les plus chers, et ces étrangers qui se mêlaient de vos affaires partout, dans le métro, au comptoir-caisse, dans la rue : «Vous auriez dû prendre un parapluie, mademoiselle. Ne savez-vous pas qu'il pleut au moins un peu chaque jour à Hambourg?»

À cela s'ajoutaient les habitudes particulières de la famille Eichmann, qui étaient pour la plupart motivées par ses convictions environnementales : pas de voiture, pas de viande, pas de télévision, pas de lave-vaisselle ni même de sécheuse. Trois poubelles différentes. Des serviettes sanitaires en coton. Le recyclage des bouchons de liège, des moignons de crayons et des bouts de ficelle.

L'irritation que j'éprouvais face aux Eichmann était en tout point injustifiée. Car ils avaient certes leurs manies, mais ils étaient tolérants et accueillants. Il était impossible qu'ils n'aient pas noté ma réserve envers eux, et pourtant ils ne semblaient pas m'en tenir rigueur. Ils me faisaient généreusement cadeau d'espace et de temps, ils attendaient patiemment que je me familiarise. J'appréciais leur chaleur. Et j'avais confiance en eux. Mais j'étais incapable de m'abandonner.

Je les observais avec curiosité. Je les écoutais, surtout. Tôt le matin, leurs pas dans la maison, au-delà de ma chambre, commençaient à évoquer leurs affairements familiers. Les toilettes. Le lavabo. La bouilloire. Leurs allées et venues entre le hall d'entrée et leur chambre, pour rassembler leurs affaires. La porte qui claquait : *Tschüß! Bis bald!*

L'après-midi, m'étant parfois trouvée seule au retour de l'école, je les entendais arriver à la maison. Je les écoutais déposer leurs clés sur le guéridon, suspendre leur coupe-vent à la patère, se diriger vers la cuisine, et alors je les entendais ouvrir la porte du réfrigérateur et se verser à boire. Après le souper, j'entendais la flûte de Jutte, à travers le plancher, quand je ne faisais pas mes devoirs. Elle répétait au sous-sol, pendant qu'Herbert composait sur le Steinway du salon.

Le soir, je les entendais se transmettre les dernières informations sur l'horaire du lendemain. J'entendais Tamara s'attarder dans la chambre de ses parents, ou Jutte qui l'embrassait dans le corridor. Puis Tamara se retirait dans sa chambre en fermant la porte derrière elle. Elle mettait de la pop allemande que je ne connaissais pas, mais ça aussi, je l'entendais.

Plusieurs fois par jour, Jutte venait dans ma chambre. « Comment ça va ? », demandait-elle. « Bien », répondais-je, sur la défensive. Mais dans ma tête, je hurlais : « Va-t'en ! » Alors elle venait à moi. Elle posait sa main fraîche sur ma tête en bataille. Elle disait : « Tu vas finir par t'y faire. Tu vas voir. »

Un matin, j'ai répondu : « *Schlecht. Es geht mir schlecht.* » Et j'ai fondu en larmes. Jutte n'a rien dit. Elle m'a serrée contre elle en me caressant les cheveux. Je la trouvais plus perspicace que ma propre mère. Et cela aussi, je le lui reprochais.

*

Jutte était une femme magnifique. Elle était tout ce que ma propre mère n'était pas. Absolument indifférente à la mode, elle ne portait que d'étroites jupes grises à plis creux qui accentuaient sa longue minceur, alors que ma mère, pourtant constamment soucieuse de paraître jeune et à la mode, était certes agréable à regarder, mais frivole.

Les yeux de Jutte étaient des taches turquoise qui s'épandaient comme des coulées de délicieuse couleur, de la belle crème opaque. Ces yeux, lorsque je daignais paraître, ne manquaient jamais de s'attarder sur moi. Sous ce regard, je me sentais observée (et cela m'indisposait), mais couvée aussi (et cela me rassurait). Ma propre mère, par contraste, ne cherchait plus, depuis longtemps, qu'à neutraliser les courts échanges qui nous liaient : « Où vas-tu ? Avec qui ? À quelle heure reviens-tu ? » Et elle se remettait à compter les calories dans ses livrets de Weight Watchers.

Jutte était musicienne. Elle avait été flûtiste à l'Orchestre symphonique de Hambourg. Il me semblait que ce métier en était un que je n'aurais pas abandonné pour me consacrer exclusivement à la maternité, s'il m'avait été donné d'avoir assez de talent et de persévérance pour réussir dans un domaine artistique. Mais Jutte avait vu les choses autrement. Depuis la naissance de Jürgen, elle s'était monté une petite clientèle d'étudiants qui venaient prendre leurs leçons de flûte chez elle. Cela lui permettait de rester auprès de ses enfants, de veiller sur son foyer. Cela me troublait. Je considérais l'occupation de femme au foyer comme absolument arriérée.

Je me souviens encore de notre unique sortie en tête à tête. C'était le premier dimanche de septembre et le dixième jour de mon séjour en Allemagne. Elle avait, ce matin-là, cogné à la porte de ma chambre : « *Come in* », avais-je marmonné.

— *Ich kom-me here-in*, avait-elle articulé à mon intention.

Que l'invitation à entrer se prononce quasiment de la même façon en anglais et en allemand était une chose que je savais pertinemment.

Elle était entrée en refermant la porte derrière elle. (Que les Allemands apprécient les endroits exigus, sobres, propres et clos était une autre de ces choses que j'avais eu le temps de constater.) Elle s'était assise près de moi. Du plat de la main, elle avait lissé l'édredon que j'avais approximativement jeté sur le lit ce matin-là.

— *Wie geht's, Liv ?*
— *I'm okay.*

Elle avait entrepris une série de propositions dont je saisissais à peu près le sens : « Je sors. Veux-tu venir avec moi ? Il me semble que le bon air te ferait du bien. » Elle cherchait mon adhésion. Elle désirait que je me fonde dans sa famille. Elle posait sur moi son regard turquoise, sa calme bonté. Je la regardais me proposer avec générosité une balade dominicale sur les collines de Syllberg, une banlieue cossue de Hambourg dont les hauteurs dominaient l'Elbe, et tout ce que j'avais envie de lui répondre, c'était : « On ne fait jamais ça, chez moi, une marche en famille. »

— *I'm sorry. I don't understand.*

Elle a cessé de lisser mon édredon. Elle m'a regardée dans les yeux :

— *I'm going out. Do you want to come with me?*
a-t-elle énoncé.

Puis elle a quitté ma chambre sans attendre
ma réponse.

*

Le bleu du ciel, cet après-midi là, était si-
dérurgique. Cela correspondait à ce que je savais
de l'Allemagne, qui était minimal et effroyable-
ment lacunaire, et que je croyais encyclopédique
et suffisant. (Je n'ai appris que plus tard, par
exemple, que le nom «Eichmann» était entaché
par un criminel de guerre notoire.) Car j'en savais,
des choses. J'avais vu des films sur la guerre.
(Mais lesquels? Je n'aurais pas pu les nommer.)
Je savais que l'Allemagne était divisée en deux,
je connaissais la réalité du mur de Berlin et
j'avais appris dernièrement que l'allemand était
la langue la plus parlée en Europe (100 millions
de germanophones dans les deux Allemagne, en
Suisse, en Autriche, en Belgique et au Luxembourg,
ainsi que dans quelques pays de l'est comme la
Tchécoslovaquie). Il me semblait sincèrement
qu'il s'agissait là d'un savoir honorable.

Sagement assise près de Jutte dans l'U-Bahn
qui fonçait vers le centre-ville, je récapitulais:
Hitler, Auschwitz, Beethoven, Marx. (Marx?
Oui, il devait être allemand; mais comment se
faisait-il, alors, que le communisme soit russe?)
Je m'efforçais de faire correspondre ces noms
propres à ce qui défilait sous mes yeux. Bleu pur,
race pure. ·

Puis le métro a plongé sous terre et il n'y a plus eu, pour m'occuper l'esprit, que les publicités qui s'étendaient au-dessus des banquettes. J'en ai déchiffré des bribes : les cigarettes West, le chocolat Milka, apprendre l'anglais à l'université de Hambourg. Fatiguée, j'ai baissé la garde. Les choses étrangères déferlaient sur moi et je ne m'en défendais plus.

*

Je n'ai jamais rien raconté à qui que ce soit de ce qui s'est passé cet après-midi là sur les collines de Syllberg. Qu'aurais-je pu en dire ? Nous avons marché, Jutte et moi, puisque c'était là le but de notre excursion. Elle était gaie. Elle s'était affublée d'affreuses chaussures de marche éculées, mais confortables, et sur son pantalon plissé à la française et son désuet chemisier à jabot, elle avait enfilé un sac à dos décoloré par l'usage qui contenait quelques sous, des tickets d'U-Bahn et des pains de seigle au fromage à la crème. Son pas était étonnamment vif, ses joues rosies par le contentement d'être en promenade dans l'après-midi radieux.

J'avais rarement marché plus d'une heure – et encore. À Notre-Dame-des-Laurentides, je ne faisais pas de sport. Je craignais que cela ne me donnât des muscles et ne me fît trop costaude. Je skiais, bien sûr, mais il était entendu que je fréquentais d'abord le centre de ski pour les garçons qui s'y trouvaient. J'ai pourtant trottiné de bon cœur auprès de Jutte, ce jour-là. L'air pur me faisait du bien, comme elle l'avait pressenti. Quelque chose s'adoucissait en moi, et il devenait presque possible de ressentir de la paix, enfin.

Jutte me parlait beaucoup. Cela s'inscrivait dans le programme d'apprentissage de l'allemand auquel elle s'adonnait avec moi. Je ne comprenais pas tout ce qu'elle disait, mais je hochais la tête en répondant: «*Ja.*»

L'Elbe coulait, paisible. Des bateaux de plaisance s'y déplaçaient. Lorsque nous croisions des gens, ils nous saluaient: «*Guten Mittag.*» «*Guten Mittag*», répondait Jutte en hochant la tête. Je trouvais extraordinaire que des inconnus se saluent.

Je suis parvenue, cet après-midi-là, à me maintenir dans le réel, dans ce subtil équilibre entre ce qui avait cessé d'exister et ce qui n'advenait pas encore.

Vers la fin de l'après-midi, nous avons pris place à la terrasse d'un petit café qui accueillait les marcheurs. Des parasols bleu roi et dorés aux couleurs de la bière Warsteiner nous abritaient des rayons obliques du soleil. Jutte, bien qu'elle ne parut pas le moins du monde fatiguée, s'est assise avec délices. Elle m'a souri:

— *Was trinkst Du, Liv?* a-t-elle demandé, en posant sa main fraîche sur la mienne.

— *Apfelsaft, bitte*, ai-je répondu, en souriant aussi.

À partir de ce moment, je ne lui ai plus adressé la parole qu'en allemand. Il s'est agi là d'une importante victoire, pour elle.

Philippe est enfin retourné à Montréal depuis trois jours.

La télé, qui en principe devrait être le haut lieu d'une culture rassembleuse et sécurisante, ne parle plus que du *Patriot Act* qu'on s'apprête à adopter. Patriote, patriotique, patriotisme. Sabine vibre à l'évocation du bien de la nation, mais elle honnit cela, aussi. Elle ne comprend plus rien. Elle refuse de parler français avec sa mère. Le monde est compliqué.

— *Mom?*

— Oui, Sabine?

— *This Patriot Act...*

— Oui?

— *Is it a good thing?*

— Je ne pense pas, non.

— *Why not?* s'enflamme Sabine, qui provoque les occasions de reprocher à sa mère de ne pas penser comme tout le monde.

— Parce que cette loi vise à contrôler les pensées des gens, et à les emprisonner pour un oui ou pour un non. Imagine un peu, si on t'arrêtait simplement parce que tu as écrit sur MSN que tu n'es pas d'accord avec le président Bush!

— *But it's meant to protect us! Don't you understand?*

— Nous protéger de quoi, veux-tu bien me dire, Sabine? Te sens-tu donc si menacée?

— *Yes I do! I feel threatened!*

Sa voix se brise. Non. Elle ne se comprend plus.

— Viens ici. Approche.

Mais Sabine s'en va dans sa chambre et claque la porte. Il fut un temps où elle sentait de façon certes confuse, mais profonde, que chaque instant passé à discuter gentiment avec sa mère ou à se comporter poliment contribuait à pacifier son monde. Et maintenant elle ne le croit plus.

Plus tard, sa mère frappe à sa porte.

— Qu'est-ce que tu dirais si on se débarrassait de la télévision, Sabine?

— *Yes!*

Ce cri de soulagement spontané frappe sa mère de stupéfaction.

— À ce point-là!

Sabine soutient le regard affligé de sa mère.

— *Yes.* À ce point-là.

— Bon. Après tout, ce n'est peut-être pas si étonnant: ton père a grandi sans la télévision.

— *Did he? How do you know?*

— J'ai vécu chez lui, dans sa maison, autrefois.

— *Right. But he wasn't there at that time.*

— Non.

— *He was complicated.*

— Oui.

— *Like me.*

— Oui.

*

134

La mère de Sabine – la toute petite, toute menue mère de Sabine – fait tout ce qu'elle peut pour transporter seule le téléviseur dans la cage d'escalier. Heureusement, il s'agit d'un modèle assez compact qui ne l'éreinte pas trop. Il suffit de garder son équilibre, comme ça, oups, okay, je l'ai – ça va aller.

— *Are you okay, mom ?*

— Oui, oui, ça va.

Sabine ouvre les portes sur son chemin et regarde sa mère poser la télé avec plus ou moins de ménagement sur le trottoir. Ouf. Puis, sans un regard de plus pour l'appareil qui a contenu toutes leurs images du 11 septembre, elles remontent ensemble vers l'appartement.

Quand Sabine va à la fenêtre, dix minutes plus tard, une voiture est garée devant leur immeuble, bien que ce soit interdit. Les feux d'urgence clignotent. Une femme sans expression s'accroupit devant le téléviseur, le transporte en titubant vers la banquette arrière, s'affaire quelques instants à l'insérer plus ou moins correctement dans la voiture. Puis elle contourne sa voiture, s'installe au volant et redémarre.

*

Sabine sait comment ça fonctionne, de nos jours. Elle sait qu'elle pourrait avoir à la fois son père et Philippe, éventuellement. Toutes les combinaisons sont possibles, à partir du moment où il y a consentement entre toutes les personnes majeures concernées.

Elle a donné son adresse MSN à Philippe, mais il n'écrit pas. Elle voudrait que Brandon l'embrasse encore dans le stationnement, mais il n'y est plus jamais seul et il fait comme s'il n'y avait rien eu entre eux. Tasha, elle, n'a pas la permission de niaiser dehors après le souper.

*

L'histoire du mur de Berlin remonte à la fin de la Seconde Guerre mondiale. En 1945, la Russie, l'Angleterre, la France et les États-Unis se sont partagé l'Europe, et plus particulièrement l'Allemagne. Berlin est devenue un cas particulier : c'est la ville elle-même qui a été séparée en quatre secteurs : anglais, français, russe et américain.

Comme la ville de Berlin était située dans l'Allemagne de l'Est sous contrôle russe, Staline (c'était le président de la Russie à cette époque) a décrété le blocus de la ville de Berlin afin de contraindre les Anglais, les Français et les Américains à s'en retirer. Le blocus, ça voulait dire qu'il ne parvenait plus de vivres à Berlin à partir de l'Occident. La Russie contrôlait tout ce qui entrait dans la ville.

L'Occident a rapidement répondu à ce blocus en établissant un pont aérien entre l'Allemagne de l'Ouest et Berlin-Ouest. C'était dangereux parce que chaque avion qui se posait à Berlin-Ouest pouvait être abattu sans autre forme de procès par les soldats est-allemands qui les repéraient avec des miradors et des radars.

Pendant ce temps, entre 1945 et 1960, environ 3 millions d'Allemands de l'Est étaient en train d'émigrer à l'Ouest en passant par Berlin. Ils n'avaient qu'à prendre le métro pour passer de la partie est de la ville à la partie ouest. Pour contrer cet exode, un mur a été érigé pendant la nuit du 12 au 13 août 1961. Le lendemain matin, à la grande surprise des Berlinois et du monde entier, des milliers de soldats est-allemands retournaient les pavés et bloquaient les voies ferrées qui menaient de Berlin-Est à Berlin-Ouest. Du jour au lendemain, il n'était plus possible de passer de l'Est à l'Ouest.

Sur toute la planète, les gens craignaient que ce nouvel affront russe ne mène à la Troisième Guerre mondiale. Des troupes russes et occidentales se sont immédiatement tenues prêtes au combat le long des frontières qui divisaient l'Est et l'Ouest.

Le mur lui-même n'a d'abord été constitué que de grosses spirales de fils barbelés empilées les unes sur les autres. Ce sont surtout des milliers de soldats postés aux contrôles qui empêchaient désormais des frères de revoir leurs sœurs, des mères d'embrasser leurs enfants partis travailler à l'Ouest pour n'en plus revenir. En plus de séparer la ville en deux, le mur a complètement encerclé Berlin-Ouest, qui est devenue un îlot occidental en Allemagne de l'Est. Une fois complété, le mur est devenu une palissade de béton de 3,6 mètres de haut et de 160 kilomètres de long. Il était gardé par 300 tours de contrôle.

Au bout du compte, l'absurde réalité du mur de Berlin n'a pas donné lieu à la guerre. L'Occident, par la bouche du président Kennedy, a déclaré que le mur était un compromis certes «peu élégant», mais tout de même «préférable à la guerre». La conséquence tout à fait imprévue du mur fut donc que l'Europe connut, entre 1945 et 1992, sa plus longue période de paix au XXᵉ siècle.

Il n'en demeure pas moins que pendant tout ce temps, l'existence même du mur était une balafre sur le visage de l'humanité. Les Occidendaux en rejetaient la responsabilité sur les Russes, jugeant que le mur était une prison qui brimait les libertés des citoyens de l'Est. Les Russes, au contraire, présentaient le mur comme une défense absolument nécessaire contre l'agression et la propagande occidentales. Le *statu quo*, typique de la guerre froide, a ainsi perduré pendant deux décennies et demie.

Puis, tout à coup, en 1989, la Hongrie, dans un processus de démocratisation et de distanciation du communisme, a décidé d'ouvrir ses frontières et a demandé le retrait des troupes soviétiques. Les Allemands de l'Est se sont mis à passer par ce pays pour rejoindre l'Allemagne de l'Ouest via l'Autriche. Tout l'automne, des manifestations monstres ont eu lieu à Prague et à Varsovie. Gorbatchev, le président russe, refusait la répression armée.

Le 4 novembre 1989, un million de manifestants ont envahi à leur tour les rues de Berlin-Est. Eux aussi revendiquaient la démocratisation de leur pays.

Le 9 novembre, en soirée, un responsable politique de l'Allemagne de l'Est, en conférence de presse télévisée, a annoncé que les Allemands de l'Est pouvaient désormais aller et venir librement. Un journaliste lui a alors demandé : « Quand cette mesure entre-t-elle en vigueur ? » Le responsable, baissant un moment la tête pour consulter ses notes, a répondu : « Pour autant que je sache, immédiatement. » Cela a constitué un moment de grand étonnement et de vive émotion.

On s'était habitué à considérer qu'un mur devait séparer les communistes des capitalistes, et voici qu'il tombait en quelques heures. Il semblait subitement qu'il n'avait jamais fait que cristalliser, de façon factice, une hargne que les gens ne ressentaient pas. Si on soufflait dessus avec bonne humeur et espoir, il tomberait.

Et c'est ce qui s'est passé. Les gens qui ont écouté les nouvelles leur annonçant leur liberté retrouvée sont sortis en masse et ont demandé à franchir le mur. Même si l'armée n'était pas encore informée de cette mesure, elle a cédé le passage à la masse émue des gens qui se pressaient aux frontières.

Vers 23 h, des postes frontaliers se sont officiellement ouverts à Berlin. Ce fut une explosion d'enthousiasme et de joie. Les gens se sont assis sur le mur de Berlin et ont pleuré d'émotion.

La véritable ruée n'a toutefois eu lieu que le lendemain, car plusieurs personnes, le soir du 9 novembre, s'étaient couchées avant d'avoir appris la nouvelle. Le vendredi 10 novembre 1989, d'immenses colonnes de gens et de voitures se sont dirigées vers Berlin-Ouest. Elles y ont été accueillies avec effusion par des concerts de klaxons. Des inconnus s'étreignaient. Tous ces gens escaladaient le mur et se massaient près de la porte de Brandebourg. Au pied du mur, Rostropovitch, un célèbre musicien russe passé à l'Ouest, jouait l'*Ave Maria* de Schubert au violoncelle.

*

Mme Hyatt, à la rencontre parentale, se fait véhémente :

— Il faut intervenir, Mme Simard ! Ça ne va plus du tout !

— Comment ça ?

— Cet exposé sur le mur de Berlin, elle l'a énoncé avec beaucoup d'aplomb et en regardant tout le monde droit dans les yeux. J'ai envie de dire : comme si c'était de notre faute. Et puis la fois où elle a parlé de l'implication des États-Unis dans le bombardement de Dresde !

— Elle y a mis du cœur.

— Oui. Elle s'intéresse beaucoup à l'Allemagne, vous savez. Et elle est intelligente. Très.

— Bon. Où est le problème, alors ?

— C'est son attitude. À part l'Allemagne, elle ne se concentre sur rien. Et puis vous ne trouvez pas ça particulier, cette détermination sérieuse à tout dire sur ce pays ?

— Je sais. Est-ce qu'elle demeure polie avec vous au moins ?

— Oui. Le problème n'est pas là. Son père est allemand, si je comprends bien ?

— Hmm, hmm.

Mme Hyatt se penche vers Liv :

— Vous savez, j'en ai beaucoup qui sont ébranlés depuis le 11 septembre. Qui font des cauchemars. Les psychologues ne savent plus où donner de la tête. Il est bien que Sabine s'intéresse à autre chose qu'à ces foutues attaques.

— Oui. Je le crois aussi.

— Mais ça ne peut pas se faire au détriment des mathématiques et de ses amies.

— Ses amies ?

— Oui. Elles se plaignent d'elle.

— Comment ça ?

— Elles disent que Sabine les envoie promener à tout propos.

— Elle n'a pas envie de jouer, ces temps-ci.

— Trouvez-vous ça normal ?

Liv se lève.

— Je vais voir ce que je peux faire, Mme Hyatt.

— N'oubliez pas son bulletin ! dit Mme Hyatt, qui le lui tend.

— Merci.

Sabine attend dans le corridor.

— Et puis ? Vas-tu encore chiâler contre mon bulletin ?

— Tu as envie d'un beigne ? demande sa mère plutôt que de répondre directement.

— D'accord.

Elles marchent vers la beignerie de Montgomery Street. Sabine commande un beigne recouvert d'un glaçage aux fraises ; sa mère, un café. Elles s'attablent.

— Est-ce qu'il y a quelque chose qui ne va pas, Sabine?

Sabine ouvre de grands yeux:

— Moi? Non. Pourquoi? À cause de mon bulletin? Je le savais!

— Je l'ai pas regardé encore. Je suis certaine qu'il est correct. Sauf peut-être en maths.

— Ben alors…

— Sabine…

— Quoi!

— Regarde-moi…

Sa mère lui tire le menton:

— Qu'est-ce qu'il y a qui ne va pas?

— Il est où, Philippe?

— Il est retourné à Montréal.

— Est-ce qu'il va revenir?

— Je le sais pas. Je pense que oui.

— Bientôt?

— Je le sais pas.

Sabine la regarde fixement. Qu'est-ce que ça peut bien vouloir dire? se demande Liv. Que je suis bête? Que je ne parviendrai jamais à la rassurer?

— Sabine?

— Quoi encore?

— L'as-tu dit, dans ton exposé, que ta mère était en Allemagne en 1989, quand le mur est tombé?

— Ça n'a pas vraiment rapport, maman, franchement!

— Non. Ça n'a effectivement pas de rapport.

Sixième partie

Hambourg

Il n'était pas question de ne pas me rendre chaque jour à l'école. Je partais tôt le matin, sur un vélo de gamine dont on avait exagérément haussé le siège, ce qui me donnait l'allure absurde d'une équilibriste en monocycle et qui me désespérait. Je détestais le ridicule. Dans la pénombre matinale, mes coups de pédales las et désolés activaient, grâce à la dynamo, le phare blême qui seul éclairait ma route.

À la station m'attendait l'U-Bahn que je prenais jusqu'au Gymnasium. Tandis qu'à chaque station, les portes du train claquaient avec brutalité, que les femmes et les hommes s'engouffraient dans le compartiment et qu'ils s'asseyaient plus ou moins près de moi, je regrettais les interminables parcours de l'autobus 30. J'étais seule. Tamara, se trouvant deux classes plus bas que moi, n'avait cours qu'à partir de 8h30. C'était comme ça, là-bas.

Pour la première fois de ma vie, je ressentais comme une malédiction l'exigence d'être belle, moderne et heureuse avant vingt ans. J'avais toujours trouvé assez facile de correspondre à cet idéal. Mais voilà que je me découvrais quelconque. Personne, absolument personne, ici, ne me regardait. Je le constatais avec ahurissement. Et je n'étais pas heureuse. Chaque jour, le réveille-matin poussait son gémissement à 5 h 45. Je me levais et déjeunais avec Jutte. Je retournais à ma chambre pour m'habiller dans la noirceur. Puis, jusqu'à 6 h 40, je m'asseyais sur mon lit et je me regardais les paumes.

À l'école, c'était pire. J'avais commencé les cours avec deux semaines de retard à cause de tracas administratifs, ce qui avait évidemment eu pour conséquence de compliquer mon inté-gration. Le premier jour, les adolescents de ma classe m'avaient certes accueillie avec un intérêt poli. (*Kanada? Ach, ja, dadrüben.*) Et là-dessus, quelques-uns m'avaient posé des questions en anglais, fiers d'étaler leur connaissance d'une langue qu'ils jugeaient supérieure. J'avais répondu à cela avec un emportement assez québécois : «*Französisch!*», je viens du Canada français! Ils m'avaient regardée, éberlués. Une fille s'était lancée dans une explication que je n'avais pas comprise. Un grand garçon roux s'était alors tourné vers moi et avait dit : «*Ach, ja, Québec!*» (Il prononçait : *Kvébec.*) Il m'avait dévisagée : «*Voulez-vous coucher avec moi?*» Tout le monde avait ri. Sa prononciation était impeccable. Meilleure que la mienne. Mais ça avait été la dernière phrase complète qui m'avait été adressée dans cette classe.

Pour la première fois, je faisais l'expérience de l'exclusion. Une exclusion d'autant plus doulou-reuse qu'elle n'était ni méchante ni véritablement consciente. Je ne les intéressais pas, voilà tout.

Mes journées se déroulaient selon une routine qui me sécurisait, mais qui m'abrutissait aussi. Je n'ai pas mis longtemps, par exemple, à me résigner à l'impossibilité de l'imprévu. Ne connaissant personne, qui aurais-je bien pu rencontrer par hasard ? Ne parlant pas l'allemand, comment aurais-je pu adresser la parole aux garçons de ma classe ? Je me découvrais timorée.

Je me réfugiais dans la correspondance. J'ai envoyé des dizaines et des dizaines de lettres cette année-là. J'écrivais à tout le monde, même à mes anciens professeurs, qui ne m'avaient pourtant laissé leur adresse que par pure politesse :

— Tu t'en vas en Allemagne, Liv ? Vraiment ? Tiens, voilà mon adresse : tu m'enverras une carte postale.

Et je leur en ai envoyé. Plusieurs, même.

Mais c'est surtout à Katinka et à Philippe que j'écrivais. Je leur racontais tout avec beaucoup d'ironie : les Eichmann, les Allemands, les élèves de ma classe. Je décrivais les habillements et la nourriture, mon vélo débile et ma chambre. Je leur donnais à penser que je trouvais tout follement amusant. Lorsque je vivais un moment digne d'une véritable voyageuse, comme le jour où les Eichmann m'ont amenée à Lübeck dans une voiture de location, j'en exagérais l'importance afin qu'ils m'envient. Mais ils ne m'enviaient probablement pas. Ils détectaient certainement, entre mes lignes un peu agressives, que je n'avais pas d'amis et que l'Allemagne me demeurait hermétique. De plus, ils ne me répondaient pas. (Katinka n'avait jamais même terminé un devoir de français. Que m'étais-je imaginé ?)

Au cours du mois d'octobre, une Américaine est arrivée à l'école. Elle était une *Austauschschülerin*, elle aussi. Elle s'appelait Jessica. Dès qu'on nous a présentées l'une à l'autre, elle s'est jetée sur moi. Il était clair qu'à l'instar de moi, elle éprouvait un terrible besoin d'amitié. Cela m'a fait du bien de constater que je n'étais pas la seule adolescente mésadaptée à traîner sa tristesse dans la ville libre et hanséatique de Hambourg.

Sur l'heure du midi, ce jour-là, elle m'a entraînée dans un café près de l'école, et nous n'en sommes pas revenues. Jamais auparavant je n'avais séché les cours sans un billet signé par ma mère. Jamais encore il ne m'était venu à l'idée de désobéir sans garde-fou. Je n'aimais pas répondre de mes actes. Mais l'Allemagne n'étant pas tendre envers moi, étais-je tenue de respecter les mêmes règles qu'à Québec? À partir de ce jour où j'ai manqué un après-midi de cours pour traîner au café avec Jessica, je me suis mise à raisonner de cette façon.

Elle était plus âgée que moi (dix-huit ans). C'était une fille blonde et trapue, très affirmée. Au café Zum Bahnhof, elle a commandé un café crème après l'autre et, chaque fois qu'elle a hélé la serveuse pour en redemander, j'ai dit: «*Ich auch, bitte.*» La même chose. Il était clair que j'étais une veule thuriféraire qui s'ébahissait devant son amie dégourdie. Et il y avait de quoi.

En effet, alors qu'elle habitait Hambourg depuis à peine dix jours, Jessica avait déjà trouvé l'occasion de suivre un homme qui lui avait caressé un sein à travers son manteau dans le métro.

Ils étaient sortis ensemble à la station suivante. Ils avaient marché le long de l'Alster dans les feuilles brunes et la terre odorante. C'était dimanche, vers 17 h, et les environs étaient déserts. L'homme et elle avaient quitté le sentier pour s'engouffrer dans un fourré. Il l'avait banalement poussée. Elle était tombée sur le cul, ça lui avait fait mal. Il avait ouvert sa braguette et il lui avait enfoncé sa queue dans la bouche. Elle avait sucé le plus fort qu'elle avait pu. Après, elle avait craché par terre pour éliminer le trop-plein, mais ça lui collait au palais. L'homme s'était agenouillé. Il avait gentiment pincé ses mamelons. C'était sans doute pour lui procurer du plaisir, mais elle lui avait dit que ce n'était pas la peine. Elle s'était rhabillée, elle lui avait donné un faux numéro de téléphone et elle s'était couchée sans se brosser les dents, ce soir-là, parce qu'elle voulait goûter le sperme de l'homme jusqu'à ce que son arôme se soit complètement estompé.

Ce jour-là, dans le café, devant Jessica qui relatait son aventure, j'ai compris que plus rien désormais ne me préservait d'histoires comme celle-là. Que personne ne viendrait me chercher pour m'empêcher d'entendre. C'était moi seule face à la vie. Le plus simple était de vieillir vite.

*

Malgré ces immersions glauques et sporadiques dans une déchéance qui me paraissait trop adulte, je garde surtout de mes semaines d'automne à Norderstedt le souvenir consolant des

147

déjeuners dans le matin pluvieux, de la personnalité maternelle et rassurante de Jutte. Lorsque
je me levais, je me rendais immédiatement à la
cuisine. Je prenais place à la petite table. Sur le
comptoir, la bouilloire hoquetait un long moment, puis sifflait. La cuisine était un espace
exigu entre Jutte qui s'empressait et moi qui
l'observais.

— *Müsli?* proposait-elle.

— Je préférerais du pain, s'il te plaît.

Elle me servait. Elle posait devant moi un sac
de papier kraft empli de petits pains aux graines
de tournesol ou au carvi, et l'entrouvrait un peu
pour que je me serve à mon aise. «*Marmelade?
Butter?*» offrait-elle invariablement. Et au moment
où je répondais : «*Beides, bitte*», ces tartinades qui
m'étaient devenues habituelles étaient déjà sur la
table. Pendant que je beurrais mon pain et que
je le mâchouillais, Jutte versait du thé noir dans
une tasse de grès qu'elle plaçait devant moi. Puis
elle allait à l'évier. Elle enfilait des gants roses et
faisait la vaisselle.

— *Schmeckt es?* demandait-elle parfois en
tournant la tête vers moi.

Je hochais la tête. Tout goûtait l'exil. Le
beurre sans sel. Le pain trop brun. La confiture de
baies inconnues : *Himbeeren*, ou, parfois, *Johannisbeeren*, toutes deux acides. La rusticité de ces
aliments en vrac.

Jutte terminait de frotter. Sur le séchoir, la
mousse coulait sur la vaisselle. Elle retirait alors
ses gants et cela faisait plop. Elle les déposait sur
les robinets pour qu'ils sèchent et s'assoyait près

de moi. Elle goûtait enfin son thé qui chaque fois, pendant qu'elle s'affairait, avait trop refroidi.

À ce moment-là, Tamara entrait, grassouillette, molle, encore ivre de bon sommeil. Je détournais le regard. Jutte, bien sûr, recommençait alors son inlassable danse de l'empressement, avec encore plus de bonheur cette fois. Je fixais Tamara avec froideur, furieuse que son apparition force sa mère à se relever, sitôt assise. Mais je l'aimais bien. Elle était, après tout, ma sœur d'accueil. J'échangeais quelques paroles avec elle en finissant mon thé. Je me levais. Je quittais la cuisine en ne refermant pas la porte derrière moi. J'entendais Tamara qui répondait bravement aux questions de Jutte.

Dans ma chambre, je me désespérais à l'idée de retourner à l'école. Je demeurais longuement immobile. Je ne pensais à rien. Alors, parfois, Jutte cognait, puis elle entrait. Elle me regardait avec affection :

— Ça va être plus facile bientôt. Tu vas voir.

Mais que pouvait-elle en savoir? Sa vie avait un sens et une direction. La mienne s'embourbait plutôt que de prendre son envol, comme elle aurait dû.

*

Avec Herbert, c'était encore plus difficile. C'était un homme d'une autre époque, qui s'attendait à être obéi et respecté. Malheureusement pour nous deux, l'obéissance était un comportement qu'on ne m'avait pas inculqué. Et je n'attribuais pas de valeur à la déférence.

Lorsqu'il paraissait le soir, après avoir passé la journée à enseigner le piano et la composition de jazz à la haute école de musique de Hambourg, il me posait des questions de père : Comment cela a-t-il été à l'école ? Quels résultats as-tu obtenus ? As-tu étudié pour ton test d'anglais ? Je répondais à ses interrogatoires avec le plus de concision possible. Je le craignais un peu. Je jugeais débile que nous nous taisions toutes, même Jutte, lorsqu'à table il prenait la parole. Je ne voyais pas pourquoi ce qu'il avait à dire valait plus que les conversations qu'il interrompait.

Et pourtant Herbert avait ses failles. Que savais-je, à cet âge, de la fragilité des êtres ? Ma conscience avait vaguement enregistré qu'il avalait des comprimés. Mais lesquels ? Et pourquoi ? Je tenais pour certain qu'il s'agissait de quelconques médicaments contre l'âge moyen : cela ne m'intéressait pas.

Et pourtant, il m'arrivait de me heurter à lui dans la salle de bain, sa tête sévère de démiurge rejetée vers l'arrière, qui avalait péniblement une poignée de cachets. Je me représentais ces pilules comme des pierres dures qui lui blessaient la trachée. Mais aussitôt qu'il enregistrait ma présence, il redevenait droit et apparemment intact ; et sans même une salutation, il me contournait pour me laisser la place. Je déplorais qu'il oublie constamment ma présence sous son toit au point de négliger de verrouiller la porte de la salle de bain. Mais je ne pensais pas à me demander pourquoi j'étais la seule à le surprendre quand il ingérait ce qu'il lui fallait pour vivre.

Je me souviens encore d'un événement fortuit et à première vue banal; le seul «moment» peut-être qu'il y ait véritablement eu entre nous. Nous étions tous les deux à la terrasse, par un après-midi assez chaud d'octobre, lui à lire des journaux qui me camouflaient son visage, moi à écouter mon walkman en battant de la patte et en m'ennuyant sous le soleil pâle. Tout à coup, il a baissé sa palissade de papier:

— Sais-tu ce que c'est que ce nom d'Eichmann?

J'ai appuyé sur *stop*. Je l'ai regardé avec étonnement:

— Eichmann? Non. Qu'est-ce que c'est?

— C'est le nom d'un criminel de guerre nazi.

— Ah?

Je ne voyais pas trop où il voulait en venir.

— Étiez-vous parent avec lui?

— Non. Pas vraiment. Mais si je l'avais été, il aurait été le premier à le noter.

— Comment ça?

— L'identification, c'était sa spécialité, si on peut dire.

— Oh?

— Oui. On dit que c'était un homme qui doutait de toute réalité, sauf de la sienne propre. C'est pour cela qu'il agissait sans se soucier le moindrement des autres et qu'après, il tenait le compte, afin d'être certain que ses décisions aient eu un effet. Il...

Il s'est tu un instant, encore dépassé par l'ampleur des dégâts, quarante-cinq ans plus tard.

— …il a tué des centaines de milliers de personnes. Sans en éprouver le moindre remords.

— C'est impossible !

— C'est pourtant ainsi. Il a dit, à peu près textuellement : «Quand je serai à l'article de la mort, je rirai d'avoir tué des milliers de Juifs.»

— Oh !

Il a semblé réfléchir un moment.

— Et pourtant peut-on dire qu'il s'agit d'un monstre ?

— Il me semble que c'est évident ! ai-je protesté.

— Oui. En quelque sorte. Mais il y a le problème de la conscience. Tout ce qui comptait, pour Eichmann, c'était ses décisions, prises dans le bunker de Hitler, à Berlin, et son obéissance au *Führer*. Des femmes, des hommes et des enfants sont morts à cause de sa signature au bas de documents, mais il ne les a pas vus. Il ne répondait que de sa réalité immédiate.

— Mais on aurait dû l'interner !

— Oui. C'est ce que je crois. Quand il a été jugé à Jérusalem, en 1961, plusieurs esprits un peu dérangés ont voulu voir en lui l'Antéchrist.

Il s'est penché vers moi :

— Mais moi je pense qu'il est important de comprendre que chacun de nous est un mélange particulier de bien et de mal et que si, finalement, c'est le bien qui l'emporte, ce n'est pas tant que nous soyons fondamentalement bons, mais profondément grégaires.

— Grégaires ?

— Oui. Nous aspirons à vivre en société. Personne ne désire sciemment se faire rejeter.

Je comprenais plus ou moins.

— Nous sommes tous en chaque humain, a-t-il conclu, et chaque humain est en nous.

Je l'ai regardé, éberluée :

— Voulez-vous dire que nous « produisons » des types comme Eichmann ?

— En quelque sorte, oui. Et tu verras : il y en aura d'autres. Ces êtres abominables sont heureusement très rares, mais ils catalysent ce qu'il y a de plus infect, de plus antisocial en nous. Si on les découvre à temps, il faut les interner, comme tu dis. Sinon, ils peuvent faire des dégâts...

J'ai frissonné.

— Pourquoi vous me racontez tout ça ?

Il m'a regardée en souriant, pour une fois :

— En fait, je ne sais pas vraiment !

Plus tard, lorsqu'il s'est levé, il a amené ses journaux avec lui et les a posés sur le guéridon dans l'entrée. Passant à mon tour, mes écouteurs aux oreilles, j'ai lu ce titre : « *Eichmann war nie wo man ihn erwachtete.* » « Eichmann ne s'est jamais trouvé là où on l'attendait. » Il s'agissait là d'un énoncé prophétique plutôt qu'historique, mais je ne le savais pas encore.

*

Vers la mi-octobre, Katinka a téléphoné. C'était un dimanche après-midi. Jutte est venue cogner à ma porte :

— Tu es demandée au téléphone, Liv.

— Moi?

Quelle charge de bonheur ai-je alors ressentie! Personne ne m'avait encore appelée depuis que j'étais en Allemagne. Nous trouvions normal, mes parents et moi, de nous écrire plutôt que de nous parler. Nous pensions que le téléphone me saperait le moral. Dans le hall d'entrée, j'ai saisi le combiné et, sans y penser, j'ai énoncé la formule de politesse allemande:

— *Mit Liv.*

Cela a déstabilisé Katinka.

— Hein? Liv? Est-ce que c'est toi?

— Katinka! Tu m'appelles!

— Eh, eh, tu ne pensais pas que je t'oubliais, quand même, là!

— Non, ben non, c'est sûr que non. Je me disais juste que t'avais sûrement pas le temps de m'écrire.

Un ange a passé.

— T'as peut-être pas reçu mes lettres.

— Non, non, je les ai reçues, c'est sûr que je les ai reçues, je suis inondée par tes lettres!

— Ah, okay. Je me demandais. Tant mieux si la poste fonctionne bien. Mais pourquoi tu ne me réponds pas?

— Je vais te répondre, là. J'ai commencé un tas de lettres, mais je ne suis jamais capable de les finir.

— Oh, mais Kat, c'est pas grave! Envoie-moi ce que tu as d'écrit, juste ça, ça me ferait tellement plaisir!

— Ben non, franchement, j'suis pas pour t'envoyer des lettres à moitié écrites!

— Oui, oui, fais-le! S'il te plaît! Je m'ennuie tellement de toi!

Elle a changé de sujet:

— Parle-moi de ta famille d'accueil: pas trop quétaine?

— Quétaine?

— Ouin. De la manière que tu la décris dans tes lettres.

— Oh, ben, je pense qu'on peut pas dire qu'ils sont quétaines, quand même. Ils sont pas à la dernière mode, disons. Mais ils sont gentils, c'est ça l'important.

— Ils portent pas des bas bruns, toujours?

— Non, non, pas à ce point-là. Mais ils écoutent de la musique classique... Puis du jazz. C'est des musiciens, ça fait que... Puis ils ont pas d'auto.

— Hein? Pas d'auto? C'est ben bizarre, ça!

— Ouin.

— Pauvre toi!

— Non, non, ça ne me dérange pas trop, en fait. Je prends le train pour aller à l'école, mais à Québec, je prenais l'autobus, donc ça revient à peu près au même.

— Ouin.

Elle ne semblait pas convaincue.

— Mais dis-moi donc comment ils sont, les Allemands? a-t-elle demandé. Tu ne m'en as pas trop parlé, encore, dans tes lettres.

— Allemands.

— Quoi?

— Ils sont allemands.

— Ben là! Peux-tu m'expliquer ça un peu mieux?

Je ne le pouvais pas.

— Kat… Il y a pas grand-chose à dire de plus que tout ce que je t'ai écrit dans mes lettres. Parle-moi plutôt de Québec, de Bellevue, de toi.

Parle-moi de Philippe! hurlais-je intérieurement.

— Ah ben, tu sais, à l'école, c'est comme d'habitude. Tout le monde dort pendant les cours. Les profs sont pas ben ben mieux que l'année passée. Il y a juste le prof de maths, là, c'est un méchant pétard. Je pense que je lui fais de l'effet!

— Ah ouin?

— Ouin. Il veut m'aider après l'école. Je commence cette semaine.

— Oh!

J'avais l'impression de manquer quelque chose d'important. Je voulais furieusement me trouver à Québec.

— J'ai tellement hâte de revenir, Katinka!

— Es-tu folle? C'est plate à mort, ici. Amuse-toi là-bas, pendant que tu peux!

— Dis-moi qu'on va passer un super été l'année prochaine, hein, Katinka?

— L'été prochain? Tu vas être revenue?

— Ben oui, tu le sais que je reviens en juillet!

— Ah oui, c'est vrai. Ça va venir vite.

— Tu as promis de venir me chercher à l'aéroport, t'en souviens-tu?

— Ben oui, c'est sûr que je m'en souviens, franchement! Inquiète-toi pas! Je vais être là pour t'accueillir, l'exilée!

— Kat…

— Oui?

— Est-ce que…

— Quoi? Je t'entends mal, Liv!

— Non. Laisse faire.

Nous avons raccroché. Il le fallait. Les appels outre-mer coûtaient une fortune.

Je suis allée dans ma chambre. Je me suis allongée sur mon lit. La voix de Katinka! Ça faisait du bien de l'entendre. Mais ça me troublait, aussi. Jutte a passé sa tête par la porte :

— Es-tu heureuse du téléphone de ton amie, Liv?

— Oui.

Elle a souri.

J'étais au moins fière d'une chose : c'était de ne pas avoir révélé que les Eichmann étaient végétariens. Je savais ce que Katinka aurait dit d'eux si elle avait su cela.

*

Les semaines ont repris leur cours, interminables. Une seule heure semblait impossible à remplir. L'angoisse s'enroulait autour de mon cou et serrait, serrait. Me rendre au prochain quart de l'horloge, que je tienne jusqu'au souper, surtout ne pas manger, surtout ne pas lâcher : l'Allemagne me demandait un effort de tous les instants.

Au Gymnasium, Jessica et moi sommes vite devenues inséparables. La savoir à l'école, savoir qu'après deux cours ou trois nous déguerpirions, savoir qu'il me serait possible, avec elle, de me faire comprendre dans un anglais certes bafouillant, mais moins lamentable que mon allemand, me consolait de ma solitude. J'étais en Allemagne depuis deux mois. Les garçons ne me regardaient même pas.

Jessica disait pourtant: «C'est facile, pour les hommes. Tu peux leur parler en anglais. Ils comprennent. Je vais te montrer.» Mais j'avais peur de ses invitations à ce qu'en mon for intérieur j'appelais «la débauche». Je n'étais pas du tout certaine, en ces matières, de désirer apprendre d'elle. Je remettais toujours à plus tard le moment de la suivre au hasard des stations de métro du centre-ville.

*

Le soir, après le souper, je faisais la vaisselle avec Jutte. Elle me l'imposait. J'ai fini par y prendre plaisir. Jutte en profitait pour m'apprendre l'allemand et pour rafraîchir son français. Elle s'intéressait à tout et adorait manifestement apprendre.

— *Gabel. Die Gabel,* disait-elle en me tendant une fourchette à essuyer.

Je répétais docilement. *Gabel.*

— *Wie sagst Du das auf Französisch?*

— Fourchette.

— *Ach ja:* fourchette. *Das wußte ich ja. Ist es* le *oder* la fourchette?

— La fourchette.

— *Ach so.*

Elle mettait à m'atteindre, à fusionner nos langues et nos mondes, un effort si tendre, si

158

généreux, que j'avais honte de ma pusillanimité et de mon mal du pays qui ne passait pas. Souvent, en faisant la vaisselle, Jutte me questionnait sur le Québec, sur mes parents, sur ce qu'ils m'écrivaient dans leurs lettres hebdomadaires, sur ce que j'espérais faire dans la vie. Il m'arrivait souvent de me laisser prendre à la chaleur du moment. Je me sentais bien auprès d'elle.

Un soir, je me suis mise à parler du ski. À force de sentir la vaisselle brûlante et l'odeur de la mousse biologique, mon cerveau s'est décontracté et je me suis laissée aller. Je me suis mise à dire la neige que j'attendais, mais qui ne viendrait pas ici, dans le nord de l'Europe, comment c'était difficile pour moi d'envisager un hiver de pluie et de longues fins de semaine de confinement. Le plaisir que je prenais, chez moi, à dévaler les pentes dans le froid et la neige. Les sapins sombres du lac Beauport et ce qu'on voyait au sommet de la montagne : un paysage sauvage, des monts qui se succédaient jusqu'au pôle Nord, et que ne hantaient que les ours, les chevreuils et une multitude de marmottes endormies pour l'hiver. La fatigue chaude après une journée de ski. Les soirées en caleçon et en polar, à faire mes devoirs dans ma chambre, oxygénée.

Jutte m'écoutait attentivement. La vaisselle terminée, nous nous faisions face.

— As-tu déjà fait du ski ? lui ai-je finalement demandé.

— Non.

— Oh, tu ne sais pas ce que tu manques !

Elle a eu l'air gêné. J'ai insisté :

— Aimerais-tu ça, en faire?

— Je ne sais pas.

— Mais c'est tellement exaltant! Si tu pouvais éprouver ça, la sensation de la poudreuse sous tes pieds, l'air froid qui fouette le visage, les montagnes paisibles autour!

— Mais le ski est si mauvais pour l'environnement, a-t-elle faiblement objecté.

Elle semblait sincèrement désolée de ne pas éprouver un enthousiasme semblable au mien.

— Mauvais pour l'environnement?

— Oui, tous ces arbres qu'il faut couper, cet éclairage…

— Mais, mais, ai-je bafouillé.

J'étais ahurie. Fallait-il donc tout interdire? Je me suis retirée dans ma chambre, complètement désarçonnée.

*

Lorsque Tamara se joignait à nous pour essuyer la vaisselle, il arrivait que je la brusque, malgré la réelle affection que je ressentais à son endroit.

— À quelle heure pars-tu pour l'école demain, Liv? demandait Jutte.

— À 6 h 40, comme toujours.

— Mais non, tu n'as cours qu'à 8 h, demain, s'interposait Tamara.

— Mais qu'est-ce que tu en sais, toi? m'emportais-je.

Tous les Eichmann avaient, dès le premier jour, pris l'habitude de parler à ma place. Ils le faisaient pour me simplifier la vie. Mais cela me tapait sur les nerfs.

Un soir, cela a été jusqu'à provoquer un drame. Depuis une semaine, au Gymnasium, ma classe planifiait de se rendre à Brême en sortie scolaire. Je n'en avais pas soufflé mot aux Eichmann. Je savais que Jessica ne serait pas de la partie et je ne voulais pas y aller. Tamara, toutefois, avait eu vent du projet dans les corridors de l'école et, profitant d'un de ces moments de vaisselle, elle en avait informé Jutte. J'étais furieuse.

— De quoi tu te mêles, toi?

Elle ne répondait pas. Je la fusillais du regard. Jutte s'est interposée:

— Je suis mécontente de toi, Liv. Tu m'as dissimulé cette sortie scolaire.

— Je n'ai pas envie d'y aller.

— Mais il le faut. C'est pour l'école.

Je n'ai pas répondu. Je me suis dit que je ferais à ma tête. Que je me barricaderais dans ma chambre et que je n'irais pas. C'est ce que je faisais toujours avec mes parents quand ils essayaient de m'imposer leur volonté.

Plus tard, au moment du thé de fin de soirée, Herbert en a rajouté. Il m'a regardée droit dans les yeux en fronçant les sourcils et il a lancé:

— Jutte m'informe de tes cachotteries. Je n'accepte pas ce type de comportement. Tant que tu vis sous mon toit, tu dois être franche et ne rien dissimuler.

Il me parlait avec sévérité, d'un ton qui ne tolérait pas de réplique. Jugeant qu'il cherchait à m'intimider, je me suis rebellée:

— Mais je n'ai rien dissimulé, franchement!

— Je n'accepterai pas ce genre de comportement.

— Ah non? Et tu vas faire quoi, alors? Hein? Parce que moi, je n'y vais pas, à Brême.

— Tu me dois le respect! s'est-il emporté.

— Respect, mon cul!

Je me suis levée. J'ai déposé ma tasse de thé sur la table du salon avec brutalité et je suis allée m'enfermer dans ma chambre. J'étais excédée. Je n'acceptais pas qu'on remette mes décisions en question alors même que j'étais venue jusqu'ici, en Allemagne, pour me déprendre de l'autorité parentale. (Était-ce cela? Était-ce cette triste autonomie solitaire que j'étais venue chercher ici?)

J'ai saisi mon walkman, j'y ai inséré une cassette de White Lion et j'ai serré, serré les poings, en attendant que ma colère s'atténue. Je m'attendais à voir apparaître Jutte. Je m'attendais à ce qu'elle vienne, en émissaire, tenter de me réconcilier avec Herbert. Les minutes ont passé. J'ai fini par entendre des pas dans le corridor et j'ai baissé le son de mon walkman. J'ai entendu Jutte chuchoter avec Herbert entre leur chambre et la mienne. Sans doute l'enjoignait-elle de ne pas se montrer trop sévère envers moi. Quoi qu'il en soit, un instant plus tard, il était dans ma chambre. Je me suis redressée sur mon lit en retirant mes écouteurs. J'ai levé la tête pour soutenir son regard. J'avais mon visage des grandes insoumissions, mais ça ne l'impressionnait pas.

— Va faire la vaisselle, a-t-il ordonné.

— *I will, if Jutte asks me to.*

— Ne me parle pas en anglais.

— *I'll speak whatever language I feel like speaking.*

Il a marqué une pause. Puis il a repris:

— Va faire la vaisselle.

— *I've already done it.*

— Mais tu vas la refaire. Il y a la vaisselle du thé à laver, et c'est toi qui vas le faire.

— *That's not my job and I won't do it.*

Il n'a pas insisté sur la vaisselle. Il devait se dire que je ne résisterais pas longtemps et que je n'oserais pas me coucher sans avoir fait ce qu'il avait ordonné. J'étais convaincue qu'il ne connaissait pas l'opposition.

— Tu vas aller à cette sortie, a-t-il repris. Tu es sous mon toit. Tu as des obligations scolaires. Il n'est pas question que tu manques les classes.

— *I hate you and your stupid rules!* ai-je crié. *I don't have to obey you! My own father doesn't boss me around like you do!*

Je me suis dressée devant lui, furieuse. Il s'est mis à crier plus fort. Il était hors de lui. Je ne savais plus ce qu'il disait. Je ne pensais qu'à ne pas me mettre à pleurer. Et j'y suis parvenue. Je me suis tenue devant lui, déterminée, baveuse. Il est sorti en hurlant qu'il allait appeler mes parents. J'espérais qu'il le fasse. Je n'en pouvais plus.

*

Une fois Herbert sorti, je suis restée longtemps assise sur mon lit à me demander si c'était grave de perdre une année de sa jeunesse. Si c'était normal d'être triste et lasse, et de n'avoir envie de rien. Le calme qui revenait était tissé d'une infinie lassitude, de honte, mais de triomphe, aussi. Je n'irais pas à la maudite sortie.

Plus tard, j'ai enjambé la fenêtre. Je me suis mise à marcher. Il devait être 10 h du soir. Il s'agissait surtout de contrarier Herbert, de ne laisser rien ni personne me dicter ma conduite. Je me suis rendue à la station. J'ai téléphoné à Jessica :

— *I hate my stupid host family!* ai-je dit aussitôt qu'elle a répondu.

— *I know. These goddam Germans.*

— *They want me to go to Bremen.*

— *Why the hell did you tell them? I told you not to!*

— *I didn't. Tamara told them.*

— *Fuck that fucking kid.* « *Mami, Liv will nicht nach Bremen gehen* », a-t-elle gémi d'une voix de fluet qui imitait, en l'exagérant, le ton docile de Tamara.

— *I know.*

Jessica a soupiré :

— *When is this fucking school trip, again?*

— *They're leaving on Friday. Coming back on Sunday.*

— *This coming Friday?*

— *Yes.*

— *Listen. My host family is leaving for the weekend. Why don't you come and crash here, instead of going to stupid Bremen?*

— *That would be great!*

— *So there you go! That's what we're gonna do!*

— *Yeah. That's what we're gonna do.*

— *Okay. But I gotta hang up now, Liv. I wouldn't want them to get suspicious about leaving me behind. We'll talk about the details tomorrow at the fucking Gymnasium.*

— *Okay. I'll see you tomorrow. Bye, Jess.*

Septième partie

Hambourg (quartier de Winterhüde), du 10 au 12 novembre 1989

Jutte n'avait pas appelé au Gymnasium pour s'informer des modalités de la sortie scolaire à Brême. Elle me faisait confiance. Je lui ai dit que la sortie coûtait soixante-quinze deutsche-marks – c'était la vérité – et elle me les a tendus sans me questionner. Je lui ai dit que l'autobus pour Brême partirait de l'école à 18 h pile ce vendredi-là et qu'il reviendrait le dimanche vers 15 h. Encore là, je m'en tenais aux faits.

Tamara et moi sommes exceptionnellement rentrées de l'école par le même U-Bahn, ce vendredi-là. Toute la semaine, depuis la dispute avec Herbert, j'étais partie pour le Gymnasium et j'en étais revenue à l'heure réglementaire. Nous avons placoté gentiment, Tamara et moi, pendant que la pluie battait contre les fenêtres du compartiment. Quand nous sommes arrivées toutes mouillées à la maison, nous avons tout de suite senti l'odeur du thé à la vanille et des spéculos.

Jutte, elle, avait passé l'après-midi à la maison, à pratiquer des arias de Monteverdi. Je ne crois pas qu'elle avait ouvert la radio de l'après-midi. Elle nous a accueillies avec chaleur, comme toujours. Nous avons pris le thé au salon, comme pour les grandes occasions. Nous avons discuté d'un concert que Jutte devait donner en décembre à Schleswig, juste avant Noël, elle qui n'avait pas joué en public depuis la naissance de Jürgen, ce fils aîné que je ne connaissais pas. Tamara et moi nous sommes réjouies pour elle :

— Je suis certaine que ça va super bien aller, maman. Tu joues tellement bien !

— Oui, ai-je renchéri. C'est vrai que tu joues bien, Jutte. Est-ce que je vais pouvoir aller t'entendre, moi aussi ?

Un peu plus tard, je me suis retirée dans ma chambre pour préparer mes bagages. Lorsque j'ai attrapé un sac de toile sous le lit et que je me suis mise à réfléchir à ce que je devais y jeter pour le type de fin de semaine que je m'apprêtais à passer, le sentiment de chaleureuse sécurité que m'avait procuré l'heure du thé s'est évanoui.

Je ne partais pas pour Brême, ainsi que tout le monde le croyait.

Pendant un instant, j'ai soupesé l'idée d'être une bonne petite fille sage et raisonnable. De me rendre, après tout, au Gymnasium, pour m'y engouffrer avec ma classe dans le bus de la OAD Reizen. Cela me calmait de m'imaginer obéissante et droite, de penser que je descendrais à la station d'U-Bahn à laquelle j'étais supposée descendre, que je me présenterais à ma professeure d'instruction civique, Frau Kuhn, à l'heure à laquelle j'étais supposée me rapporter à elle.

Je me suis assise sur mon lit. Je me suis représenté ce que serait ma fin de semaine à Brême si je choisissais d'y aller. Le joyeux chahut que feraient les jeunes de ma classe au moment de monter dans le bus; la nonchalante aisance avec laquelle ils se lanceraient des appels ironiques; l'évidence qu'ils mettraient à réserver les meilleures banquettes à leurs amis privilégiés (et, contrastant, ma solitude résignée, juste derrière la chauffeure); le regard embêté de Frau Kuhn, lorsqu'elle me verrait venir vers elle sans me reconnaître et qu'elle chercherait mon existence sur sa liste; mon constant mal-être, tout au long de la fin de semaine, entre mon désir d'écouter sans cesse mon walkman et celui de m'intégrer; mes efforts dérisoires pour comprendre ce qui se passerait (*Wohin gehen wir jetzt? Können Sie wiederholen, bitte?*); la négligence des réponses (Laisse faire. C'est pas grave. Suis-nous, tu vas comprendre.), ou alors le silence de mes compagnons; la facilité avec laquelle je me laisserais distancer pendant les promenades en groupe; la mélancolie qui aurait vite fait de se poser sur mon cœur; le chagrin et l'abattement.

C'est cette perspective de passer une fin de semaine d'exclue (« *reject* », disait-on à Bellevue, et pendant tout mon secondaire, j'avais lutté pour ne pas tomber dans cette catégorie), au milieu d'une meute solidaire, qui l'a emporté. C'était trop humiliant.

Je me suis remise à remplir mon sac. Je n'avais pas envie de me rendre chez Jessica. Mais je n'avais pas le choix.

*

Je suis donc partie à pied vers la station, mon lourd bagage à l'épaule. Autour de moi, les conversations des gens et les titres des journaux dans les kiosques me jetaient au visage ce qui était en train de se produire ici même en Allemagne et qui aurait des répercussions gigantesques sur le monde, mais comme souvent pendant mon séjour en Allemagne j'étais enfermée en moi-même et je n'ai pas su les voir ni les entendre.

J'ai pris place dans l'U-Bahn qui attendait au terminus. Quelques minutes plus tard, les portes ont claqué. J'ai fermé les yeux. Je me suis laissé emporter sur les rails. Je ne les ai ouverts qu'au moment précis où le train s'est brièvement immobilisé à la station de Klein Borstel, qui était celle de mon école. Je me suis alors enfoncée dans mon siège. Du coin de l'œil, je voyais la cour d'école. Je voyais l'autobus de la OAD Reizen qui attendait, garé devant le Gymnasium, son intérieur illuminé dans la nuit. Je voyais les étudiants de ma classe agglutinés tout autour. Je voyais même Frau Kuhn, avec sa liste. J'ai serré mon sac contre moi et je n'ai pas bougé. Puis les portes ont claqué. L'U-Bahn a poursuivi son trajet.

Quinze minutes plus tard, je suis descendue à la Sierichstraße. J'ai marché dans le quartier cossu de Winterhüde jusqu'au numéro 23 de la Bellevuestraße. J'avais bien étudié la carte. Je ne me suis pas perdue.

J'ai sonné. Jessica a mis beaucoup de temps à ouvrir. Quand elle est finalement apparue devant moi, en peignoir, elle m'a invitée à entrer pendant qu'elle retournait se sécher les cheveux. En lui emboîtant le pas, j'ai éprouvé la nette impression de m'engouffrer dans une version sombre et abîmée de moi-même.

*

La soirée a commencé lentement.

Je me trouvais dans un salon spacieux, sur un divan sectionnel en cuir brun de facture moderne qui pouvait recevoir dix personnes sur ses trois côtés. La télévision, énorme, fermait ce carré. Elle était silencieusement allumée sur des images aux-quelles je n'ai pas, d'abord, prêté attention.

Je regardais autour de moi. Je prenais lentement conscience de l'opulence de la maison. Elle était construite sur un étage et demi avec un gaspillage d'espace et une hauteur de murs que je n'associais pas spontanément à l'austérité nord-européenne. Le salon était fenêtré jusqu'au toit. Une mezzanine, à l'étage, surplombait le tout.

Sur un des longs murs du salon, il y avait des photos de la famille qui accueillait Jessica : un homme grand et mince, une femme préoccupée, une petite fille de huit ans environ.

J'entendais, en haut, Jessica qui allait et venait à n'en plus finir entre sa chambre et la salle de bain. C'était long. Je me suis approchée des portes patio qui donnaient sur la terrasse extérieure. Je m'y suis collé le nez et j'ai aperçu l'Alster qui clapotait, à quelques mètres, en contrebas.

Je suis retournée me caler sur le divan. J'ai étendu le bras vers une pile de revues. J'en ai feuilleté quelques-unes. Il s'agissait de revues d'architecture et de design moderne ; cela ne m'intéressait pas. Je les ai reposées sur la pile. Le regard dans le vide, je suis entrée dans un état second tissé d'appréhension et de cette mauvaise impression d'imposture. Je n'étais pas là où je devais être. Les murs valsaient et grossissaient autour de moi. Il n'était pas possible de dire avec précision ce qu'ils étaient supposés protéger et contenir.

Petit à petit, j'ai pris conscience de la télévision. Elle était là, devant moi, depuis plusieurs minutes. Elle présentait ses scènes peu banales et silencieuses. Je me suis mise à la regarder. À voir ce qui se passait.

C'était des images de nuit surexposées. On sentait que les cameramen utilisaient leurs flashs au maximum et qu'ils le faisaient avec des doigts gourds, transis de froid, attentifs à ne pas embuer les lentilles de leur haleine condensée. Ils transmettaient du mieux qu'ils le pouvaient, dans mon salon de Winterhüde (et dans combien de millions d'autres ?), des images de centaines (de milliers ?) de personnes emmitouflées dans des parkas, les joues rouges, sorties dans la nuit pour célébrer (revendiquer ? dénoncer ?) dans une ville européenne visiblement peu préparée à la spontanéité de la manifestation. Ces gens déferlaient avec détermination. Ils passaient devant la caméra en rangs serrés et solidaires. Ils se donnaient des accolades. Ils se prenaient par les épaules. Ils ouvraient la bouche pour crier ou chanter – et ils riaient aussi, ils levaient un poing triomphant ou bien ils faisaient des V avec leurs doigts, en signe de victoire.

Où ces gens se trouvaient-ils? Dans quelle ville? Il y avait un arc de triomphe derrière eux. Je l'avais déjà vu quelque part. Ce n'était pas l'Arc de triomphe parisien, mais ça y ressemblait. *Brandenburger Tor*, était-il écrit sous le micro de la présentatrice.

Et j'ai compris. La porte de Brandebourg. À Berlin. J'avais appris cela quelque part. Je reconnaissais ce nom.

Mais alors… Cette palissade bariolée de graffitis sur laquelle les gens étaient assis comme sur les remparts des plaines d'Abraham, les soirs de Saint-Jean? Cela pouvait-il être…

Je me suis mise à chercher la télécommande. Je comprenais avec une acuité croissante qu'il se passait quelque chose d'absolument dramatique. Je retournais frénétiquement les coussins des divans, je soulevais le tapis persan. Je voulais savoir ce que c'était que cette foule à la fois grave et joyeuse qui pleurait et qui riait, cette foule juchée sur ce que j'osais à peine identifier comme l'un des symboles les plus forts du XXe siècle.

J'ai trouvé la télécommande et j'ai immédiatement monté le son de plusieurs crans. On voyait maintenant une gigantesque pelle mécanique qui prenait des bouchées de la palissade bariolée, telle une créature démoniaque chargée d'anéantir les vestiges de la démence humaine. Les efforts de l'engin qui rugissait ont éclaté dans le salon pendant qu'il reculait pour prendre de l'élan, qu'il avançait pour charger, qu'il fonçait dans le mur et qu'il recommençait. Les gens autour criaient et applaudissaient. Ils applaudissaient la pelle mécanique qui, telle une gueule monstrueuse et hors de contrôle, engloutissait, c'était bien cela,

le mur de Berlin.

Mit jedem Vorstoß seiner Schaufel rückt er der Freiheit ein Stück näher, disait la commentatrice. Je me rappelle encore ces mots. Je les ai tout de suite compris. «Chaque attaque de son pic fait avancer la liberté.»

Le mur de Berlin était tombé.

Je regardais la télévision de tous mes yeux, mais je ne voyais plus rien. J'entendais toutefois. Je recevais avec précision les commentaires de la présentatrice et les effusions des passants, j'entendais les analyses et les conjectures, je saisissais la moindre nuance de la langue allemande et ses dizaines d'accents comme si j'en portais l'expertise depuis les premiers instants de ma vie.

*

— *Oh yeah, right, the Berlin wall. Kaputt! Gone! Isn't that cool? I hate those fucking Russians anyway. To hell with them.* Vive le démocratie! Vive le United States of America!

Jessica, tout à coup, se tenait derrière moi, lourdement maquillée, en talons hauts et en jeans très serrés. Je lui ai jeté un coup d'œil sans la voir, complètement dépassée. Le mur de Berlin.

Tombé. Comment les Russes allaient-ils réagir? Comment l'équilibre allait-il se rétablir? L'armée russe allait-elle charger cette foule comme l'armée chinoise avait chargé les étudiants de la place Tien Anmen au cours du mois de juin précédent?

Jessica, elle, était toute fière de son français:

— *So. How do you like my French? Do you think I could move to Québec?* (Comme la plupart des Américains, elle prononçait: «Qouebec».)

— *What?*

— *My French. How do you like it?*

— *Your French's okay.*

Je n'en revenais pas du peu de cas qu'elle faisait de ce qui était en train de se passer. Je n'étais pas une consommatrice aguerrie d'actualité, loin s'en faut, et je ne saisissais généralement, de la politique mondiale, que ce qu'il m'était tout simplement impossible d'ignorer, mais je n'étais pas complètement frivole non plus, et il me semblait que la chute du mur de Berlin était tout simplement trop grave pour être banalisée avec tant de futilité. *How do you like my French?* Je la trouvais débile.

Mais j'étais son invitée. Je me suis ressaisie:

— *Yeah. Your French's pretty good. You'll still need some lessons, though.*

— *That's okay. I learned that fucking German. I can learn sexy French!*

Elle voyait que je ne l'écoutais pas. Elle a suivi mon regard et pendant un instant, nous avons regardé ensemble une fillette de l'Ouest tendre une rose à un soldat est-allemand. Habitué à l'impassibilité, le soldat a d'abord ignoré l'offrande, puis il a semblé se rappeler que les règles ne tenaient plus et il a tendu la main pour prendre la fleur. La petite fille attendait, les yeux levés vers lui. Alors le soldat s'est mis en petit bonhomme et il l'a serrée dans ses bras. Et puis il s'est mis à pleurer.

Jessica a saisi la télécommande en soupirant.

— *Gosh! What a circus!*

Elle a éteint la télé et s'est dirigée vers la cuisine. Je l'ai suivie à regret.

— *I gotta tell you about that guy. I invited him. I hope you don't mind*, disait Jessica, le dos tourné, en fouillant dans les armoires.

Elle a entrepris de se faire un sandwich et je l'ai imitée sans poser de questions. Nous avons mangé debout devant le comptoir. Que diraient les Américains de la destruction du mur? En profiteraient-ils pour envahir les pays de l'Est?

— *We're having ourselves some booze*, a-t-elle décrété au bout d'un moment, la bouche pleine.

J'ai rougi.

— *Oh, okay*, ai-je répondu.

— *What do you want?* a-t-elle demandé, accroupie devant le bar.

— *Is there some peach schnapps?*

— *Yeah. I'm sure there is. These fucking German can't help themselves. They love that fucking drink.*

Elle farfouillait dans le bar, qui était bien garni. Elle en a sorti deux bouteilles, du gin pour elle, le schnapps pour moi. Elle s'est hissée sur la pointe des pieds pour attraper des verres à shooter au haut d'une des armoires. Poussant le schnapps vers moi, elle m'a laissée me servir moi-même ce *fucking drink.*

La bouteille, dans mes mains, semblait lourde. Et si la chute du mur de Berlin n'était que le prélude à une guerre terrible, nucléaire et finale entre l'URSS et l'Occident?

— *Do you think it's okay? Are we allowed to drink that?*

— *Sure we are. It's not like back home in the States! They're much freer here, in Germany. You know.*

Je détestais quand elle feignait d'ignorer que le Québec n'était pas un État des États-Unis. Son *home* n'était pas le mien; j'aurais voulu qu'elle le comprenne.

— *I know. But I mean, do you think your host family will mind?*

— *Them? Oh no. They won't mind. They won't even notice.*

Je me suis versé une bonne lampée de schnapps et je suis allée m'asseoir dans le salon avec mon verre plein. Jessica s'est assise près de moi. Avec la télécommande, elle a changé les postes. Je mourais d'envie d'en savoir plus sur le mur de Berlin, mais elle a choisi une série américaine dont elle semblait connaître l'intrigue. Nous avons écouté cette émission, puis une autre, puis une autre encore pendant une bonne partie de la soirée, pendant qu'à petites lampées elle vidait le tiers de la bouteille de gin et que je ne touchais pas à mon schnapps.

Vers 22 h, on a sonné à la porte. Jessica s'est levée en titubant. J'étais à demi endormie sur le divan. J'ai entendu la porte d'entrée claquer. Puis Jessica est revenue au salon suivie d'un garçon qui s'est dirigé directement vers la cuisine, où il a entrepris d'ouvrir le réfrigérateur et les armoires. Au bout d'un moment, il s'est tourné vers Jessica, qui était demeurée debout, il m'a désignée du menton et n'a pas pu s'empêcher de demander, même s'il aurait préféré avoir l'air de s'en foutre :

— *Who the hell is she?*

— *Oh, that's Liv. A friend of mine. I told you about her. Right?*

— *Is she American?*

— *Canadian.*

— *Ach so. Isn't there anything to drink in that fucking house?*

— *Come here. I've got some gin. I don't mind sharing...*

Elle est venue s'asseoir près de moi en pouffant comme une gamine.

— *Isn't he kind of cute?* a-t-elle chuchoté.

— *Yeah. I guess. Sort of.*

— *His name is Wolfgang. Isn't that wild?*

— *Wild?*

— *Wolfgang, for fuck's sake! Like Mozart!*

J'avais envie d'aller dormir. Cette soirée n'allait nulle part.

— *Can you show me my room? I'm tired,* ai-je plaidé.

— *Oh, but you can't sleep right now!*

— *Why not?*

— *Because you're gonna sleep in my room. I'll even lend you my bed while I sleep on the floor. But not now...*

Du regard, elle a désigné Wolfgang :

— *... if you know what I mean.*

178

Je n'étais pas certaine, non, de savoir ce qu'elle voulait dire. Allait-elle faire l'amour avec ce type? J'étais certaine que non, qu'elle n'allait pas faire ce que moi j'entendais par «faire l'amour» avec un garçon.

J'ai regardé Jessica. Son regard vitreux. Son mascara pâteux. Je me suis dit: ils vont prendre de la drogue intraveineuse jusqu'à ce que les yeux leur sortent de la tête. Ils vont écouter des disques démoniaques à l'envers. Elle va le pendre par les couilles et lui, il va sucer ses seins et sa vulve et ça ne s'arrêtera pas jusqu'à la fin de la nuit.

Tout cela me paraissait absolument répugnant.

— *You know, I think I'll just crash here on the couch. You guys take the room.*

— *Yeah? You're sure? That's cool. We'll see each other in the morning then.*

Elle est allée vers Wolfgang qui calait une bière à même la bouteille dans la cuisine. Elle a entouré sa taille. Elle s'est mise à le frencher. J'ai détourné le regard.

Puis ils sont enfin montés. Je me suis écrasée dans le sofa, dépassée. J'ai cherché le poste des nouvelles, mais je ne l'ai plus retrouvé. J'ai éteint la télé et je suis restée là, dans la pénombre silencieuse. Quelques minutes plus tard, Jessica s'est penchée par-dessus la rampe et m'a lancé un oreiller sans taie («*I can't find these fucking pillow-cases!*» «*That's okay, never mind!*») et une énorme couette de plume.

— *I'll see you in the morning, Liv!* a-t-elle répété.

Puis elle a disparu. Elle était en petite culotte et en soutien-gorge. Rien que cela, c'était plus de sexe qu'il ne m'était jamais arrivé d'en contempler aussi crûment.

*

J'avais oublié de tirer les rideaux et la clarté m'a réveillée tôt. J'ai regardé autour de moi. Comme toujours, il pleuvait. Je n'osais pas remuer. Je savais que Jessica et Wolfgang s'étaient endormis très tard. Toute la nuit, des rires gras et des gémissements m'étaient parvenus d'en haut. Il me semblait que je m'étais bouché les oreilles pendant des heures avant de m'endormir. Mais, vers 10 h du matin, écœurée d'attendre qu'ils se lèvent, j'ai étendu le bras pour allumer la télé.

Berlin est immédiatement revenue à l'écran. On voyait des images de la nuit précédente. Dans le noir d'encre, le mur de Berlin était d'un blanc fluorescent, avec ses graffitis sales, sous l'éclairage de la caméra. Des gens se faisaient la courte échelle pour l'escalader. D'autres piochaient avec frénésie, pressés de le détruire avant que les autorités changent d'idée et rebouclent la frontière. D'autres encore l'enfonçaient avec des béliers improvisés (lampadaires, bancs de parc) alors qu'autour on buvait et on se congratulait. On voyait un soldat est-allemand qui s'introduisait à l'Ouest par un trou dans le mur. Il était accueilli par un soldat de l'Ouest qui lui donnait une accolade fraternelle et qui lui serrait chaleureusement la main. *Wilkommen zurück.*

Pas de trace de combat, pas de déclarations hargneuses de la part de dirigeants russes, pas de chars d'assaut qui rentrent dans le tas pour mettre un peu d'ordre dans tout ça.

Des gens, avec leur Zippo, se prenaient par les épaules en chantant et en pleurant. Des gardes frontaliers creusaient eux-mêmes des brèches dans le mur afin d'accommoder le flot sans cesse grossissant des gens qui voulaient passer la frontière. Des dizaines de personnes juchées sur le mur contemplaient de haut ce merveilleux, cet incompréhensible gouffre. Il ne s'agissait plus d'endiguer. La foule déferlait. Les gens affluaient de partout, des confins des deux Allemagne. Aux frontières, les barrières étaient levées et les gens défilaient librement, sans contrôle, la main sur la bouche comme pour contenir une émotion inimaginable. Certains hésitaient devant cette liberté qui leur paraissait louche. Mais sous les encouragements et les applaudissements, sous la poussée, surtout, de tous ces gens qui se précipitaient, ils finissaient par passer, avec un sourire ému et tremblant de victoire incrédule. À pied ou en Trabant, les gens de l'Est affluaient, et ceux de l'Ouest leur offraient du champagne et du Coke, bienvenue dans le capitalisme, bienvenue dans la consommation. Embouteillages débiles à 3 h du matin. «Mais après, je rentre à l'Est, disait une femme. Mon travail et mes enfants sont là.» Une famille, au contraire, déménageait dans la nuit, landaus, enfants, tentures et appareils électriques : «Nous ne reviendrons plus jamais à l'Est, disaient les parents. Imaginez s'ils changent d'idée ! C'est ce soir ou jamais.»

J'étais moi-même happée par la télé. Il me semblait que c'était moi que la foule poussait avec émoi. Moi qui dansais, qui criais, qui promettais : «Plus jamais de mur !» «L'harmonie et la compréhension entre les peuples !» J'en oubliais le salon lourd et ennuyeux. Le sexe qui maintenait Jessica et Wolfgang dans la somnolence glauque des lendemains de veille. Ma solitude. Je regardais le mur, les gens, l'Histoire et je pensais : «Je suis ici, moi aussi ! J'existe ! Attendez-moi !»

J'étais une *Berlinerin*.

J'ai regardé encore un bon moment. Puis, étourdie d'émotion, sur un coup de tête, j'ai éteint le téléviseur. Dehors, un pâle rayon perçait un trou dans les nuages. Je me suis rendu compte que je pleurais.

*

Jessica et Wolfgang sont descendus vers 13 h. Ils sont allés directement à la cuisine. Jessica s'est mise à sortir des assiettes et du pain. Wolfgang la regardait faire en fumant. Je me suis approchée.

— *Hi.*

— *Hi,* a dit Jessica. *How did you sleep?*

— *Okay. I woke up early.*

— *Did you? Why?*

— *I don't know. The light woke me up.*

— *Well, we slept all right, didn't we, Wolfi?*

Il semblait absorbé, ailleurs.

— *Wolfi ?*

— *Hmm ?*

— *How would you say that we slept ?*

— *Fucking good, babe. That's what I'd say. We slept fucking good.*

Il s'est approché d'elle et l'a poussée contre le mur. Il a caressé ses seins sous son t-shirt. Elle a gémi, puis elle s'est redressée en jetant un regard dans ma direction. Je trouvais qu'il y avait une drôle d'odeur.

Elle a fait du café. Nous nous sommes assis tous les trois autour du comptoir pour le boire. Wolfgang s'est beurré des tartines comme le font les Allemands, puis il s'est levé pour aller les manger devant la télé.

Je l'observais. Je me demandais ce que ça pouvait lui faire, à lui, un Allemand, que le mur de Berlin soit tombé. Je guettais son émotion. Au bout d'un moment, je me suis rendu compte que c'était MTV qu'il regardait sans vraiment le voir.

Quand il a eu fini de manger, il a laissé son assiette sur la table du salon. Il est venu à Jessica. Il a passé sa main sous son boxer pendant qu'elle se tortillait. Puis il est parti.

La maison s'est trouvée étrangement silencieuse et vide.

— *So, what do you wanna do ?* ai-je demandé à Jessica.

— *I think I'll crash again, if you don't mind,* a-t-elle dit en s'étirant. *Didn't sleep much last night.*

— *Oh !*

— *What ? Do you mind ?*

— *It's just that...*

— *What?*
— *I thought we'd do some stuff together.*
— *I know. I'm sorry.*
Elle m'a souri.
— *Don't worry. I'll just sleep a bit, and then we'll have a great evening. I've arranged something for you, you know.*
— *What?*
— *Surprise!*
— *No! I hate surprises! Tell me what!*
Elle est montée en riant.

*

Je n'ai rien fait, cet après-midi-là. Il tombait une pluie fine, décourageante. Je suis allée d'une fenêtre à l'autre. Je suis sortie et j'ai marché jusqu'au bout de la rue. Puis je suis revenue. J'ai ouvert la porte patio et j'ai fait quelques pas dans le jardin. Je suis allée jusqu'à l'Alster. Je me suis agenouillée pour l'effleurer de la main. C'était froid et végétal. La saison de la décomposition.

Je suis rentrée de nouveau. Le soir tombait déjà. Dans la pénombre, je distinguais l'extérieur, le halo des lampadaires sur la rue mouillée, les buissons de rhododendrons encore verts et gonflés de l'incessant crachin, le lierre tenace qui s'enroulait autour des chênes gigantesques. La neige me manquait. J'avais en aversion cette pluie moite, les cinq ou six degrés Celsius qu'il faisait chaque jour dans ce foutu pays. C'est curieux, mais je pensais aux femmes du Néandertal qui avaient vécu, ici même en Allemagne, les mêmes

hivers pluvieux et aliénants. Je me demandais:
«Comment faisaient-elles, dans des cavernes
d'humus, pour se réchauffer? Quel sens trou-
vaient-elles à la succession des jours mornes et
gris?»

La nuit était maintenant tombée. Nous étions
samedi soir, le 11 novembre 1989, et ma vie
n'avait plus de contours. Pas très loin, à Berlin, le
mur venait de tomber. Des centaines de milliers
de personnes étaient en liesse partout sur la
planète – et certainement ici, en Allemagne – et
moi je me diluais dans l'ennui. Je me suis demandé
ce que Katinka et Philippe pensaient de la chute
du mur. Allaient-ils célébrer cela dans quelque
party au carré d'Youville? Probablement pas.

J'avais envie d'ouvrir la télé et en même
temps j'étais complètement saturée d'images et
d'émotions. Il me semblait que si je voyais un
homme de plus tomber dans les bras d'un cousin
qu'il n'avait pas vu depuis 1961, j'allais m'effondrer sur la moquette persane de ce salon parfait
et ne plus jamais m'en relever. Ce que j'aurais
voulu, c'était me trouver moi-même à Berlin.

M'étendre sur le béton froid du mur et me
laisser doucement envahir par la clameur, la joie
et l'espoir.

J'ai jonglé avec cette idée. Aller à Berlin et
vivre cette minute en ce siècle, moi aussi. Embrasser le mur de Berlin en ce moment précis de
la révolution de la Terre, en ce mois de novembre
1989.

Et puis, après tout, pourquoi pas? Pourquoi
ne pas me rendre à Berlin, comme ces milliers

d'individus qui savaient saisir une chance historique lorsqu'elle se présentait à eux? Je me suis
mise à calculer le temps que prendrait le trajet,
l'U-Bahn jusqu'à la gare centrale de Hambourg,
puis le train pour Berlin. J'avais mon passeport
sur moi. Combien cela coûterait-il? Mon corps,
tout à coup, se tendait à l'extrême à l'idée de
cette entreprise. Oui. J'allais le faire. J'allais me
rendre à Berlin. C'était là que ça se passait.

Je me suis levée et j'ai fait les cent pas dans le
salon en réfléchissant furieusement. J'appellerais
les Eichmann à mon arrivée là-bas. J'avais de
l'argent. Je me débrouillais en allemand. L'école
ne s'apercevrait même pas de mon absence. Mes
parents non plus. Berlin. Oui. Tout de suite. Je
voulais une vie, moi aussi.

Puis je me suis rassise. C'était ridicule. Jamais
je ne trouverais à me loger dans la ville prise de
folie. Jamais je n'aurais le courage de voyager
seule dans la nuit. Il me semblait tout à coup
que la solitude pèserait infiniment plus lourd au
milieu de la foule solidaire. Et puis qu'est-ce que
je ferais là-bas?

La tête dans les mains, au bord des larmes, je
me suis convaincue que même si je parvenais à
Berlin, même si j'escaladais le mur et que je m'y
tenais tremblante au milieu de la foule, personne
ne m'enserrerait, moi, personne ne me congratu-
lerait, je serais irrémédiablement seule, plus seule
que jamais au milieu de l'humanité en liesse. Et
c'est cela, plus que toute autre pensée, qui m'a
clouée au divan de cuir coûteux de la villa de
Winterhüde, en attendant que Jessica se réveille,
ce soir-là. Le soir du 11 novembre 1989.

*

Wolfgang est revenu vers 19 h. Il avait amené deux autres garçons avec lui.

— *That's the girl*, leur a-t-il dit à mon propos, quand ils sont entrés.

Il n'y avait pas dix minutes que Jessica m'avait rejointe au salon, maquillée et en jeans comme la veille, et qu'elle m'avait demandé, avec une insouciance qui soulignait le peu de souci qu'elle se faisait pour moi, si j'avais passé un bel après-midi.

— *Hi guys*, les a-t-elle salués, joyeuse et reposée. *Come! Sit down!*

Elle s'est tournée vers moi :

— *See? I told you I had a surprise for you!*

Ils se sont installés dans le salon. Cette fois, Wolfgang ne parlait qu'allemand, et il ne le parlait qu'avec eux. Il s'agissait d'un argot dont je ne saisissais que des bribes.

Après que Wolfgang les eut présentés, ils ont tout de suite semblé à l'aise et en droit d'occuper le lieu. Ils se sont emparés de la télécommande. Ils ont zappé pendant un long moment. Je ne savais pas quoi dire. J'étais satisfaite d'avoir enfin de la compagnie, mais j'hésitais. Je regardais les postes incohérents défiler sans fin sur l'écran. À la fin, ils ont stabilisé l'image sur la ZDF qui continuait de couvrir les événements berlinois en direct.

On voyait les troupes est-allemandes qui se tenaient en un long ruban d'hommes impassibles, afin de symboliquement sécuriser la frontière que le mur continuait de figurer. On voyait une jeune femme qui, d'une voix suppliante, demandait à ces soldats : « Êtes-vous heureux ? Vous réjouissez-vous de ce qui est en train de se passer ? Vous ne pouvez pas être indifférents ! Vous êtes des humains, vous aussi ! » Les soldats ne bronchaient pas. La jeune femme triomphait : « Bien sûr que vous êtes heureux ! Comment pourriez-vous ne pas l'être ! » Il y avait des sanglots dans sa voix.

— Quelle stupide connasse, a murmuré un des gars.

Je l'ai regardé. Il était grand et anguleux, comme beaucoup de jeunes Allemands. Il était vêtu de marques européennes que je ne connaissais pas mais qui, à l'évidence, étaient chères et branchées. Il avait quoi, dix-huit ans ?

En le regardant, ce futur homme écrasé sur un divan bourgeois qui, d'une seule remarque vulgaire, se permettait de mépriser à la fois l'émotion, les femmes et l'avenir même de son pays, je me suis dit : « Ça ne peut plus durer. » Je n'allais pas passer une autre soirée de merde à me faire marcher dessus comme ces tapis persans qui jonchaient la maison, et à passer, moi aussi, pour une connasse immature qui ne savait pas profiter de la vie.

Je me suis levée, je suis allée à la cuisine, je me suis accroupie devant l'armoire à boisson, et j'ai entrepris de concocter des *drinks* qui ne pourraient faire autrement qu'épater. Cette soirée-là ne se passerait pas sans moi. J'ai sorti le brandy, le schnapps, la lime, le sel et la vodka. J'ai sorti tout ce que j'ai trouvé de bière, de boissons gazeuses et de jus. Le triple sec, les cerises au marasquin, les oranges et les couteaux affilés pour les trancher en fines lanières. Le Bayley's, le gin et les *shakers*. On allait faire quelque chose avec tout ça, croyez-moi.

Les gars ont commencé par se moquer de mes «cocktails de pouffiasse», mais ils aimaient apparemment l'idée d'être servis par une barmaid et ils se sont mis à boire ce que je leur versais. C'était sucré et tendre. Ils se sont installés près de moi dans la cuisine. Ils buvaient à grandes gorgées, ils me souriaient, et ils en redemandaient. Même Wolfgang, qui s'en tenait à sa bière, semblait bien disposé à mon endroit. Il était étendu sur le divan du salon avec Jessica et lui caressait les seins, mais il se tournait régulièrement vers moi comme pour m'encourager. Ou m'évaluer. Je baissais le regard, mal assurée devant cette manière de proxénétisme.

Et pourtant je voulais plaire. Je suis allée à la salle de bain pour assombrir mon maquillage. J'ai relevé mes cheveux. J'ai passé un t-shirt plus moulant. J'étais sensible au sexe qu'il y avait dans l'air. Je ne prévoyais pas y participer, mais je voulais me sentir désirée, moi aussi. Ne pas me laisser disqualifier avant même que la partie commence. Il fallait de l'aplomb et du courage pour que la vie advienne. Les images des gens montés sur le mur m'avaient certainement exaltée. Et les triples kamikazes ne m'aidaient pas à voir clair.

Lorsque je suis revenue, Jessica était nue sur le divan avec Wolfgang, leurs jambes entrelacées. Ils émettaient des grognements. Je me suis demandé si l'un de nous aurait le courage de leur demander d'aller faire ça ailleurs. J'avais peur de ce que je pourrais apercevoir, de ce que je pourrais entendre de leurs ébats, à partir de la cuisine, même si je m'efforçais de ne pas regarder, de ne pas écouter.

À la cuisine, les deux gars s'étaient mis à jouer aux cartes en mangeant des chips. Je me suis assise auprès d'eux et j'ai plongé ma main dans le plat. Je ne savais pas quoi faire d'autre. Ils ne m'adressaient pas la parole. Ils posaient les cartes sur la table dans un ordre qui ne semblait obéir à aucune logique. De temps en temps, l'un des deux brassaient vigoureusement la pioche, et la partie reprenait, sérieuse, attentive. Puis, tout à coup, l'un d'eux, l'ayant emporté sur son adversaire, a émis une mâle exclamation de victoire. Puis il s'est tourné vers moi :

— *So. What's your name ?*

— *Liv.*

— *I'm Sacha. And this is Jürgen.*

Ils m'ont tendu la main.

— *Where are you from ?*

— *Canada.*

— *Oh ! Cool country !*

— *Yeah. Very snowy !*

Et nous avons ri.

— *Do you know how to play cards, Liv ?*

— *No.*

— *That's okay. We'll show you.*

Malgré mon incroyable naïveté, j'ai tout de suite compris qu'il s'agirait de se déshabiller. J'ai aussi compris que je n'étais pas en position de

gagner. Cela m'a excitée. J'ai accepté. À ce moment-là, Wolfgang est apparu, en caleçon, bandé.
Il a demandé à Sacha et à Jürgen s'ils n'avaient
pas des cigarettes. Puis, me désignant, il les a
houspillés :

— Qu'est-ce que vous attendez ?

Ils ont haussé les épaules :

— Du calme, Wolf.

— Vous êtes des poules mouillées.

Puis il est reparti vers Jessica. Un peu plus
tard, on les a entendus jouir dans le salon. Sacha
a haussé les épaules :

— Bon. On commence ?

— D'accord.

— Alors vois-tu, le roi de cœur, il va sur le
valet de trèfle. Si tu ne l'as pas, tu dois piger une
carte, et poser ta plus haute sur la pioche.

— D'accord.

— Celui qui ne peut plus jouer doit enlever
un morceau de vêtement.

J'ai rougi.

— Vous aussi ?

Ils ont ri.

— Oui, oui. Nous aussi.

— Okay.

— Bon, alors on est tous d'accord ?

J'ai hoché la tête.

Nous nous sommes mis à jouer. Je ne m'en
tirais pas trop mal. Le roi sur le valet. Le dix sur
l'as. De temps en temps, je me levais pour remplir
nos verres d'alcool fort que je mêlais à du jus de
fruit, à du 7-Up. Je ne savais plus trop les recettes.
J'avais enlevé mon t-shirt, mais ainsi dénudée,

nu-pieds, en jeans et en soutien-gorge, je me sentais étonnamment légère et gaie. Ni Sacha ni Jürgen n'avait démontré de goujaterie devant l'aspect juvénile de mon soutien-gorge fleuri. Ils l'avaient à peine regardé. Ils me traitaient avec considération. Ils auraient pu être mes grands frères.

Et puis, à un moment donné, Sacha a posé son poing sur la table en clamant qu'une fois de plus, il avait gagné. Il a tourné vers moi un regard entendu, comme s'il était évident que maintenant je devais tout enlever:

— Eh, mais Jürgen aussi doit enlever quelque chose!

— Je me fous bien de la poitrine de Jürgen, a-t-il grommelé en s'approchant.

— De toute façon, j'enlève mes souliers et mes bas, comme tu peux voir, a dit Jürgen, derrière moi.

Ils se sont approchés de moi. Ils m'ont embrassée, l'un le cou, l'autre le front, les épaules, les lèvres, les oreilles, les mains, le creux dans l'avant-bras. C'était bon. J'aimais ça. L'un d'eux a dégrafé mon soutien-gorge et a commencé à me caresser doucement les seins. Je n'en revenais pas qu'ils prennent soin de moi comme ça.

J'étais soûle.

Au salon, Jessica et Wolfgang semblaient avoir disparu depuis longtemps. La radio diffusait du punk envoûtant. Nous avons dansé longuement, langoureusement. Je me souviens encore de leur souffle à tous les deux dans mon cou, de leurs mains chaudes sur mes seins tendus, de leurs murmures d'apaisement. J'aurais voulu que cela dure toute la nuit. Je dansais sur le mur de Berlin et autour de moi, on criait et on applaudissait. Peut-être que la télévision était allumée et que j'hallucinais. J'étais bien. J'étais au chaud avec mes protecteurs. Je n'étais pas venue en Allemagne pour rien. Je grandissais.

J'ai brutalement ouvert les yeux. Sacha et Jürgen avaient interrompu leurs gestes. Ils se regardaient d'un drôle d'air. Puis ils m'ont regardée, moi, et ils ne pouvaient pas ne pas voir que l'atmosphère venait de changer subitement. Ils m'ont regardée, chancelante et fiévreuse, confuse, épouvantablement vulnérable. Ils ont vu ce qu'ils voulaient voir. Sans dire un mot, comme s'il s'agissait d'une évidence, Sacha a commencé à retirer son jeans et je l'ai vu faire. J'ai compris où il voulait en venir. J'ai dit : « Non. » C'était un petit non tremblant et apeuré, et je l'ai prononcé d'une voix vacillante, les yeux dans le vide, mais c'était dit et ils l'ont entendu. Je ne voulais pas. Non. Il était pourtant clair que Sacha ne s'arrêterait pas et que Jürgen ne l'empêcherait pas. Je ne peux pas prétendre l'avoir contrecarré avec fureur moi non plus. Du moins pas au début. L'action avançait imperturbablement, me précipitait vers sa conclusion, vers le non-retour, et pourtant je réagissais mollement. Au lieu de me débattre, de frapper et de hurler, au lieu d'arrêter tout ça pendant qu'il était encore temps, j'hésitais : Est-ce que je l'ai mérité ? Est-ce que je lui dois ça ? Est-ce le prix à payer pour danser lascivement les seins nus avec deux garçons à la fois ?

Il se déshabillait et ça ne pouvait que dégénérer. Et pourtant ses gestes étaient calmes, et je crois que je le regardais faire avec fascination. Je n'éprouvais pas une terreur qui révulse. Non. Ce que je ressentais, tant envers lui que vis-à-vis de moi-même, c'était un dégoût sale et tranquille, le genre de haut-le-cœur qu'on éprouve devant un logis malpropre, l'aperçu de ce que ne pouvait déjà plus être ma vie de jeune fille intacte et naïve.

C'était comme de m'allonger sur les rails et de dire au train : passe.

J'aurais pu partir, quitter le salon, sortir, marcher jusqu'à la Sierichstraße et héler un taxi. Je ne pense pas qu'ils m'en auraient empêchée, et c'est à ce moment-là que j'aurais dû le faire. Mais je ne l'ai pas fait. Je n'ai même pas crié le nom de Jessica, je n'ai pas appelé à l'aide. Cela ne m'est pas venu à l'esprit. Sans y penser avec acuité, sans me représenter vivement ce que ce serait que de rentrer chez les Eichmann en plein milieu de la nuit de samedi à dimanche, je pense que c'est aussi la hantise d'une explication avec Herbert qui m'a empêchée de partir.

Ils posaient tous les deux des gestes sans brutalité, mais fermes et précis. Ils s'appliquaient. Il me fallait réagir. Il le fallait. J'ai commencé par leur dire, avec une toute petite voix et le regard mouillé : « *Come on*, les gars. On était bien, il y a un moment. Retournons à ça. Soyons amis. » Mais ils n'écoutaient pas. Alors ça m'est venu d'un coup : je me suis mise à les haïr froidement pour ce qu'ils me faisaient.

Sacha m'a poussée vers le sol. Jürgen m'a immobilisé les jambes sans violence excessive, juste assez pour retirer mes jeans. Sacha, alors, s'est allongé sur moi, et j'ai eu peur qu'il m'étouffe, mais non. Je me suis alors tortillée en criant non, non, et je l'ai frappé le plus fort que j'ai pu, encore et encore, et j'ai crié : « Tasse-toi gros cave, tasse-toi tabarnak, osti qu't'es con, j'vas t'tuer », mais il ne comprenait évidemment rien à ce que je disais et de toute façon il n'écoutait pas. Il a dit à Jürgen : « Tiens-la, mais tiens-la donc ! », et alors Jürgen s'est agenouillé près de ma tête et il a silencieusement saisi mes poignets. C'était comme une scène que nous jouions.

Jürgen a porté son attention vers Sacha qui a agrippé son pénis en le sortant de son caleçon, et qui l'a planté en moi comme un pieu. Là, je ne bougeais plus. Jürgen me caressait machinalement la tempe et tout ce que je pensais, c'est : « Je le savais. Je le savais que rien de bon ne pouvait venir de cette maudite fin de semaine. J'haïs l'Allemagne. »

Ce n'était pourtant pas fini, et Sacha continuait de s'enfoncer en moi. Cela, ces semonces au plus profond de moi, cette appropriation encore et encore, c'est ce qui m'a semblé le pire. Je savais bien que c'était comme cela qu'il devait s'y prendre et qu'il n'y aurait pas eu de sens à ce qu'il me pénètre sans chercher à éjaculer. Mais c'est pourtant cette excavation anonyme et interminable que je ne lui ai pas pardonnée.

Je ne m'étais jamais imaginé l'effet que ça pouvait faire d'être retenue sur le sol contre son gré. Je n'ai pas compris tout de suite pourquoi ça m'emplissait d'une haine dure envers lui et d'une sorte de dégoût désolé envers moi-même. Je ne pensais qu'à ce qu'aurait dit ma mère si elle avait su ce que je faisais de mon samedi soir. Je m'étais mal comportée. Je n'avais pas su me préserver.

Au bout d'un moment, il a cessé de remuer. Il a dit: «*Ich kann nicht.*» J'ai cru qu'il s'adressait à Jürgen. Il s'est retiré. Il a enfilé ses jeans, bouclé sa ceinture. Il s'est assis sur le divan et il n'a plus rien dit. Il a regardé Jürgen comme pour dire: «Vas-y, toi.» Mais ce que Jürgen a fait, c'est m'aider à me relever, à remonter mes jeans. Il était saisi de tremblements qu'il ne parvenait pas à dissimuler.

Quand j'ai été assise sur le divan et qu'il a vu le sang sur le tapis persan, il s'est mis à jurer. Je l'ai regardé et j'ai pensé que jamais, même si nous en discutions, nous ne parviendrions à faire coïncider notre expérience de cette scène. En même temps qu'il m'inspirait de l'horreur à cause de sa complicité pusillanime, il me semblait que j'aurais pu poser sa tête sur mes genoux et lui passer les doigts dans les cheveux pour l'apaiser. C'était peut-être lui prêter trop d'humanité, mais j'ai senti qu'il regrettait déjà ce qui venait de se passer et qu'il aurait voulu me demander pardon.

*

Le lendemain, en fin d'avant-midi, lorsque le taxi est arrivé, Sacha avait disparu. Jessica et

Wolfgang s'étaient claquemurés à l'étage. En sortant avec moi dans l'entrée, Jürgen s'est assuré que j'étais bien assise dans la voiture, avec mon sac de sport sur les genoux. Il m'a demandé l'adresse à laquelle il devait envoyer le taxi. J'ai donné celle des Eichmann : Erfurt, 32.

— *Oh fuck*, a-t-il juré.

Il a reculé comme si je l'avais frappé. «*Fuck! You fucking – fuck!*», a-t-il crié vers moi, et plus rien ne m'étonnait. «*You live at the Eichmann's ?*» Et j'ai dit : «*Yes.*» «*The Eichmann's in Norderstedt ?*» Et j'ai dit : «*Yes.*» Il a claqué la porte en m'envoyant au diable.

Huitième partie

Norderstedt

Ce qui me revenait sans cesse, c'était les épaules de Sacha. Des épaules assez maigres, qui tremblaient sous l'effort de se maintenir par-dessus moi tout en s'enfonçant encore et encore en moi. Au bout de quelques minutes dans le taxi, je me suis ravisée et j'ai dit au chauffeur : « Struckholt 27. Amenez-moi à Struckholt 27. » C'était l'adresse de mon école.

— C'est où, ça ? a demandé le chauffeur.

— À côté de la station de Klein Borstel.

— Ah. Okay.

La course a coûté soixante et onze deutschemarks.

Plutôt que de glander dans la cour d'école, je suis montée sur la plateforme de la station. Je me suis assise sur un banc froid et j'ai attendu pendant des heures que l'autobus de la OAD Reisen revienne de Brême. De temps en temps, de rares voyageurs, en ce dimanche après-midi de novembre, montaient les escaliers de la station et, un moment, attendaient l'U-Bahn. Lorsqu'il arrivait avec son allure caractéristique et son relâchement de pistons, ils s'y engouffraient, et d'autres voyageurs en sortaient. Je les regardais flâner ou se hâter, mâchouiller une barre de chocolat ou consulter leur montre. Au bout d'un moment, la plateforme se vidait. Ils se rendaient tous quelque part.

Est-ce que je pouvais devenir enceinte?

Je ne savais pas quoi faire. Depuis toujours, on nous avait bien martelé que le coït interrompu n'était pas contraceptif. Mais que faire? Où trouver de l'aide? Il ne semblait pas y avoir d'autre solution que de faire de mon mieux pour chasser mentalement cette angoisse.

Je ne pensais donc à rien.

Vers 16 h, le bus est arrivé. J'ai vu les élèves de ma classe en sortir avec une mine un peu fatiguée. Des voitures se sont garées dans les petites rues qui jouxtaient l'école: c'était leurs parents qui venaient les chercher, qui prenaient leurs bagages, qui les mettaient dans le coffre de la voiture et qui demandaient: «Et puis? C'était bien, Brême?»

Un U-Bahn est arrivé et je m'y suis engouffrée.

Chez les Eichmann, un billet m'attendait sur le guéridon: Nous sommes partis nous balader. Bon retour à la maison! Nous nous verrons tout à l'heure.

Je suis allée m'étendre sur mon lit et je me suis endormie. Lorsque je me suis éveillée, il faisait noir. Je suis restée allongée jusqu'à ce que le sommeil revienne. Tard dans la nuit.

*

Il n'y avait pas moyen d'éviter d'aller à l'école. Je me suis levée menstruée, ce lundi-là.

C'était toujours ça de pris. Au déjeuner, je n'étais pas capable de regarder Jutte. Il me semblait que les conséquences de ma désobéissance seraient colossales. J'attendais qu'elle se rende compte de quelque chose.

— Alors, c'était bien, Brême? a-t-elle demandé avec bienveillance.

J'ai parlé. J'ai dit n'importe quoi. J'ai inventé un samedi après-midi au café avec une bande de jeunes de ma classe. Je me suis enthousiasmée sur la statue de l'âne, du chien, du chat et de la poule. (Je connaissais les grandes lignes des *Musiciens de la ville de Brême*.) J'ai parlé de ce que je m'imaginais être le port de Brême, «vraiment gros et impressionnant, mais pas autant que celui de Hambourg».

Tamara est arrivée dans la cuisine et elle a dit avec excitation:

— Tu sais quoi? Le mur de Berlin est tombé!

— Je sais, ai-je répondu. Excuse-moi, je vais être en retard.

Et je suis retournée dans ma chambre.

*

Jessica n'était pas à l'école et c'était tant mieux. Il me semblait que j'aurais pu la tuer. Ma colère se reportait naturellement sur elle.

J'ai survécu aux longues heures de l'école, ce lundi-là, et à toutes les autres pendant deux semaines. Jessica est revenue à l'école, mais je ne lui parlais pas, et à l'évidence, elle ne tenait pas non plus à prolonger nos relations.

Je pensais à ce qui m'était arrivé. Cela s'appelait un viol. Mais je ne ressentais rien.

Lorsque j'arrivais de l'école, j'essayais de lire les journaux que Herbert et Jutte pliaient et empilaient sur le guéridon dans l'entrée. Je comprenais qu'à Berlin la vie avait repris un cours à peu près normal. Les touristes affluaient maintenant de partout en Occident avec des pics et des appareils-photo. Sur la Kurfürstendamm, ils faisaient la fête jusqu'à tard dans la nuit. Mais les gardes frontaliers avaient repris du service. À Bonn, le chancelier Kohl ne démontrait pas d'enthousiasme excessif à l'idée d'une réunification des deux Allemagne. Cela coûterait cher, avertissait-il.

Parfois, seule dans ma chambre chez les Eichmann, j'avais un sursaut: je n'étais plus vierge. Sacha m'avait pénétrée d'une manière abjecte, mais c'était terminé maintenant, et une chose demeurait: j'avais eu des rapports sexuels pour la première fois. J'éprouvais une sorte de fierté.

L'instant suivant, je censurais violemment cette pensée. J'avais eu affaire à des bêtes. Sacha et Jürgen m'avaient agressée. Il fallait que je me rentre bien ça dans la tête.

*

Un jour, je n'y ai plus tenu. Il fallait que je parle à quelqu'un. Lorsque je suis revenue de l'école, cet après-midi-là, Jutte était absente et j'ai empoigné le téléphone. J'ai appelé Katinka. Je savais que les factures téléphoniques allemandes n'étaient pas détaillées. Je me suis dit que je rembourserais la communication si Herbert s'en rendait compte, s'il m'en faisait le reproche.

J'ai tout raconté à Katinka. Elle n'en revenait pas :

— Je ne peux pas croire que tu as couché avec un Allemand !

— Couché ?

— Ben oui, quoi !

— Il m'a violée !

— T'exagères. C'était quand même pas si pire que ça !

— Pas si pire ?

— Est-ce qu'il était cute, au moins ?

Je n'ai pas pu m'empêcher de pouffer avec elle :

— Oui. Quand même.

— Il faut que je te laisse, là. Je travaille dans une heure.

— Non, Kat, raccroche pas !

— J'ai pas le choix, Liv. Sinon je vais me faire *slacker*.

— Mais rappelle-moi ! S'il te plaît !

— Je vais essayer. Je vais t'appeler à Noël. Promis.

*

J'obsédais sur les soixante-quinze deutsche-marks que je devais rendre à Jutte. Comment, sans me trahir, les lui donner ?

Je comprenais avec acuité que c'était cela, le sexe. Tout au long de mon adolescence, j'avais fantasmé sur le garçon qui un jour m'étendrait gentiment sur un lit parfumé en m'embrassant les paupières et en s'excusant de me faire mal. Il ne m'était jamais venu à l'idée que ce que les garçons voulaient, eux, c'était planter leur sexe dans un vagin. Il me semblait que dans ce contexte, le viol, ou à tout le moins la contrainte, était à peu près inéluctable. Fallait-il m'en accommoder? Comme ces filles qu'on mariait jadis à treize ans, subir le sexe à la façon d'un commandement biologique masculin et nécessaire? Cette pensée me causait une peine immense. Mes rêves de jeune fille se désintégraient.

Du Québec, une tonne de courrier m'est soudainement parvenue. As-tu vu le mur? Rapporte-nous-en un morceau! Nous ne pouvons pas croire que tu es là, Liv, que tu vis l'Histoire en direct! T'es vraiment chanceuse! Profites-en!

Des larmes rondes et froides coulaient sur mes joues. Je me demandais où était Philippe à cette heure-ci et s'il savait que le mur de Berlin était tombé. Je voulais qu'il me serre dans ses bras et que nous imaginions ensemble un avenir intact, avec des enfants et un bungalow à Saint-Augustin.

*

L'allégresse n'avait évidemment duré qu'un temps. Les frontières étaient de nouveau contrôlées, et on ne passait déjà plus d'Est en Ouest en klaxonnant dans des Trabant joyeuses, la bouteille de schnapps à la main. L'idéologie reprenait ses droits. Des manifestations étudiantes étaient réprimées dans le sang à Prague, et l'armée tirait sur la foule à Bucarest. À Malte, ça négociait ferme entre Washington et Moscou. L'unité du monde demandait plus que de la ferveur et des larmes d'espoir.

J'avais de plus en plus peur. Je regardais les hommes de tous âges aller et venir, et il n'était plus question de les séduire. J'attendais l'U-Bahn à la station de Garstedt et je pensais : «Quelqu'un pourrait péter les plombs. Quelqu'un pourrait me pousser sur les rails juste au moment où le train entre en gare.» Je prenais place dans un wagon, je m'assoyais sur le plastique rêche d'un siège isolé, je serrais les genoux et tandis que les portes se refermaient en claquant, je pensais : «Maintenant quelqu'un va sortir sa kalachnikov et la prochaine chose que je vais savoir, c'est que je vais être criblée de balles.» J'arrivais à l'école, même schème mental : je n'étais plus en sécurité nulle part.

À l'École Polytechnique, à Montréal, un malade avait tué quatorze femmes.

Le soir tombait tôt. Avec l'allocation que me faisaient parvenir mes parents, je me procurais, à l'épicerie de la station, des flacons plats d'un alcool de pommes mièvre qui s'appelait *Apfelkorn*. Dès 16 h, chez Jutte, je m'assoyais sur le sol, le dos contre la porte de ma chambre, et je décapsulais le flacon. Je le portais à mes lèvres. Le liquide coulait en moi, brûlant. Ahh. Après, je pressais le flacon entre mes cuisses, contre la couture de mes jeans qui appuyait sur mon sexe. Cela aussi brûlait.

Je pensais aux épaules de Sacha. Cela m'excitait. Je plongeais la main entre mes cuisses et j'explorais, dans un incommensurable dégoût de moi-même.

*

Un soir, Tamara a cogné à ma porte :

— Tu dors ? Dis ? Tu dors ? Qu'est-ce que tu fais ?

L'heure qu'il était luisait en rouge dans l'obscurité. 21 h 37. Et déjà loin dans le sommeil pâteux de l'*Apfel-korn.*

— Liv ? insistait Tamara.

— Entre, ai-je marmonné.

Elle s'est assise sur le lit, ses lourdes fesses contre mes bras ramenés sur ma poitrine. J'ai senti, avant qu'elle l'énonce, sa fébrilité :

— Jürgen s'en vient !

— Jürgen… ton frère ?

Ce prénom m'a causé un choc.

— Ben oui, mon frère qui était à Seattle…

— Comment ça se fait qu'il revient ? Pour Noël ?

— Oui. C'était pas prévu comme ça, mais il a des problèmes, à ce qu'il paraît.

— Des problèmes ?

— Oui. Il est pas commode, mon frère !

Son ton était admiratif.

— Ah bon ? Comment ça ?

— Ben, il écoute pas trop mes parents puis une fois, il s'est même fait suspendre de l'école pour une semaine !

— Qu'est-ce qu'il avait fait?

— Je le sais pas.

— *Come on*, Tamara!

J'étais maintenant assise sur mon lit.

— Ben, il avait pris de la drogue, je crois.

— Ah bon?

Cela contrastait incroyablement avec l'idée que je me faisais des Eichmann. Du coup, j'ai eu vraiment hâte qu'il arrive.

— Quand est-ce qu'il va arriver?

— Samedi.

— Déjà?

— Oui. Mais ne t'inquiète pas, tu n'auras pas à lui laisser ta chambre, ce ne serait pas juste. Mes parents ont dit qu'il coucherait dans la chambre d'ami.

— Tu crois?

— Je suis certaine.

Ça ne m'inquiétait pas.

— Tu vas voir, il est mignon, a encore dit Tamara.

— Je n'en doute pas, ai-je répondu gentiment.

Et Tamara était toute contente de ma chaleur et de mon approbation.

*

Malgré son inquiétude au sujet de ses frasques, Jutte délirait du bonheur de revoir son fils. Les matins qui ont suivi l'annonce de son retour, elle chantonnait en mélangeant le muesli: raisins secs, amandes, flocons d'épeautre. Dehors, un crachin baveux vaporisait l'Allemagne entière depuis... eh bien, depuis la chute du mur.

Vers 10 h, ce samedi-là, Jutte, Herbert et Tamara se sont rendus en train à l'aéroport de Fühlsbuttel. Jürgen devait arriver de Francfort, après Chicago et Seattle. Dans ma chambre, j'ai attendu leur retour en écoutant en boucle l'*Ave Maria* éraillé de Nina Hagen. Lentement, interminablement, les heures se sont amoncelées. En fin d'après-midi, beaucoup plus tard que prévu, ils sont arrivés. Depuis plus d'une heure, je flottais dans une absence mate. La musique s'était tue. Du hall d'entrée m'est parvenu le bruit des bagages sur roues qui franchissaient le seuil, le froissement des manteaux et les exclamations chaudes de Jutte. Puis, immédiatement, ses pas vers la cuisine, son affairement. Quelques minutes plus tard, la bouilloire a sifflé en atteignant le point d'ébullition. Une fois de plus, nous allions boire le thé.

Elle est venue cogner à ma porte. « Tu viens ? » a-t-elle dit, sa tête dans l'entrebâillement. Ses joues étaient rouges. Ses iris brillaient.

Ils étaient tous au salon. Le thé fumait. Ils parlaient avec animation dans le seul allemand qui m'était véritablement familier, celui de la famille Eichmann, de Norderstedt.

Lorsque je suis entrée, il a profité de l'instant où tous les regards se sont tournés vers moi pour apposer son index sur ses lèvres et me faire signe de ne pas m'exclamer.

Jürgen.

Je me suis jetée sur lui en hurlant et en le matraquant de coups de poings.

— You damned mother fucker! How do you dare coming here! I hate you! I'm gonna kill you! How do you dare coming here after what you've done to me!

Herbert s'est levé d'un bond et m'a saisie par les épaules :

— Ça suffit, maintenant. Tu te prends pour qui, pour insulter et battre un membre de ma famille comme ça ! Va dans ta chambre et ne nous embête plus !

Je l'ai giflé. J'ai giflé Herbert. Je lui ai crié dans ma langue qu'il était un osti de père débile et déconnecté, et que je le tuerais lui aussi, si je le pouvais.

Tamara et Jutte étaient évidemment effarées. Herbert m'a traînée dans ma chambre et a verrouillé la porte de l'extérieur. Ça m'a rendue encore plus furieuse. J'ai ouvert la fenêtre. Je suis sortie dans le jardin.

Je me suis rendue à la station et j'ai appelé mes parents. Je leur ai demandé de me rapatrier. Je les ai suppliés d'une voix calme. J'ai dit que ça n'allait plus du tout, sans donner de détails. S'ils se sont étonnés, s'ils ont ressenti de la déception, ils ne l'ont pas manifestée avec plus d'émotion que ce qui leur était habituel. Ils ne m'ont pas exhortée à prendre quelques jours pour réfléchir. À vrai dire, ils semblaient s'y attendre. « Okay, Liv, ont-il répondu. Sois patiente. Nous allons te faire parvenir des billets d'avion aussitôt que possible. »

Je suis revenue à ma chambre et j'ai fait mes bagages. Ça a vite été expédié. Je m'attendais à partir dès le lendemain. Dans la pénombre, assise contre le mur, j'ai attendu que les heures passent. J'ai pensé que je manquerais le concert de Jutte, à Schleswig. Cela m'a attristée.

Cet osti de câlisse de Jürgen. Je regrettais de ne pas pouvoir me rendre dans sa chambre pour le mutiler. Et en même temps, c'était incompréhensible et frustrant, mais j'étais heureuse de le revoir. Indéniablement, douloureusement heureuse, oui.

Les heures ont passé et j'ai senti que la fureur me quittait. Peu à peu, je suis redevenue calme. Alors, je me suis demandé : « Comment se fait-il que j'aie rencontré Jürgen à Winterhüde, s'il était supposé être à Seattle ? Comment a-t-il réussi une telle machination ? Comment le fils d'une famille aussi aimante a-t-il pu participer à mon agression ? » Tout cela était à ce point déconcertant qu'au bout de quelques minutes de cet étonnement mystifié, Jürgen a pris, dans mon esprit, une stature démesurée.

Aussi ne me suis-je pas étonnée lorsqu'au milieu de la nuit, la poignée de la porte a tourné doucement et qu'il s'est trouvé là, dans ma chambre qui était aussi sa chambre. Je n'ai pas sursauté. Il me semblait désormais normal qu'il apparaisse n'importe où, à n'importe quel moment.

— *Hi*, a-t-il dit.

— *Hi.*

Il a émis un petit rire :

— *Kinda cool, the way you reacted when you saw me.*

— *I could've kill you.*

— *Right. Lucky thing my father was there.*

Je n'ai pas voulu répondre. Il s'est assis près de moi.

— *So, how do you like it here?*

— *I hate it.*

— *I can imagine.*

Ses cheveux avaient poussé depuis la dernière fois. De longues franges peroxydées lui mangeaient le visage. Mais il était rasé de près et ses jeans étaient propres. On aurait dit un autre Jürgen. Mais c'était le même. Indubitablement le même.

— *I'm leaving, as a matter of fact.*

— *Because of me?*

— *Yeah.*

Mais j'ai tout de suite regretté de lui accorder autant d'importance.

— *Because of everything.*

Il m'a offert une cigarette que j'ai refusée, puis il s'en est allumé une. Il se comportait avec une nonchalance qui me heurtait. Le Jürgen que j'avais entrepris d'assembler dans ma tête avait du cœur et de l'émotion. Il faisait des erreurs, mais il les regrettait. J'aurais voulu le voir trembler de nouveau.

— *Have you talked to my parents?*

— *No.*

— *About what happened.*

— *I told you: no.*

— *Thanks.*

— *It wasn't for you.*

— *I know. I suppose.*

— *But how come you were here in Hamburg?*

Je me suis mordu les lèvres. Je craignais, tout à coup, d'en savoir trop. J'avais l'impression de toucher à une histoire possiblement violente, qui me dépasserait. J'étais incapable de puiser dans ma réalité, dans mon monde, des éléments que je puisse « coller » à Jürgen. J'en étais réduite à hasarder des hypothèses floues fondées sur des scènes de films que j'avais toujours considérées comme des fictions exacerbées, étrangères. Chantage. Revolver sur la tempe. Proxénétisme.

J'ai tourné le regard vers lui. Je voulais reprendre ma question, mais je me suis tue. Il a tiré sur sa cigarette, les poignets sur ses genoux. Il m'a regardée. Il semblait suivre mes pensées :

— *I'm trapped in shitty businesses*, a-t-il finalement énoncé.

— *Shitty businesses.*

— *Yeah.*

— *A hell of an explanation.*

— *I know.*

Il s'est levé pour jeter son mégot par la fenêtre. Puis il est revenu s'asseoir. Ses yeux brillaient dans la pénombre :

— *It's not what you think.*

— *What do I think?*

— *It's...*

Il a soupiré.

— *It's me.*

À ce moment-là, j'ai ressenti une immense compassion pour lui. J'ai allongé le bras. J'ai attiré sa tête vers mon épaule. Du bout des doigts, j'ai tracé des arabesques longues et molles sur ses tempes. La nuit s'étirait, hors du temps. Puis je me suis redressée :

— *You're gonna get caught, you know. It's a won-der your parents don't already know.*

— *They do know. A little.*

— *Doesn't it bother you?*

— *Of course. It does.*

— *But still?*

— *I can't help it.*

Il s'est tourné vers moi :

— *I like you Liv. You're a good girl.*

C'était paternaliste et je me suis braquée :

— *Do you say that of all the girls you rape?*

— *Rape?*

Il semblait sincèrement étonné. J'ai baissé les armes. Je n'en pouvais plus.

— *Never mind.*

Il s'est levé et je l'ai imité.

— *I've got something for you,* ai-je dit.

Je lui ai tendu les soixante-quinze deutsche-marks. Il les a considérés, puis il les a mis dans sa poche.

— *Thanks,* a-t-il dit.

En sortant, il s'est tourné vers moi, une der-nière fois :

— *I won't lock the door. That's stupid.*

— *Herbert will know you were here.*

— *So he will. What the hell was he thinking anyway, locking you up!*

— *Yeah.*

— Maman…

— Hmm. Qu'est-ce qu'il y a, Sabine?

— J'ai mal au ventre.

— Va aux toilettes.

— Non. J'ai vraiment mal.

Liv s'éveille d'un coup. Elle fait de la place à Sabine dans le lit.

— Viens te coucher là, chuchote-t-elle en tapotant l'espace libéré. Ça va passer.

Mais ça ne passe pas. Tous les quarts d'heure, toute la nuit, Sabine vomit. Au matin, Liv annule ses rendez-vous. Toute la journée, elle prépare des bouillottes et les pose sur le ventre de Sabine. Elle mélange des solutions de jus d'orange et de sel, elle cuisine de la soupe. Elle sort chercher des vidéos au club pour que Sabine les regarde sur l'ordinateur. Il n'y a pas grand-chose d'autre qu'elle puisse faire. Sabine est assez grande pour apprécier ces soins et pour remercier sa mère en hochant la tête, mais ça ne lui fait pas prendre du mieux. Liv avance dans ses traductions pendant que Sabine est indolente sur le divan.

Trois jours plus tard, ça ne va toujours pas. Sabine ne mange rien et vomit de la bile. Elle n'a même pas envie de regarder *My so-called life*, dont Liv a emprunté tous les épisodes.

Elle ne fait pas trop de fièvre et ses signes vitaux sont normaux. Mais elle est étendue là, au milieu de ses pensées.

Il y a des téléviseurs partout. Certaines familles en ont un dans chaque pièce et parfois ça peut donner jusqu'à huit téléviseurs dans une même maison, et avec Internet et les ordinateurs portatifs, les choses ne s'arrangent pas. On voit tout et on entend tout. À l'école on nous explique qu'un enfant américain moyen est exposé à 7 000 messages publicitaires par semaine et qu'il faut nous prémunir mentalement, éteindre, jouer à la poupée ou au parc, ou mieux encore, lire, mais franchement, moi, la lecture, ça ne m'a jamais branchée, et puis sans la publicité, comment on saurait quel modèle de Nintendo acheter pour être à la mode et jusqu'à quelle hauteur il faut se remonter le gilet-bedaine pour que les garçons se poussent du coude en rigolant quand on paraît.

Moi, ce sont les nouvelles qui me démolissent, et des nouvelles, il y en a 24 heures sur 24, même à l'école, depuis cette année, c'est à chacun notre tour de commenter l'actualité, et pas besoin de se creuser la tête longtemps pour deviner de quoi elle parle, l'actualité, ces temps-ci. COMMENT ILS FONT, LES GENS ¿ Comment ils font pour engloutir toutes ces nouvelles et parvenir quand même à manger leur spaghetti all you can eat *au Pastello de Georgia Avenue ¿ Il faut filtrer l'actualité comme on filtre tout, les bruits, les impressions, les couleurs et les émotions, si on ne filtrait pas sans arrêt, le cerveau nous éclaterait.*

Qu'est-ce qu'il va arriver quand Ben Laden va prendre le contrôle de Jersey City? Mon minuscule cerveau contient toute l'horreur du monde et c'est ça, grandir. Mais la télé est sortie. Une femme en jeans a contourné sa voiture, elle l'a empoignée et l'a enfournée sur la banquette arrière. Plus de télé. Et pourtant.

— Tiens. Je t'ai apporté de la soupe aux tomates.

— ...

— Dors-tu, Sabine? demande sa mère en lui passant la main sur le front.

Sabine l'entend s'éloigner. Puis revenir.

— Je vais prendre ta température.

Sabine ouvre mollement la bouche, mais pas les yeux.

Il y a des gens qui voient la télé comme une boîte avec des inventions momentanées qui n'existent plus quand on l'éteint. Mais pour moi c'est le contraire: la télé se branche directement à mon cerveau et après je ne vois plus rien d'autre et il n'y a jamais moyen de l'éteindre.

La tour vacille, vacille et puis kaboum! elle s'effondre dans un mugissement apocalyptique.

Maman m'agrippe. Nous nous hâtons vers la maison. Tout le matin, tout l'après-midi, tout le soir: la télé, la télé, la télé. La seule chose à faire pour que ça s'arrête, c'est d'embrasser Brandon. Alors les images cessent.

— Merde, 104 de fièvre, dit Liv en plissant les yeux pour être certaine de bien lire.

Sabine a chaud et elle a froid.

Le dimanche soir, sa mère n'y tient plus. Elle appelle un taxi. Elles partent vers l'hôpital.

— Tous les tests sont beaux, madame, dit la médecin.

— Vous n'avez rien trouvé ?

— Non. Pas le moindre virus. Elle n'est pas déshydratée, non plus. Son pouls est bon, pas de température excessive grâce à l'acétaminophène, les prises de sang ne révèlent rien d'anormal.

— Est-ce qu'on ne devrait pas lui passer une échographie ? Elle dit qu'elle a mal au ventre.

— Je ne crois pas que ça donnera quoi que ce soit. Vous savez, madame, on en voit beaucoup, ces temps-ci, de ces malaises inexpliqués.

— Vous voulez dire, depuis le 11 septembre ?

— Exactement.

— Vous pensez que c'est psychosomatique ?

— Ça pourrait l'être.

Le taxi les ramène à l'appartement. Liv s'installe confortablement dans le divan, avec la tête de Sabine sur ses genoux repliés. Elle lui caresse les tempes. Elle contemple la belle tête blonde de sa fille.

*

«Ton père est un homme instable, raconte Liv à Sabine. Je l'ai connu à Hambourg, en 1989. La première fois que je l'ai vu, il était à 7 000 kilomètres de l'endroit où il était supposé se trouver. Il n'avait même pas vingt ans. Puis, l'année suivante, il est venu me voir à Longueuil. Nous avons passé quelques semaines ensemble. Il fuyait ses parents. Ce n'était pas la première fois. Lorsqu'il est reparti, nous ne savions ni l'un ni l'autre que nous t'avions conçue. Ses choix ne sont jamais judicieux, tu comprends? Il est incapable de se fixer, de savourer les choses simples, comme de vivre avec une personne qu'on aime, ou de prendre un bébé dans ses bras. Quand j'ai compris que j'étais enceinte de toi, j'étais convaincue de ne jamais le revoir. Je ne savais pas du tout où le joindre. Et je ne voulais pas alerter sa famille. Je t'ai quand même voulue tout de suite. J'étais folle de joie à l'idée de t'avoir. »

Une pause. Cet instant de lumière, jadis, quand elle a tenu le résultat du test entre ses doigts. Cette certitude absolue que les choses allaient enfin s'arranger.

« Tu sais, je n'allais pas fort fort, à cette époque-là. Plusieurs choses avaient changé rapidement dans ma vie. Mais quand j'ai compris que tu étais là, je me suis accrochée. Nous sommes restées toutes les deux au Québec le temps qu'ont duré mes études. Puis nous sommes venues ici. J'avais cru comprendre que Jürgen se trouvait peut-être à New York et j'espérais le revoir. Je pensais qu'il avait peut-être changé, pris de la maturité. N'est-ce pas ce que nous faisons tous, peu à peu? Je pensais que s'il te voyait, il tomberait follement amoureux de toi, lui aussi. Il était à New York. Et il t'a vue. Mais ça n'a pas changé grand-chose. Il n'y a qu'un mot pour décrire ton père, Sabine, c'est «mythomane». Au fil des années, j'ai lu des tonnes de livres là-dessus et j'ai fini par comprendre qu'il n'a peut-être jamais dit une seule chose vraie de toute sa vie. Même quand je pensais le tenir et le comprendre, il m'échappait en me présentant une version de lui qui n'était pas réelle. Il y a quelque chose en lui qui le pousse à ne pas être ce qu'il est supposé être. À ne pas se trouver là où on l'attend. Et il n'y a pas de façon de savoir combien de personnes il a pu faire souffrir depuis sa naissance. Pour Jutte – ta grand-mère –, c'est terrible. C'est une femme douce et appliquée qui a certainement tout fait pour qu'il devienne un homme bien.

Je me suis procuré un DHS. C'est une encyclopédie sur les maladies psychiatriques. Au fil des ans, j'ai passé des heures à le lire, à comparer des symptômes. Mais je ne suis pas parvenue à beaucoup plus que cela : des recoupements de manifestations, de comportements dérangeants. Je ne suis pas certaine qu'il existe un classement pour chaque type d'être humain.

Nous ne l'avons vu qu'une fois, en fait. Nous nous étions donné rendez-vous dans un café à Manhattan. Je t'ai amenée avec moi. Il a été gentil avec toi. Mais il ne s'est pas informé de ton âge. (Tu devais avoir six ans.) Il n'a pas calculé. Je n'ai pas insisté. Mais je suis convaincue qu'il sait qu'il est ton père.

— Je m'en souviens.

— Ça ne me surprend pas. Tu te rappelles toujours tout mieux que moi. Je ne sais pas s'il est encore à New York. Jutte, sa mère, croit que c'est le cas. Je pense qu'il a choisi de se taire, qu'il a renoncé à se révéler. Je pense qu'il n'aime pas l'idée qu'on l'emprisonne dans des explications.

— Je peux comprendre ça !

— Je pense qu'il me fait confiance, par rapport à toi, et dans le fond, il a raison. Il vaut mieux qu'il ne nous approche pas trop. Ça nous ferait du mal, parce qu'il ne peut pas ou ne veut pas nous donner ce qu'on attend de lui. Comprends-tu ?

— Oui.

*

Le lendemain, Sabine est en mesure d'avaler un demi-bagel pour déjeuner. Elle prend une douche. Dans les jours qui suivent, elle n'a jamais eu les joues aussi roses. Les lèvres aussi pleines. Les cheveux aussi blonds. Et puis elle s'est remise à parler français, la langue de son enfance.

Neuvième partie

Notre-Dame-des-Laurentides

Le 747 d'Air Canada s'est posé sur la piste d'atterrissage de l'aéroport de Mirabel. Nous étions le mercredi, 20 décembre 1989. Il était 20 h. Portée par la foule, je suis descendue de la navette qui faisait le transit entre l'avion et l'aérogare. Je suis entrée dans le terminal des arrivées et j'ai pris place dans la file qui attendait aux douanes. J'ai levé le regard vers la mezzanine où se pressaient les gens venus accueillir les voyageurs : mon père s'y tenait dans son manteau d'hiver rouge. Je lui ai envoyé la main. Il m'a vue. Il a vu cette personne qui le saluait. Mais il ne m'a pas reconnue. J'ai agité la main avec plus de frénésie, mais il ne se sentait pas concerné, peut-être était-il même vaguement gêné par cette jeune fille qui n'arrêtait pas d'envoyer la main avec un large sourire, et il a détourné le regard. Il s'est mis à scruter ailleurs la foule des passagers dans l'espoir de m'y repérer. J'ai baissé le bras. J'ai porté mon regard vers le dos de l'homme qui faisait la file devant moi.

Je me suis concentrée sur le fait d'avancer mécaniquement, à pas de souris. Mon sourire s'est estompé. Le fragile élan d'enthousiasme qui m'avait électrisée à la vue de mon père s'est naturellement estompé. Il a refait place à l'espèce d'apathie absente qui me portait depuis les vingt-quatre dernières heures : je ne ressentais plus rien. Froidement, lucidement, je m'efforçais d'enregistrer ce que ces premiers instants en sol québécois m'avaient procuré comme informations : mon père ne me reconnaissait pas. Katinka n'était pas venue. Ma mère, apparemment, non plus. Je ne les avais pas vues, en tout cas.

Le douanier a jeté un regard blasé sur mon passeport et me l'a redonné sans commentaires. «Au suivant!» a-t-il clamé. J'ai avancé. Dans le hall des bagages, sur le carrousel, ma valise roulait déjà depuis un moment. Je l'ai récupérée. Elle était énorme sur ses minuscules roulettes. Je l'ai traînée avec peine jusqu'à la sortie.

J'ai retrouvé mon père. Il m'a reconnue et embrassée. Il m'a pressée contre son cœur :

— Ça va? a-t-il demandé.

Et, comme je ne me décollais pas de lui :

— As-tu fait un bon voyage? Es-tu contente d'être revenue?

— Oui. Où est maman?

— À la maison. Elle ne filait pas. Mais elle t'attend. Elle va être contente de te voir.

— Ah? Bon.

J'ai absorbé l'absence de ma mère. Cela m'a demandé une telle énergie, une si complète maîtrise de moi-même, que je n'ai pas osé demander pour Katinka. Je voyais bien qu'elle n'était pas là. Mon père ne pouvait rien m'apprendre de plus à ce sujet. Je n'en voulais pas, des possibles excuses ou des raisons rationnelles. Serre-moi encore, papa. C'est tout ce que je voulais dire. Et il l'a fait. Il m'a serrée longuement, silencieusement. Puis il a fallu enchaîner.

— Peux-tu m'aider avec ma valise ?

— Ben oui. Donne.

Nous avons marché jusqu'à la voiture. C'était loin dans le stationnement. J'étais fatiguée. Lorsque nous y sommes enfin parvenus, j'ai bouclé ma ceinture pendant que mon père hissait ma valise dans le coffre de sa Jetta. Je me suis frotté le visage avec les paumes de mes mains. J'étais de retour. J'ai regardé mon père qui prenait place à côté de moi :

— Comment ça se fait que maman n'est pas là ? Elle doit être vraiment malade si elle n'est pas venue me chercher !

— Ouin.

— Ouin ? J'espère qu'elle a une bonne excuse, quand même !

— Elle file pas. C'est tout. Prends pas ça personnel, Liv.

— T'es drôle ! Ma propre mère ne vient pas me chercher alors qu'elle ne m'a pas vue depuis quatre mois et il ne faudrait pas que je prenne ça personnel !

— Ne ramène pas tout à toi, Liv.

— Je reviens de quatre mois de voyage, là ! Il me semble que s'il y avait un moment pour ramener les choses à moi, ce serait maintenant, non ?

Il a soupiré.

— On est contents que tu sois revenue, Liv. Mais le monde ne s'arrête pas de tourner. On a des problèmes, actuellement.

Je ne l'ai pas entendu. Je ne voulais pas l'entendre. J'étais en route depuis des heures, portée et guidée par l'unique perspective d'être rassérénée dès mon arrivée par ma mère et ma meilleure amie, et je me sentais absolument incapable de faire preuve de compréhension ou de patience.

— Peu importe les problèmes ! J'aurais aimé ça qu'elle soit là ! Il me semble que c'est pas difficile à comprendre, ça !

— Je comprends. En effet.

Il a embrayé. La voiture a sinué dans le stationnement jusqu'à la sortie. Il a payé au poste automatique. Je me suis retenue de lui crier de faire demi-tour. Mais je ne pouvais pas ne pas être revenue. C'était trop tard. J'ai fermé les yeux. Ma tête était vide de lieux, vide de personnes, vide d'expériences. Je ne pensais ni à Jürgen, ni à Philippe, ni à Norderstedt, ni à Jutte, ni même au mur de Berlin. Je ne savais plus où je désirais être. Je me perdais dans un monde insonore. Je savais que même si j'ouvrais les yeux, je ne parviendrais pas à les poser sur quelque chose qui ait du sens. Au moment où, en sortant du stationnement, mon père a pris de la vitesse sur l'autoroute cinquante, j'ai mesuré l'ampleur des dégâts. Je ne trouverais plus ma place nulle part.

*

Le plus probable est que ma mère nous guettait du salon. Elle est tout de suite sortie sur le côté de la maison pour nous accueillir, les bras croisés pour se préserver du froid :

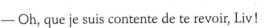

— Oh, que je suis contente de te revoir, Liv ! Elle m'a pressée contre elle avec émotion.

— Mais reste pas là ! T'es pas habillée ! Il fait à peu près moins trente-cinq ! C'est sûrement pas mal plus froid qu'en Allemagne !

Il faisait ce froid glacial et tellement québécois. D'une certaine façon, c'est la seule chose qui m'ait semblé réellement familière.

Je suis entrée dans ma maison. Je me suis assise à la table de la cuisine et ma mère s'est assise devant moi pendant que mon père restait debout à nous regarder toutes les deux comme s'il ne savait pas trop où se mettre. Je n'ai pas dit à ma mère que j'étais déçue qu'elle ne soit pas venue à Mirabel. Nos rapports fonctionnaient selon une mécanique tacite qui avait repris ses droits dès le premier instant, celui où elle m'avait serrée dans ses bras avec une tendresse qui était certes réelle, mais retenue par cette pudeur qu'elle avait toujours eue, qu'elle aurait toujours.

J'ai attendu qu'ils m'interrogent sur mon voyage, qu'ils réclament des photos, qu'ils s'extasient de ce que j'aie appris l'allemand, qu'ils me demandent des détails sur la réaction des Allemands à la chute du mur de Berlin. Je voulais de tout mon cœur qu'ils me questionnent. J'avais préparé des explications compliquées, mais crédibles, sur la raison de mon retour précipité. Il y avait, dans ma tête, un récit auquel j'avais donné un sens. Ce récit éludait certes le plus important, mais il expliquait les événements passés et à venir, et je m'y cramponnais à cause de sa légitimité. Impossibilité de me faire des amis. Sévérité de Herbert. Crachin interminable. C'était un récit de souffrance que j'avais hâte de raconter à mes parents avec juste assez de pathos pour qu'ils me prennent dans leurs bras et qu'ils me consolent, sans que, pour autant, ils n'éprouvent de déception ou de réprobation à mon endroit. Je voulais leur parler de Jutte et même de Jürgen. Je voulais discuter avec eux des conséquences politiques européennes et mondiales de la chute du mur.

— Trouves-tu que ça a changé, ici ? a demandé ma mère.

Elle m'avait informée, dans ses lettres, de l'achat de nouveaux divans pour le salon, mais je ne les voyais pas d'où j'étais assise et j'avais oublié ce détail.

— Non, ai-je répondu en regardant autour de moi. Rien n'a changé, je pense.

Ma mère a semblé déçue.

— Elle a encore son manteau sur le dos ; laisse-la arriver ! a dit mon père.

Je les ai regardés, hallucinée. Rien n'avait changé. Rien ne changerait sans doute jamais. Mon père, parler de politique internationale ? Il faut dire qu'il était passé minuit. Nous tombions tous de sommeil.

— Est-ce qu'il y a du Coke, maman ?

Pouvais-je encore donner des ordres à ma mère ? Faisait-elle encore son épicerie selon la même liste ? Froot Loops plutôt que müsli ? Pain Gai Luron et lasagnes congelées ? Avait-elle enregistré *Chambres en ville*, comme je le lui avais demandé dans ma dernière lettre ?

— Oui, oui, certain, comme d'habitude. Attends. Je vais t'en chercher.

Elle s'est affairée dans la cuisine, puis elle est revenue et a posé le verre de Coke tiède devant moi. Elle s'est assise. J'ai demandé des biscuits. Elle s'est relevée et m'a apporté un sac de cannes de Noël mentholées. Je les ai trempées dans le Coke. Nous ne disions rien.

Quand j'ai eu terminé de manger, je suis allée dans ma chambre. Là non plus, rien n'avait changé, si ce n'est que ma mère avait mis le chauffage en marche à mon intention. Je savais qu'elle l'avait fait par souci pour moi, mais je trouvais qu'il faisait beaucoup trop chaud et j'ai entrebâillé la fenêtre. J'ai inspecté mon garde-robe, ma commode, mes cadres. Rien ne manquait. Je me suis déshabillée et me suis couchée nue sous ma douillette.

Hier encore, j'étais à Norderstedt. Hier, Jutte était silencieusement assise à mes côtés dans l'U-Bahn qui me menait à l'aéroport de Fühlsbüttel et je m'efforçais de tenir le coup malgré le poids de sa déception et de son chagrin. Avant-hier, j'acceptais une cigarette de Jürgen, et nous fumions silencieusement dans le jardin humide, à l'insu de Herbert. Nous nous disions au revoir sans nous toucher. Sans même nous tendre la main.

Je me suis roulée en petite boule et j'ai fini par m'endormir.

*

Le lendemain, je me suis levée à 11 h. J'avais beaucoup dormi. Il me venait une sorte d'énergie. J'allais reprendre ma vie québécoise, la seule véritable. J'avais des amis, un passé, des habitudes, ici. Je savais comment m'y prendre pour occuper mes jours. Les choses allaient bien se passer. Je suis allée à la cuisine :

— Personne n'a téléphoné, maman ?

— Non. Viens-tu déjeuner ?

— Non.

J'ai fait le tour de la maison. Mon père était parti travailler. Ma mère avait pris congé. Elle était debout dans la cuisine, à attendre que je daigne m'asseoir pour qu'elle me serve mon déjeuner. Elle était plus présente à moi que la veille. Mais je n'avais plus envie de discuter avec elle. Il valait mieux reprendre nos habitudes de cohabitation pacifique. J'étais convaincue qu'elle pensait la même chose : ne parlons pas trop. Reviens doucement, sans trop de heurts, Liv.

— Maman ?

— Oui, Liv ?

— As-tu dit à Katinka que je revenais hier ?

— Oui. Je l'ai appelée comme tu me l'as demandé.

— Bon.

Elle était sans doute à l'école. Elle avait peut-être même des examens. J'ai entrepris de défaire mes bagages pour tromper l'attente, mais vers 16 h, n'y tenant plus, je lui ai téléphoné. C'est sa mère qui a répondu :

— Oh, Liv, tu es revenue ! As-tu fait un beau voyage ?

— Oui, merci.

— C'est vrai, Kat avait dit que tu revenais cette semaine. Elle va avoir hâte de te parler !

— Oui, est-ce que...

— Attends, je vais l'appeler.

Voix étouffée par la main sur le combiné : Kat ? Kat ? T'es où, Kat ?

Silence. Puis, sur un ton normal, quoique encore étouffé par la main : C'est Liv.

— Liv ? Ah, okay.

— Salut, Liv !

— Katinka ! C'est moi, je suis revenue !

— Ben oui, j'entends ça, là !

Elle mastiquait quelque chose.

— Je suis contente d'être revenue.

— Ah oui ? Pourquoi ?

— Ben, on est mieux ici, chez nous.

— Ah bon. Tu m'étonnes !

— Qu'est-ce que tu fais, là ?

— Je mange un croissant. Hmm, tu devrais voir ça, jambon-fromage, hmm, c'est vraiment trop bon.

— J'avais hâte de te voir, Katinka. Est-ce qu'on peut se voir ?

Elle ne répondait pas. Elle mâchait.

— Écoute, Liv, je suis en train de manger un croissant, là. Est-ce que je peux te rappeler plus tard ? D'accord ?

— Ben oui, okay, d'accord.

J'ai raccroché.

— Puis, qu'est-ce qu'elle a dit, Katinka ? a demandé ma mère.

Je regardais le combiné, sonnée. J'ai eu un moment d'absence. Puis j'ai répondu :

— Rien de spécial. Elle était en train de manger. Elle va me rappeler tantôt.

Il a fallu une espèce de contraction pour que je me remette à respirer. J'avais un étau sur le diaphragme.

Je me suis fait deux sandwichs jambon-fromage avec de la laitue, de la mayonnaise et des tomates, et je les ai avalés debout devant le comptoir. J'aurais voulu manger des croissants, moi aussi, mais il n'y en avait pas. J'ai descendu, à même la pinte de deux litres, un océan de lait.

L'Atlantique.

Ma mère s'est approchée. Elle a posé sa main sur la mienne. Elle ne savait pas quoi dire.

— C'est correct, maman. Ça ne me dérange pas, là. Elle va rappeler plus tard.

La sollicitude de ma mère me consolait, mais elle m'humiliait, aussi. Après avoir mangé, je suis allée dans ma chambre et je me suis blottie dans mon lit. J'entendais ma mère faire la vaisselle dans la cuisine. Mon père est revenu tôt de travailler. Il est venu me voir dans ma chambre et il a dit :

— Veux-tu venir au centre d'achats avec moi, ce soir, Liv ? Il y a un super gros Simons à Place Sainte-Foy, maintenant. Tu vas aimer ça.

Ça me tentait, mais j'ai dit non. J'attendais que Katinka rappelle. J'ai écouté la télé toute la soirée. Quand je me suis couchée à minuit, elle n'avait pas rappelé. Je me suis dit : « *Fuck* Katinka. » Je me suis dit : « Si seulement Jürgen était ici.» J'ai pensé à lui, à sa dégaine de bandit, et pour la première fois de ma vie, j'ai joui, seule dans mon lit.

*

Le lendemain, dès 5 h, j'étais réveillée.

Décalage horaire.

Je suis allée au garage pour chercher mes skis. Il faisait un froid hallucinant. J'ai entrepris de les installer sur le toit de la Jetta. Je n'avais jamais fait cela seule. Je m'en suis fait saigner les jointures. Puis je suis rentrée par la porte de la cuisine et j'ai fait du bruit, exprès. Ma mère s'est levée, ensommeillée :

— Ça va ?

— Ça va.

Je me suis assise à la table devant la porte patio. Ma mère vidait le lave-vaisselle. Elle rangeait les assiettes dans les armoires au-dessus du passe-plats. Elle actionnait la machine à café. Dehors, le lever du soleil rosissait la neige. Le froid était visible, polaire.

— Est-ce que papa pourrait venir me reconduire au centre de ski, ce matin ?

— J'imagine que oui.

— Papa ? ai-je crié à travers la maison.

— Voyons, Liv, attends qu'il se lève !

Je suis allée mettre deux tranches de pain dans le grille-pain.

Quelques minutes plus tard, mon père s'est levé en s'étirant.

— Ça va, Liv ? a-t-il demandé en s'assoyant près de moi.

— Ça va. Peux-tu m'amener au centre de ski ce matin ?

— Ce matin, je travaille, Liv ! On est vendredi ! Mais je tombe en congé ce soir, pour le temps des fêtes.

— Ah non, merde !

— Tu vas pouvoir obtenir ton permis, là, maintenant que t'es revenue. Il faut bien que je travaille, moi !

Je me suis tournée vers ma mère :

— Pis toi, maman, peux-tu ?

— Ben non ! Je travaille, moi aussi, au cas où tu t'en souviendrais pas !

Elle a réfléchi un moment.

— Bon. Je pourrais revenir sur l'heure du midi et aller te reconduire à ce moment-là. Est-ce que ça irait, ça ?

— Ah non, pas sur l'heure du midi, c'est trop tard !

Je me suis levée en repoussant ma chaise, mécontente.

Mes parents sont partis travailler. L'avant-midi a passé lentement. Je me suis remise à vider ma valise, un item aux cinq minutes, l'esprit étourdi par la conscience d'avoir posé les mêmes gestes quelque temps auparavant dans une autre chambre, sur un autre continent. Pourquoi étais-je ici et non plus là ?

Et puis je réentendais la conversation que j'avais eue avec Katinka. *Je mange mon croissant. Est-ce qu'on peut se voir ? Je vais te rappeler.* Mais le téléphone n'avait pas sonné.

234

Ma mère est arrivée tôt. Elle s'était dépêchée pour moi. Elle avait sacrifié son heure de dîner pour faire l'aller et retour entre le centre-ville et Notre-Dame-des-Laurentides. Elle avait probablement mangé un sous-marin de dépanneur dans l'auto et renversé du café sur sa doublure en polar en se dépêchant. Mais je trouvais que c'était le moins qu'elle pouvait faire, se mettre à mon service, étant donné mon désœuvrement et... ma tristesse. Je l'attendais dans l'entrée et on est reparties tout de suite.

Au centre de ski, il n'y avait quasiment personne. Les gens travaillaient encore. J'ai fait une première descente. Je détestais monter seule dans le télésiège. J'avais l'impression d'être pitoyable et rejetée. Il s'est mis à neiger des petites rafales mordantes qui m'ont découragée. J'ai enlevé mes skis. Je me suis dirigée vers le chalet. J'ai monté les escaliers avec lassitude, de cette démarche malaisée qu'imposent les bottes de ski. Quand je suis entrée dans la cafétéria, j'ai vu Katinka qui, sur la banquette devant la baie vitrée, à pleine bouche, embrassait Vincent. J'en suis restée interdite.

Elle a mis un certain temps à s'apercevoir de ma présence. Il ne me venait pas à l'esprit de l'interpeller. Je restais là à attendre qu'elle se retourne. *Si elle a été capable de venir au centre de ski, elle aurait été capable de venir chez moi ! De m'appeler, au moins !* C'est tout ce qui me venait. Je m'apercevais à peine de la souffrance foudroyante qui s'était abattue sur mon corps.

Elle a fini par prendre conscience du regard que je posais intensément sur elle. Elle s'est retournée :

— Oh, Liv, t'es là ? s'est-elle exclamée en mettant la main devant sa bouche. Tu ne m'avais pas dit que tu viendrais ce matin !

Elle restait là sur sa banquette, enlacée à Vincent, ravie de bénéficier d'un public. Vincent lui a chuchoté quelque chose à l'oreille et elle lui a longuement répondu, les deux mains sur son beau visage de jeune homme qui a du succès. Puis, enfin, elle a posé les pieds par terre. Elle s'est penchée pour remettre ses bottes de ski. Le plancher n'était pas mouillé, mais il fallait apparemment qu'elle fasse ça, remettre ses bottes de ski, avant de marcher vers moi. Elle a même pris la peine d'en boucler les attaches, en riant sottement parce qu'elle n'y parvenait pas.

— Peux-tu m'aider, Vincent ? a-t-elle minaudé.

Il s'est agenouillé devant elle. Il lui a attaché ses bottes en levant la tête vers elle pour la regarder d'un drôle d'air. Puis il s'est levé. En passant près de moi, il m'a saluée en souriant. J'ai grommelé une réponse inaudible.

— Bon, je suis prête, là, a dit Katinka lorsqu'elle s'est tenue devant moi. Excuse-moi de t'avoir fait attendre, Liv. C'est juste que je ne m'attendais pas à te voir ici ce matin.

— C'est vrai que tu pouvais pas t'imaginer que j'aurais le goût de venir faire du ski, j'en fais jamais du ski, han !

— Fâche-toi pas, là. J'ai dit que je m'excusais.

J'ai respiré par le nez. Je ne voulais pas m'emporter de façon ridicule ni parler trop fort dans la cafétéria déserte. J'espérais encore que tout allait s'arranger.

— Bon. Ben qu'est-ce qu'on fait, là ?

— On s'en allait skier, Vincent et moi. Veux-tu venir avec nous ?

J'ai donc été prise pour skier avec eux une bonne partie de l'après-midi. Pour les regarder décrire des demi-cercles d'une lumineuse simplicité dans la poudreuse. J'avais enfin compris et je n'avais pas besoin qu'on me fasse un dessin. Nous. Un pronom qui m'excluait. « *Veux-tu skier avec nous ?* »

Katinka et moi, c'était fini.

Philippe a vingt-huit ans et pour la deuxième fois au cours du même automne, il se trouve à Jersey City, dans l'appartement de Liv Simard, qu'il n'a pas vue depuis... depuis 1992?

— Oui, acquiesce Liv, 1992, ça doit être ça. À peu près.

Elle sait très bien que ce n'est pas ça. En 1992, Sabine était née. Jamais elle n'a revu Philippe après la naissance de Sabine. Ni pendant sa grossesse d'ailleurs. En outre, elle se souvient du moment de sa dernière rencontre avec Philippe et même de la date précise. C'était le 17 mars 1990, à un party chez Vincent Vaudreuil, au lac Delage.

(Cela n'est pas tout à fait exact: elle l'a revu un peu plus tard. C'était quand, jeune mère, elle était venue à Québec pour magasiner avec sa mère et se faire dorloter un peu pendant la semaine de relâche d'automne. Assise dans l'aire de restauration de la Place Sainte-Foy, la poussette encombrant l'allée, pendant que sa mère était allée commander des pointes de pizza, elle s'était mise à allaiter Sabine. Chaque fois qu'elle avait ainsi donné le sein en public, elle avait été intensément consciente du regard des gens sur sa jeune maternité. Elle savait qu'ils auraient préféré la voir à moitié nue sur le bord d'une piscine ou dans un bar de la Grande-Allée plutôt qu'en train d'allaiter son enfant avec application et détermination. Elle savait que son corps lisse et juvénile était supposé aguicher avec nonchalance, et non s'acquitter de responsabilités d'ordre biologique ou parental. Elle baissait alors le regard sur Sabine. Du doigt, elle caressait sa joue rebondie. On s'en fout de ce que les gens pensent, han, mon bébé? C'est juste toi et moi. Rien que toi et moi. C'est à ce moment qu'elle avait vu passer Philippe, jeune espoir olympique, qui se préparait à participer aux Jeux d'Albertville. Les journaux étaient remplis de sa gueule coupée au couteau, de sa détermination. Il était passé sans les voir, ni elle ni Sabine.)

Liv a pris congé ce matin. Elle lui en veut un peu de cela. Il arrive : elle doit mettre son travail entre parenthèses. Mais elle le fait aussi pour elle-même : il faut qu'elle se donne du temps avec Philippe, il faut qu'elle l'apprivoise, parce qu'elle ne peut pas l'oblitérer et le sortir de sa vie du revers de la main, comme lui-même l'avait fait jadis. Elle voudrait pourtant être en mesure de le faire. Elle s'est souvent imaginé la jouissance que ce serait de rejeter Philippe à son tour. Les blessures adolescentes mettent un temps insensé à guérir.

Elle en train de leur préparer des espressos. Elle mesure le café. Elle sort les minuscules tasses et leur soucoupe. Elle actionne la machine. Elle est capable de produire ce qu'il faut de café en trois minutes, les yeux fermés, très tôt le matin s'il le faut. Mais là, elle prend son temps. Elle a besoin de sentir que les choses se déroulent à son rythme à elle.

Elle est éveillée depuis un moment et elle a les idées claires. Elle est restée dans son lit pour réfléchir avant de se lever. Elle a regardé par la fenêtre le dépouillement qui s'installe dans les chênes de Jersey City. Décembre. La langueur gris pâle. Bientôt, avec un peu de chance, la neige. Elle a eu le temps de se doucher, mais elle ne s'est pas donné trop de mal pour s'arranger. Philippe n'a rien expliqué encore. Peut-être qu'il est juste venu faire ses adieux définitifs. (Ce serait tout de même mieux que la dernière fois, qu'il prenne la peine de faire ça.)

Encore une fois, il a dormi sur le divan. C'est une situation qui ne semble pas près d'évoluer. Il s'est probablement éveillé en même temps que Sabine, à 7 h, mais il s'est retenu de faire du bruit en allant à la salle de bain, et elle ne peut donc deviner avec certitude de quelle manière il a occupé sa matinée. (Elle apprécie qu'il prenne le moins de place possible.)

— Tiens.

Elle dépose le double espresso devant lui.

— Merci.

Il éprouve une réelle, une profonde gratitude. Ces dernières semaines, tout au long des procédures qui lui ont fait perdre son énorme maison de Pointe-aux-Trembles au profit de son ex-femme, il a tenu le coup en s'imaginant ici, dans ce modeste quatre et demi, avec deux autres femmes qu'il connaît fort peu, finalement.

Elle l'observe, elle ne peut pas s'en empêcher. Il est revenu, il accepte de passer ses nuits sur son divan, il est en train de boire son espresso en face d'elle avec sa barbe pas faite et *God*, il a dormi en t-shirt et en boxer et il est toujours aussi musclé.

Il sent son regard sur lui. Il grimace en essayant de la regarder dans les yeux :

— Ça va, Liv ?

Il pose sa main sur la sienne. Elle la retire aussitôt, comme s'il l'avait brûlée.

— Oui. Ça va.

Elle sourit maladroitement :

— Excuse-moi.

— Je comprends.

C'est vite bu, un espresso, même double. Maintenant ils se font face l'un et l'autre, et il va bien falloir que les explications viennent.

*

— L'entraînement, ça a été toute ma vie. Quand j'avais six ans, des recruteurs sont venus à l'aréna Bardy, où je jouais au hockey. Je me souviens encore de leurs visages sérieux derrière la bande. Ils portaient des casquettes de Skate Canada. J'ai compris que je devais me distinguer devant eux et j'ai patiné de mon mieux, sans trébucher de nervosité. Ça a marché : j'ai été recruté. Mes parents, ma mère surtout, étaient enchantés. Tu sais comme elle voulait ce qu'il y a de mieux pour nous. Pendant des années, elle est venue me reconduire à mes entraînements et à mes compétitions avec beaucoup d'enthousiasme.

242

L'année où j'ai été recruté, ma sœur a arrêté le patinage artistique. Je pense qu'il était clair pour elle autant que pour moi que nous ne voulions pas nous mesurer sur ce terrain-là. Elle n'avait pas le tempérament très sportif, de toute façon. Et puis ça a été une bonne chose, je crois. On s'entend bien. Il n'y a jamais eu de compétition entre nous.

Le patin est donc devenu une façon de définir ma personnalité au-delà de ma gémellité. J'ai commencé par m'entraîner à Sainte-Foy, mais bientôt je suis parti de longues semaines en Europe. Parfois mon père m'accompagnait. Parfois je partais seul avec mon coach et l'équipe. C'était de bonnes années. Je patinais avec un plaisir pur. La passion d'aller toujours plus vite était tout ce qui comptait. Et quand il y avait des médailles au bout de mes efforts, eh bien c'était tant mieux.

En 1984, Gaétan Boucher a gagné ses trois médailles olympiques à Sarajevo. Du coup, l'équipe canadienne s'est vu octroyer des fonds substantiels, et nos entraînements sont devenus beaucoup plus sérieux. Les Jeux de Calgary s'en venaient et le Canada misait sur le patinage de vitesse pour y faire bonne figure.

Comme la plupart des athlètes adolescents, je vivais en marge de la réalité. J'allais peu à l'école. Quand j'y paraissais, on me regardait avec envie et admiration. Je me tenais droit devant les filles et je crânais devant les gars, mais au fond je n'avais pas envie de me lier à eux. Il me semblait qu'ils ne comprenaient pas mon monde. Je passais le plus clair de mon temps libre à écouter de la musique dans ma chambre et à rêver aux prochaines compétitions. Seule ma sœur m'ancrait dans la normalité. Je la suivais dans les partys. Je la regardais conquérir et séduire. Je tâchais de prendre exemple sur elle, mais sa désinvolture ne me venait pas aisément. Tu ne me croiras peut-être pas, Liv, mais dans ce temps-là, je me sentais différent, mal adapté.

Puis la *game* devenait de plus en plus *tough*. Tout à coup, des gars avec qui je patinais depuis des années devenaient boutonneux, et leurs performances s'amélioraient subitement. On devinait qu'ils prenaient quelque chose. Mais on n'en parlait pas. L'équipe resserrait ses exigences. Nous devions désormais nous cloîtrer à peu près cinq mois par année. Certains d'entre nous ont commencé à boire après les compétitions sous prétexte de célébrer les victoires. Ils se retrouvaient ivres morts et cuvaient leur bière et leur fort pendant deux jours. Après ça, ils se remettaient au régime strict: pâtes, eau minérale, fruits et légumes pendant des semaines.

C'est à cette époque-là que je t'ai rencontrée, Liv. On était encore super jeunes, la première fois que je t'ai vue, mais je m'en souviens encore. Tu étais venue chez nous après l'école avec ma sœur. J'ai éprouvé une sorte de pitié pour toi. Je m'excuse de te dire ça comme ça, mais tu ne faisais pas le poids contre elle, comprends-tu? Tu opinais de la tête à tout ce qu'elle disait. T'étais pas assez baveuse. Trop discrète et menue. Trop admirative, aussi, comme nous l'étions tous devant Katinka. Et pourtant j'aimais ça t'observer.

Il était évident que tu ne connaissais rien au sport, encore moins au patinage, et que, pas plus qu'une autre, tu ne pourrais me rejoindre dans mon monde. Mais, je ne sais pas, j'étais content quand on se voyait. Te rappelles-tu ma fête de seize ans, quand il y a eu un tremblement de terre ?

— Non, pas vraiment, ment-elle.

— On était assis un à côté de l'autre.

— Ah oui ?

— Oui. Je t'ai trouvée belle, ce soir-là. Je ne sais pas trop pourquoi. T'étais belle, bien sûr. Mais pourquoi tu m'as fait de l'effet ce soir-là en particulier ? Ça commence à être loin dans mes souvenirs. Je ne sais plus. En tout cas, ce qui est certain, c'est que je me suis mis à penser à toi plus souvent pendant cet hiver-là. Je fantasmais sur toi, Liv. Je me demandais ce que ce serait de faire l'amour avec une fille si petite et si délicate. Tu étais différente des patineuses frondeuses et musclées. Et puis tu avais cette maladresse sincère. Et une très grande gentillesse. Je te désirais beaucoup, tu sais.

— Si j'avais su...

— Oh ! mais y avait pas de danger que je te le dise. En fait, je m'en voulais de penser à toi.

— Hmm.

— J'ai dû te faire du mal.

— Oui.

— ...

— Continue.

Il soupire.

— Bon. Après, il y a eu cet été avant que tu partes. Au début, ça faisait mon affaire que tu t'en ailles. Mais sais-tu quoi, Liv? Je te trouvais de plus en plus intéressante. Tu me racontais plein de choses sur l'Allemagne. Tu me remettais en question. Je te trouvais courageuse. Des fois, on s'embrassait – t'en souviens-tu?

Elle ne hoche pas la tête.

— Moi, je m'en souviens. Je me souviens de l'intensité que tu y mettais. On aurait dit que tu m'aimais vraiment.

— Pis toi? Han? Penses-tu que tu m'aurais embrassée de même si tu ne m'avais pas aimée?

— Ben c'est ça, là. C'est ça que je voulais dire : nous avions une façon de nous embrasser qui me faisait gémir intérieurement. Je ne voulais pas m'attacher à ce point-là. Il y avait des soirs où je voulais partir au plus vite. Mais je retournais tout le temps te voir. J'avais de la misère à me passer de toi. Puis, finalement, oui, tu es partie. Tu l'as fait. J'étais vraiment en admiration devant toi. Le soir où t'es partie de chez nous, je ne sais pas si tu te rappelles, mais tu avais soupé chez nous un jour ou deux avant de partir, ce soir-là, j'ai pleuré dans mon lit. J'ai sangloté, Liv! Le visage enfoui dans mon oreiller pour que personne ne m'entende, surtout pas Katinka.

Parce qu'il y avait Katinka, aussi. Je pense qu'il était évident qu'elle se servait de toi pour bien des affaires, mais il y a eu des moments où elle a été elle-même surprise de son attachement pour toi, Liv, et ça, c'est vraiment vrai, tu sais.

— Hmm.

— Sauf qu'avec les semaines et la pile de lettres que nous recevions de toi, on a commencé à décrocher. Tu avais le même problème que j'avais toujours eu, finalement. Tu vivais désormais dans un monde qui nous était complètement inaccessible. Et puis j'avais pas envie de me languir d'amour.

— Non.

— Ça te fâche encore, han?

— ...

— Je regrette, Liv. Je regrette l'adolescent que j'ai été. Je n'ai pas d'excuse. Est-ce qu'il y en a beaucoup, des adolescents qui réussissent à grandir sans écraser les autres? J'avais tout. Absolument tout. Et néanmoins je t'ai rejetée parce que j'avais honte de me montrer avec toi devant Katinka. Je sais que tu l'as toujours su. Je ne peux même pas me faire croire que c'est juste une petite chicane d'adolescents et que c'est de l'immaturité de ta part de ne pas avoir oublié. Je m'en souviens encore, moi aussi. Je sais que ça nous a marqués pour la vie.

*

Liv se lève de table. Elle pose sa tasse dans l'évier. Elle sort nu-pieds sur le balcon glacial. Il se lève derrière elle. Il va prendre leurs manteaux dans le vestibule. Il lui met le sien sur les épaules. Puis il la serre contre lui, par derrière. Mais elle se dégage immédiatement.

— J'aimerais mieux pas, Philippe.

Sa voix tremble. Son corps aussi.

— Va te mettre des bas, Liv!

— Non. C'est correct. J'aimerais ça que tu termines ton histoire. Les bouts que je ne connais pas. J'aimerais ça savoir ce qui t'est arrivé depuis la dernière fois qu'on s'est vus. Pour l'instant, je préférerais qu'on ne se parle plus de ce qui s'est passé entre nous il y a tellement longtemps.

— Okay.

Il insiste pour la réchauffer. Il l'enlace et elle se laisse faire. Il retient son souffle.

*

— En 1992, ça a été la consécration. J'ai gagné l'argent au mille mètres à Albertville. Je m'étais entraîné pour ça toute ma vie. J'étais heureux. Je suis resté en France dix jours pendant les Jeux. J'ai assisté aux descentes de ski à Courchevel, au bobsleigh et même au curling. J'ai connu plein de monde. Puis quand je suis revenu, à Mirabel, il y avait une foule de journalistes pour m'interviewer, même si j'étais dans le même avion qu'Isabelle Brasseur et Lloyd Eisler, le couple chéri des médias québécois. J'ai été accueilli comme un héros, presque autant qu'eux. Katinka avait loué un minibus qu'elle avait rempli de nos amis communs. Ils étaient tous là avec des bouquets de fleurs et des pancartes. Ça a été un moment très fort dans ma vie.

Dans les semaines qui ont suivi, j'ai été sollicité comme jamais. Je me suis mis à faire de la publicité pour Catelli. À animer des galas. Le cégep de Sainte-Foy était compréhensif. Je n'ai pas eu trop de mal à obtenir mon DEC en sciences humaines, même si je manquais la majorité des cours. Et pendant ce temps-là, je commençais à gagner beaucoup d'argent.

Les années qui ont suivi ont été banales. J'ai eu plusieurs blondes. J'ai continué à patiner pendant deux ans encore puis, juste avant Lillehammer, j'ai décidé d'arrêter sur un coup de tête, à vingt et un an.

— Oui. Je me suis toujours demandé pourquoi. J'avais lu ça dans les journaux.

— Je n'étais plus concentré, Liv. Je ne pensais qu'à m'amuser. Je rattrapais mon adolescence. C'est comme ça qu'on explique ce genre de comportement-là dans le milieu. Parce que je suis pas le seul, tu sais! Chaque année, on entend des histoires. Des filles qui se font prendre à conduire en état d'ébriété. Des gars qui font des dépressions nerveuses. Des problèmes d'alcoolisme, de dépendance et de débauche. En tout cas, j'ai réussi à terminer un bac en administration à l'Université de Montréal. J'allais à mes cours, je faisais un minimum d'efforts, ce n'était pas si compliqué. Mais je ne donnais plus le meilleur de moi-même. Plus jamais. Je voulais que la vie soit facile. Vers la fin de mon bac, je me suis mis à sortir avec Annabelle Massicotte. Tu sais, la mannequin?

— Non.

— Elle est pas encore connue aux États-Unis, c'est sûr.

— Non.

— On s'est mariés. En 1997.

— Tu t'es marié?

Elle rigole.

— Ben oui, quoi.

— C'est tellement…

— Conventionnel ?

— Hmm.

— Mais il y a une beauté là-dedans. Tu ne trouves pas ?

— Si c'est pour finir en divorce…

— Ouin. En tout cas.

Elle le regarde avec une sorte de tendresse.

— C'est bien toi, ça. Une vraie vedette ! Te marier à vingt-quatre ans comme une star hollywoodienne !

— Il y avait de ça, je l'avoue. Ça faisait partie du glamour.

— Bon. Et qu'est-ce qu'il est advenu de ce mariage-là ?

Elle se prend à son récit, finalement. La même fascination adolescente que jadis. La même envie de partager ses succès.

— Ben, t'as deviné. Je viens d'obtenir mon divorce.

— Tu viens juste, juste de l'obtenir, là ?

— Oui.

— Oh.

Elle en a le souffle coupé.

— Alors… Quand tu es venu me voir, en octobre, tu étais marié ?

— Oui.

— Mais pourquoi ?

Il rit :

— Pourquoi j'étais marié ?

— Non, idiot ! Pourquoi tu es venu me voir, si tu étais marié ?

— Ben... parce que ça n'allait plus. On s'embourbait dans des histoires d'infidélité, elle et moi.

— Les tiennes ou les siennes?

— Les nôtres.

— Hmm.

— Écoute, Liv. Ça ne s'explique pas. T'as jamais pris de décisions sur un coup de tête, toi? Annabelle et moi, on savait que ça allait plus ou moins, depuis plusieurs mois. Elle a fait une fausse couche. Ça nous a soulagés tous les deux et on ne se l'est pas caché. Dans les jours qui ont suivi le 11 septembre, elle est partie en Chine tourner des publicités pour Toshiba. Je suis resté seul chez moi à taponner sur Internet. Comme tout le monde, j'étais sonné par les événements. Quelqu'un, un jour, m'avait dit que tu étais rendue ici. Par association d'idées, je me suis mis à penser à toi. À y penser de plus en plus. Un matin, je me suis levé et je me suis dit: «J'y vais. Qu'est-ce que j'ai à perdre?» J'ai appelé ta mère, au même numéro que jadis, et elle m'a dit où tu te trouvais. Elle se souvenait de moi.

— Et puis te voilà.

— Oui.

Elle le regarde approcher la main de sa joue:

— Tu as embelli, dit-il en suivant, du bout des doigts, la ligne de sa mâchoire.

— Oh, je suis encore trop moche pour tes standards, certainement.

Mais elle ne se détourne pas. Il ne dit rien. Il l'a un jour trouvée banale, c'est vrai. Mais pourquoi? Il ne parvient pas à se souvenir. Maintenant il la trouve intensément, gravement belle.

— Ça n'a pas dû être facile d'élever Sabine seule.

— Non.

— J'aurais voulu être là pour toi.

— Tu n'avais pas à y être. Tu n'as aucun rapport dans cette histoire.

Il n'ose rien ajouter de plus.

— J'ai les pieds gelés, gémit Liv. Je vais aller m'étendre un peu dans ma chambre.

Dans moins de deux heures, Sabine rentrera de l'école.

Dixième partie

Notre-Dame-des-Laurentides
et lac Delage

Il n'est rien sorti de bon du temps des fêtes. J'ai refusé de retourner skier. Le soir de Noël, ma mère n'avait pas de cadeaux à m'offrir:

— On a pensé que ce serait mieux si on allait magasiner ensemble. Comme ça, tu pourras choisir. J'ai appris ça, à mon cours de développement de la personne: il faut laisser les autres choisir. Même ses enfants.

— Tu ne m'as jamais ben ben empêchée de choisir, maman.

— Non. Mais c'était parce que je n'étais pas assez attentive. Par paresse, en quelque sorte. Là, je vais être plus attentive à te laisser libre.

J'ai regardé mon père qui a haussé les épaules. Puis je l'ai regardée, elle, ma mère, toujours aussi bizarrement quelconque, jolie, mais en déficit de la moindre audace. Et pourtant elle avait changé. Il émanait d'elle une espèce de joie tranquille qui ne cherchait pas à nous convaincre. Elle était, avec une assurance nouvelle et spectaculaire, bien dans sa peau. Alors que moi, je ne savais plus du tout où j'en étais.

Une chance qu'on a fait ça, en tout cas, magasiner! Parce que sinon, je me serais peu à peu noyée dans ma mélancolie, à penser à mon retour prématuré, à la maudite Katinka et à Philippe, qui n'avait pas téléphoné lui non plus.

*

Le lundi 8 janvier 1990, j'ai refusé d'aller à l'école. Catégoriquement. Ma mère n'a pas insisté.

— Veux-tu changer d'école? Est-ce que ça réglerait le problème?

— Oui, ai-je répondu. Je pense que ça aiderait.

Nous avons opté pour la polyvalente locale. Je voulais une école ordinaire, mixte et proche de chez moi.

*

Il est vite devenu flagrant que les nouveaux divans qu'avait achetés ma mère pendant mon absence constituaient le point de départ d'une vie qu'elle désirait nouvelle. Car si nos rapports gardaient en grande partie la forme qu'ils avaient toujours eue, sa vie personnelle avait changé. Elle avait un je-ne-sais quoi de différent. Je me cramponnais à elle. Je la suivais partout: au Steinberg de Notre-Dame-des-Laurentides, à son club d'astrologie, à la résidence pour personnes âgées où habitait ma grand-mère, qu'elle visitait par devoir filial. *Stein*: roche. *Berg*: montagne. Je savais cela, désormais.

À l'école, on ne m'écœurait pas. Je restais dans mon coin et j'écoutais ce que disaient les profs. Je m'y intéressais. Le soir, chez moi, je pensais à des trucs comme la chute du communisme, le théâtre d'Anouilh, la droite de régression linéaire. J'avais découvert qu'une philosophe allemande, Hannah Arendt, avait écrit *Eichmann à Jérusalem*. J'avais emprunté le livre à la bibliothèque de l'école. Je tentais de le déchiffrer en pensant à Herbert. Il me semblait que l'Allemagne avait fait de moi une personne différente. Mais qui aurait pu s'en rendre compte ? S'en désoler ou m'en féliciter ? Et mon absence avait permis à ma mère de s'épanouir.

— Oh, salut Liv, ça va ? me lançaient, le matin, des filles au maquillage épais et à la chevelure gonflée et peroxydée.

— Ça va. Vous autres ?

— Oui. As-tu fait le devoir de maths ?

— Oui. Tiens. Vous pouvez le copier.

Elles me remerciaient avec effusion. Je les aimais bien, mais je ne voulais pas en savoir plus sur elles.

Mon père insistait pour que j'obtienne mon permis de conduire. Il m'a inscrite chez Tecnic, à Orsainville. Il est venu me reconduire et me chercher à mes leçons tous les soir pendant des semaines. Je m'y ennuyais mortellement. Mais j'ai eu mon permis du premier coup. Je n'avais, toutefois, nulle part où aller.

Ce qui m'aurait fait du bien plus que tout, ç'aurait été de parler avec d'autres candidats d'International Exchange. Mais ils n'étaient évidemment pas revenus de leur année à l'étranger. Ils avaient relevé le défi jusqu'au bout, eux.

Je continuais d'avoir peur de tout. On commençait, à cette époque, à parler de la couche d'ozone et de l'extinction des baleines, et je découvrais que cela me terrorisait. Je m'inquiétais, avec un an de retard, des conséquences du naufrage de l'*Exxon Valdez*. Il ne me suffisait plus de vouloir ignorer le monde pour qu'il se taise et qu'il s'apaise. L'avenir était menaçant. Le mur s'était reconstruit dans mon cœur. Grandir, étudier, devenir femme, fonder un foyer, avoir une carrière, une vie, tout cela me semblait une tâche insurmontable.

Quand je rentrais de l'école vers 16 h, je m'évachais devant *As the World Turns* et pendant un moment, j'étais sans existence. J'étais bien. Mais un instant plus tard, le soir tombait sur le générique du mauvais *soap opera*, et j'étais prise d'une angoisse sans nom.

Jürgen avait remplacé Philippe dans mes pensées. Je me le représentais sans cesse, grand, mince, musclé, son visage anguleux, ses yeux vaguement abrutis. Je nous revoyais durant ces derniers jours passés à Norderstedt, silencieusement complices devant la sévérité de Herbert. Je me disais : «Ça fait un mois, maintenant, qu'il s'est assis à côté de moi, dans ma chambre, à Norderstedt. Un jour, j'achèterai un billet d'avion et j'irai le rejoindre où qu'il soit.»

Je ne pensais plus à Winterhüde. Je ne voulais même pas y penser. Je me l'interdisais.

Un soir, je me suis mise au lit très tôt. Je me suis dévêtue dans la pénombre. J'ai enfoui ma tête sous l'édredon et j'ai mis le son de mon walkman au plus fort.

Little child, dry your crying eyes
How can I explain the fear you feel inside
Cause you were born into this evil world
Where man is killing man, and no one knows just why
What have we become? Just look what we have done
All that we destroyed, you must build again

J'ai rembobiné et rembobiné la cassette. La voix éraillée de Mike Tramp m'allait directement aux ovaires. Je pensais à la paix, je pensais au sexe, je pensais au mur de Berlin et à l'espoir pour le monde. J'étais profondément découragée.

*

Cela allait de mal en pis. Je tenais le coup à l'école. Mais à la maison, je pouvais désormais éclater en sanglots à tout moment, sans raison. Un dimanche après-midi de février, par une journée de froid intense, et sous un soleil aussi rond qu'impuissant, mon père m'a amenée chez ma grand-mère. Je n'ai pas résisté. J'en étais rendue à avoir soif de ces sorties d'adultes que j'aurais dû mépriser et redouter, auxquelles j'aurais dû opposer un horaire trop chargé, un chum à embrasser, une cuite à cuver. Mais je n'avais rien à faire. J'ai attendu que mon père ait chauffé la Jetta pour m'y engouffrer, emmitouflée dans une couverture. Je n'étais plus capable de me vêtir légèrement, sans gants et sans tuque, comme je l'avais fait tout au long de mon adolescence. J'avais tout le temps froid.

Ma grand-mère occupait un deux et demi dans une résidence pour personnes âgées de Saint-Émile. C'était une petite personne affairée qui ne pesait pas cent livres. En nous ouvrant la porte, elle nous a exhortés à entrer vite, à cause du froid. Elle s'est mise à nous servir des verres de Coke. Mon père s'est assis dans le minuscule salon, comme il le faisait tout le temps. Il a pris *Le Journal de Québec* sur la petite table et il a entrepris de le feuilleter, même s'il l'avait déjà lu chez nous. Je regardais ma grand-mère avec ses gestes saccadés. Jamais elle ne s'arrêtait. Jamais elle ne me regardait droit dans les yeux.

— Enlève donc ton manteau, Liv, ça n'a pas de bon sens de rester habillée en dedans !

Je n'ai pas répondu. J'en étais incapable. Je me suis penchée vers la table du salon et j'ai pris mon Coke. Je l'ai bu d'un trait. J'ai eu encore plus froid.

— Ça va, m'man ? a dit mon père, les yeux dans son journal.

— Ah, ben oui, ça va, a répondu ma grand-mère.

Et il y a eu un silence. Mon père a levé les yeux :

— L'hiver est pas trop dur ? T'as pas eu la grippe ?

— Ben non. Y m'ont piquée, comme d'habitude. J'ai hâte de pouvoir sortir, mais là, avec le froid, j'aime mieux pas.

— Non, tu fais bien. Aurais-tu besoin de quelque chose? Veux-tu que j'aille te faire des commissions tout à l'heure?

Plutôt que de répondre à mon père, ma grand-mère s'est mise à me fixer de son regard acéré. Il y avait, dans son attitude, une réprobation si étonnée qu'elle m'a paru insoutenable. Je me suis recroquevillée. Quand une fois de plus elle m'a exhortée à enlever mon manteau, j'ai éclaté en sanglots.

— Voyons donc, Liv, qu'est-ce qu'y a, pleure pas comme ça, voyons! s'est-elle aussitôt écriée.

Elle n'avait certainement pas désiré provoquer une scène. Elle s'est tournée vers mon père, effarée:

— Qu'est-ce qu'elle a, coudonc? Est-ce qu'elle est malade?

Mon père ne disait rien. Il me regardait, lui aussi. Il est allé à la salle de bain chercher une boîte de Kleenex. Il s'est rassis en me la tendant. Au bout de quelques minutes, il a dit:

— Bon, c'est assez, là, Liv. Je pense qu'on a compris que t'es malheureuse. Ressaisis-toi, maintenant.

Mais j'ai continué à pleurer et à moucher longuement mes sanglots. Loin de se tarir, mon chagrin produisait maintenant des ahhh de douleur, des sons insupportables. Alors mon père s'est levé et il a dit:

— Je pense qu'on ferait mieux de partir, maman. Désolé.

Le lendemain, j'avais rendez-vous chez ma médecin de famille qui m'a fait passer en priorité.

C'est mon père qui avait pris le rendez-vous, en la joignant chez elle, un dimanche soir glacial d'hiver.

*

— Tu as ça à vivre, disait ma mère.

Elle ne s'inquiétait pas. Elle étudiait ses thèmes d'astrologie. J'étais Bélier : ça expliquait bien des choses. (Lesquelles ?) Elle avait confiance en moi, en ma capacité de m'extraire de cette crise.

Elle sortait désormais souvent. J'étais grande, je pouvais prendre soin de moi-même, et puis la vie était trop courte et trop bonne pour la passer à l'intérieur, à regarder *La poule aux œufs d'or* après le souper. Elle enfilait l'un de ses cardigans de laine vierge qui lui donnaient un air à la fois noble et pusillanime, elle appliquait du rouge à lèvres et du fard à joues, et elle s'en allait, son sac à main à l'épaule.

Je me retenais pour ne pas l'implorer de m'amener. Je savais qu'elle me dirait : « Ben oui, viens. » Je savais aussi qu'elle avait envie d'y aller seule, à ses séances de tarot, de croissance personnelle, de je ne savais trop quoi, en fait.

Je restais sur le divan à me morfondre. Mon père venait de s'acheter un ordinateur et passait ses soirées à essayer de le configurer. C'était donc cela, la vie, me disais-je en regardant, des heures durant, les rideaux du salon qui se soulevaient légèrement au gré des bouffées de chauffage qui émanaient du calorifère. J'éprouvais un découragement profond à l'idée de me rendre jusqu'au bout de mes jours dans cet ennui morne et de plus en plus suffoquant.

Un souvenir d'enfance me revenait souvent. Une partie de cabane à sucre avec ma classe, quand j'avais sept ou huit ans. Il y avait un joueur de cuiller et un violoneux. Et moi qui dansais et qui riais de plaisir. Mes amies qui tourbillonnaient et les garçons qui se laissaient entraîner de bonne grâce en faisant des folies et des acrobaties. Les professeurs en habits de neige, avec leurs cheveux dépeignés et leur bonne humeur. Une fête entière et totale, ancrée dans la réalité et saturée de sens. Je ne me souvenais pas de la situation géographique précise de cette cabane à sucre. Avant et après le souvenir, c'était un long trajet d'apathie dans un autobus jaune.

Les Rivotril prescrits par ma médecin de famille faisaient effet. Mon visage gonflait, mes cheveux s'affadissaient, mais j'étais calme. Neutralisée.

*

En mars, le téléphone a sonné. C'était Katinka.

— Allo, Liv, ça va?

— Ça va.

J'aurais dû lui raccrocher au nez. Nous ne nous étions plus parlé depuis qu'elle avait embrassé Vincent sous mes yeux, au manoir.

— Écoute, je me demandais si tu avais le goût de venir à un party, ce soir. Chez Vincent. Au lac Delage. Je peux venir te chercher! Mes parents m'ont acheté une petite Civic, *full cute*. Tu vas voir. Je vais venir te chercher vers 21 h.

Je n'ai pas su dire non. J'étais folle d'elle. Je l'avais toujours été.

J'ai essayé de me faire belle. J'ai vraiment essayé. J'ai appliqué du rouge à lèvres rouge, du mascara noir. J'ai mis des boucles d'oreilles énormes. Une demi-bouteille de *spray net* dans mon toupet. Je n'avais plus aucune idée de la mode telle qu'on l'entendait dans les collèges privés et au centre de ski. Je portais désormais de grands t-shirts sur des jeans délavés à l'acide. C'était le look de la polyvalente.

Katinka a écarquillé les yeux quand elle m'a vue. Je crois que si elle avait pu, elle aurait fait demi-tour et aurait refusé de m'embarquer. En un instant, elle a compris l'humiliation que ce serait d'arriver au party avec moi. Elle s'est certainement demandé ce qui lui avait pris de m'inviter, et je me le demandais aussi.

Une surprise de taille m'attendait dans l'auto :

— Philippe !

— Salut, Liv.

— Je pensais que tu étais à tes compétitions en Europe !

— Je me suis blessé.

— Oh.

— Comment ça a été, toi, en Allemagne ?

Il n'avait pas le choix de me parler puisque j'étais assise à côté de lui. C'était un garçon correct, il ne pouvait pas faire semblant de ne pas au moins vaguement se rappeler que nous avions déjà été amis, tous les deux. Je l'ai donc regardé m'offrir des phrases anodines sur un ton poli. Sa deuxième place aux Championnats du monde. Les traitements qu'il subissait pour soigner son genou. Son inscription en sciences humaines au cégep de Sainte-Foy. Je ne m'étais certes pas attendue à ce qu'il saute de joie lorsque nous nous reverrions. J'avais évidemment compris qu'il ne souhaitait plus me voir. Mais pourquoi? Pourquoi m'avait-il laissée tomber sans la moindre expli-cation? Avais-je même fait partie de sa vie? Avait-il fait partie de la mienne? C'était épouvantable de douter de ma réalité et de mon histoire. Car j'avais cru en ce qu'il y avait eu entre nous, et il n'y avait pas moyen d'effacer cela subitement. J'avais porté son souvenir dans mon cœur tout au long de mon séjour en Allemagne. Le revoir enfin, après m'être tant ennuyée de lui, me coupait le souffle.

Lui ne semblait pas le moins du monde ému. Il regardait par la fenêtre en pianotant des doigts sur son genou blessé. Lorsque Katinka a immobilisé sa Civic devant la maison des parents de Vincent, je me suis rendu compte qu'il s'était tu depuis un moment et que le trajet s'était presque entièrement fait en silence.

*

Moi qui avais appris l'allemand en vingt semaines. Moi qui avais eu le courage de partir et de revenir. Moi qui obtenais désormais les meilleures notes de ma classe à la polyvalente. Moi qui, guidée par certains professeurs, m'ouvrais aux écrits de Simone de Beauvoir et de Hannah Arendt. Moi, Liv Simard, j'ai été ignorée comme la dernière des *rejects*, ce soir-là, au party chez Vincent Vaudreuil, le *king* du centre de ski du manoir Saint-Castin.

Je n'ai ni bu, ni fumé, ni tenté d'aguicher le moindre gars en manque. À quoi cela aurait-il servi ? Rien de ce que j'aurais pu faire – ou ne pas faire – ne m'aurait fait accepter.

Aussitôt que nous sommes entrés, une super belle fille s'est jetée au cou de Philippe et s'est mise à l'embrasser. J'ai détourné le regard. Katinka s'est rendue directement au sous-sol, deux sacs de plastique de chez Provi-Soir à la main, et je l'ai suivie sans réfléchir. Dans la pénombre, avant même de faire le tour des couples évachés sur le tapis pour les saluer, elle a vidé la moitié d'une bouteille de Beefeater dans un pot de fleur. Dans l'espace ainsi libéré de la bouteille de fort, elle a versé du Tropicana aux fruits des champs avec 10 % de jus véritable. Après la première gorgée, elle a dit :

— Wow, c'est vraiment bon, ça.

Vincent est arrivé derrière elle et lui a mis les mains sur les yeux. Elle a sursauté en gloussant.

— Hmm, c'est toi, a-t-elle dit en se retournant.

Elle l'a suivi dans l'escalier et je ne l'ai revue que plusieurs heures plus tard. Même saoule, même débile, elle restait formidablement belle. Sexy. Ses cheveux blonds étaient délicatement permanentés. Ils bouclaient dans le bon sens, autour de son regard légèrement maquillé. Sa taille était celle d'une fille de dix-sept ans qui sait que, pour réussir dans la vie, il faut être capable de se contenter de deux repas par jour: hot-dog sans ketchup et Coke diète le midi; salade iceberg et brownies sans gras le soir.

J'ai passé la soirée dans un coin à épier les comportements lascifs et éthyliques de ces jeunes qui avaient autrefois été mes amis. J'éprouvais une satisfaction subtile à me voir confirmer ma misère sociale. Personne ne me portait la moindre attention. Ils semblaient s'être donné le mot pour m'ignorer. C'est là que Katinka m'a trouvée, lorsqu'elle est enfin redescendue.

— Puis, Liv, comment t'aimes le party? a-t-elle demandé en s'asseyant près de moi.

Nous nous sommes alors trouvées côte à côte, le dos contre le mur. Elle avait encore sa bouteille de Beefeater dans les mains. De temps en temps, elle la portait à ses lèvres en fermant les yeux.

— Ça va.

— T'aimes-tu ça, aux Sentiers?

C'était le nom de ma polyvalente.

— Oui. J'aime ça. C'est correct.

Je voulais lui dire: «Va-t'en, Katinka, si je te mets mal à l'aise. Tu n'es pas obligée de me parler.» L'affabilité de Philippe dans la voiture me restait en travers de la gorge.

— Beaudoin – tu te rappelles, le prof de maths? – Beaudoin a frenché Marilyn.

— Ah ouin?

Elle s'est mise à chuchoter:

— Il paraît qu'il l'a invitée chez lui. Il veut la sauter.

Je ne répondais pas. Katinka a essayé autre chose :

— Es-tu restée vierge, Liv ?

Je l'ai regardée, estomaquée :

— Qu'est-ce que tu veux dire ?

— Comment ça, qu'est-ce que je veux dire ? Es-tu vierge oui ou non ?

— Ben. J't'ai raconté, non ?

Elle a eu l'air sincèrement étonné.

— Raconté ?

— Ben oui. Quand je t'ai appelée, en novembre !

— Ah ? Tu veux dire, les gars chez ton amie, là ? En Allemagne ?

Elle se souvenait vaguement.

— Laisse faire. Ça n'a plus d'importance.

Et peut-être qu'effectivement cela n'en avait plus. Elle s'est allumé une cigarette.

— Tu fumes ?

— Ouin.

Elle a souri :

— Tu sais ce que c'est, quand on vient de faire l'amour, comment on a envie de fumer.

Non, je ne savais pas.

— Je sors avec Vince, en passant.

— Non !

Mon ironie l'a fait rigoler.

— J'avoue qu'il y a de quoi rire, avec ce qu'on disait sur lui, avant. Mais tu devrais lui parler, un peu. Apprendre à le connaître. Il embrasse bien.

— Il couche avec tout le monde !

— Mais non. Pas depuis qu'il est avec moi.

— Tu ne le trouves plus écœurant ?

266

— Écœurant? On ne le trouvait pas écœu-rant, quand même! On était peut-être juste dé-sespérées parce qu'il ne nous regardait pas?

— Et maintenant, est-ce qu'il te regarde, tu penses?

Vincent, à l'autre bout de la pièce, baratinait une fille. Katinka a suivi mon regard. Elle a sou-ri.

— On peut se laisser un peu de lousse, quand même, Liv! Tu dois comprendre ça, toi, une fille qui est allée en Allemagne!

Elle s'est levée:

— Oh, j'oubliais, je voulais te demander: ça te dérangerait-tu d'appeler tes parents pour qu'ils viennent te chercher? Je vais coucher ici, finale-ment.

— Non, non, ça ne me dérange pas. Je vais les appeler.

— T'es ben fine.

Elle titubait sur ses talons hauts. Elle était tel-lement belle. Lumineuse. Elle est allée se pendre au cou de Vincent. Il lui a passé la main dans les cheveux. Il a susurré à son oreille. Elle a ri. L'autre fille a immédiatement compris. Elle est allée s'es-sayer avec un autre garçon.

Je me suis levée. Personne n'a remarqué que je m'en allais. J'avais envie de leur crier: Allez donc tous chier, ma gang de tabarnak! Mais il me restait assez de tenue pour ne pas le faire.

*

J'ai appelé un taxi. Lorsque je suis arrivée à la maison, mon père était sur le divan, éveillé,

267

étrangement. Son regard luisait dans le noir, devant l'écran neutre d'un film qui était terminé depuis longtemps. Je me suis assise à côté de lui.

— Ça va, papa?

— Ta mère est en amour.

J'ai tout de suite compris ce qu'il voulait dire, que ma mère n'était pas en amour avec lui. Je me suis lovée contre lui. J'avais encore mon manteau sur le dos, ma tuque. La nuit flottait, improbable.

— Emmène-moi avec toi, papa.

Le vendredi 4 décembre 2001,
fin d'après-midi

— Ta mère a un nouveau chum?

— Ouin. Je pense.

— Est-ce qu'il est américain?

— Pourquoi tu demandes ça?

— Comment ça, pourquoi je demande ça? Est-ce qu'il est américain, oui ou non?

— Non.

Brandon a son air de triomphe narquois.

— Eille. Y a pas juste les Américains sur la terre, Brandon Copeland!

Il ne répond pas. Ils approchent du stationnement. Les autres gars sont là. Pas tous, juste les plus *cool* de la classe. Ils ont déjà sorti leurs cigarettes.

— Prends-en une, Sabine.

— Non, merci.

Brandon soupire.

— Bon. Qu'est-ce qu'on fait, les gars?

Il ne la regarde déjà plus. Elle s'appuie les fesses contre le pare-chocs d'un Jeep Wrangler. Les garçons sont déjà loin dans leur indolente inaction. Il y a de l'exploration là-dedans. Jusqu'à quand peut-on rester comme ça à fumer avec froideur et à ne rien dire, sinon des exclamations vulgaires et inutiles? De longues minutes silencieuses. Puis un *fuck* claironnant lancé par l'un d'eux qui s'est brûlé l'index sur son mégot incandescent. Concert de rires gras. *Fuck*, t'es ben con, Ted.

Aucun regard vers elle. Le ciel est bas, chargé d'acier. Sabine grelotte dans son coupe-vent trop ajusté. La carrosserie du Jeep lui gèle les cuisses à travers ses jeans.

— Eille, Brandon !

— Qu'est-ce que tu veux, Ted ?

— Tu t'occupes pas de Sabine ?

Maintenant ils lui jettent tous un regard égrillard.

— Ta gueule, Ted.

— Oh, Sabine, t'as tellement des belles boules, minaude Ted.

Et Brandon rigole avec les autres.

*

Elle l'attend devant l'aréna, elle sait qu'il va venir. Elle connaît son horaire d'entraînement par cœur. Vers 17 h, elle le voit descendre de l'auto de son père, prendre son sac dans le coffre, venir vers elle sans la voir, en se traînant les pieds. Son père baisse la vitre de la voiture et lui crie quelque chose. Il lui répond sans se retourner.

— Salut Brandon.

— Qu'est-ce que tu fais là ?

— Je sais pas. J'ai rien d'autre à faire.

Il la contourne et entre dans le vestiaire.

*

Elle a pris place dans les gradins. Elle est forte et pusillanime à la fois. Elle sait ce qu'elle veut. Ça fait des mois qu'elle a envie de voir Brandon jouer au hockey. Ses épaulettes. Son coup de patin. Le crissement de la glace quand il freine subitement. Elle frémit. La seule chose qui manque, c'est qu'il la salue en levant son bâton vers elle quand il compte un but.

Elle est forte, oui. Elle édifie son monde brique par brique, parmi les possibilités qu'il lui reste une fois qu'on a dit « papa » dans sa tête pour la dernière fois, et qu'on a compris que Philippe est là pour rester, et qu'on a survécu à l'effondrement du World Trade Center, le 11 septembre 2001. Tout d'une pièce. Décidée.

Mais elle est faible, aussi. Faible des genoux quand Brandon donne l'accolade à son coéquipier avec ses gants qui lui font des poings gigantesques parce qu'ils viennent de se faire une passe et de déjouer le gardien de but. Faible parce qu'à chaque instant, elle veut se réfugier dans le giron de sa mère et en même temps lui hurler de s'en aller et de la laisser tranquille. Faible parce qu'elle est soulagée que Philippe soit revenu et qu'il soit amoureux et que le plus probable est qu'ils vont désormais vivre à trois.

Et puis ça lui fait une douleur percutante de se retrouver dans l'aréna. De grelotter dans les gradins alors que jadis elle y avait chaud parce qu'elle donnait son maximum pour sauter le plus haut possible, pour bouger avec une grâce et une précision maniaques.

*

Elle rentre chez elle. Il fait déjà noir. Le ciel, si c'est possible, est encore plus bas que tout à l'heure. Les nuages pèsent de tout leur poids en attendant de crever.

*

— Eh, mais t'étais où, toi? lui hurle sa mère au moment où elle entre dans l'appartement.

Elle la regarde se jeter sur elle en sanglotant.

Onzième partie

Longueuil

Mon père a pris ses cliques et ses claques et il est parti vivre à Longueuil. À genoux sur le divan du salon, les coudes sur le dossier, je le regardais ramasser ses affaires. Il partait sans un mot, et ma mère pimpante dans la cuisine, en amour, ne réalisait pas ce qui lui arrivait. Elle n'essayait ni de le retenir ni de s'expliquer. Au dernier moment, mon père a dit :

— Veux-tu venir avec moi, Liv ?

— Oui.

C'était clair. Il a dû regretter sa question. Il a hésité, ses affaires au bout des bras :

— Bon. Viens me rejoindre quand tu seras prête. Appelle-moi pour me dire quand tu vas arriver. J'irai te chercher à la gare d'autobus.

— Il faut que je finisse l'école, avant.

— C'est vrai. Alors on va se revoir en juin.

— Appelle-moi !

— Bien sûr, je vais t'appeler.

Il a fouillé dans la poche de ses jeans pour en sortir son portefeuille :

— Tiens. Si tu veux venir me voir avant la fin de l'année scolaire, tu payeras l'autobus avec ça.

J'ai donc attendu que l'école soit terminée pour aller le rejoindre. Ma mère était d'accord. Elle pensait que le changement me ferait du bien.

À Longueuil, je me suis installé une chambre dans le cinq et demie de mon père. Je me suis inscrite au cégep Édouard-Montpetit. Pendant l'été, j'ai passé mes après-midi à Montréal, à marcher pendant des heures. Mes pas sous le soleil triomphal, puis à l'ombre des édifices, effaçaient avec énergie la charge de malheur que je portais depuis des mois. Je pensais au passé. À ma jeunesse. À la facilité avec laquelle je m'étais laissée vivre jusqu'à ce que je parte en Allemagne.

Il me revenait souvent une scène précise à la mémoire. Quelques jours avant mon départ, l'année précédente, ma mère et moi nous étions rendues au consulat allemand, sur le boulevard René-Lévesque, à Montréal, où je devais me procurer un permis de séjour. Là, une agente consulaire m'avait adressé la parole en allemand : « *Warum wollen Sie nach Deutschland gehen ?* » avait-elle demandé. « *Ich bin eine Austauschschülerin* », avais-je immédiatement répondu. Ma mère avait écarquillé les yeux. J'étais fière. C'était la seule phrase complète que je connaissais.

Plus tard, nous avions dîné à une terrasse du boulevard Saint-Laurent. C'était une belle journée d'août, chaude et ensoleillée, mais venteuse, et quand nos assiettes avaient été servies, je m'étais sentie frissonner dans mes vêtements légers sous les parasols. J'avais regardé ma mère qui ne mangeait pas.

— Pourquoi tu ne manges pas ? lui avais-je demandé.

— Je ne peux pas croire que tu t'en vas déjà, avait-elle soupiré.

J'avais posé ma paume sur sa main:

— Je ne m'en vais pas, maman! Je pars juste pour un an. Dix mois et demi, si on compte de façon précise.

— Je sais. Mais quand même.

Et puis tout à coup elle avait demandé:

— Comment t'as fait, Liv, pour décider de partir? Comment t'as fait pour avoir ce courage-là?

Je chérissais le souvenir de cette journée avec ma mère, de notre visite au consulat du boulevard René-Lévesque. De notre repas sur le boulevard Saint-Laurent. Je le rappelais sans cesse à ma mémoire. Puis un jour, par un après-midi ensoleillé qui ressemblait à celui de l'année précédente, avant même de savoir que je le ferais, j'ai poussé la porte du consulat. Je me suis trouvée dans le même hall d'accueil aseptisé, devant la même réceptionniste courtoise.

— Qui désirez-vous voir?

— Mme Winter.

Je me souvenais du nom de l'agente consulaire. La réceptionniste l'a rejointe par téléphone interne. Par miracle, elle n'était pas en vacances. La réceptionniste m'a priée de m'asseoir dans la salle d'attente. Au bout d'un moment, Mme Winter est arrivée.

— Oui?

Je lui ai parlé en allemand. Je lui ai dit que j'avais passé quelques mois en Allemagne, que ma connaissance de l'allemand laissait encore largement à désirer, mais que j'allais m'améliorer, que je désirais m'inscrire en traduction à l'UQAM lorsque j'aurais terminé mon cégep. En attendant, est-ce qu'elle aurait des tâches à me confier au consulat?

Je ne sais pas ce qui l'a touchée, mais elle m'a embauchée. J'ai commencé par jouer les hôtesses dans des réceptions diplomatiques. Il n'était évidemment pas question que je traduise immédiatement. Mais j'avais désormais mes entrées au consulat, et cela m'a aidée, plus tard. Sans compter qu'il s'agissait d'un emploi convoité, qui me rendait fière. Je commençais doucement à aller mieux.

Au début du mois de septembre, quelques semaines à peine après mon entrée au cégep, j'ai reçu un coup de téléphone de Jürgen. Aussitôt que je l'ai entendu, dans le combiné, mon cœur s'est mis à battre à tout rompre. Il y avait des mois que je ne désirais plus avoir de contacts personnels avec les jeunes de mon âge. Mais avec lui, c'était différent. Il m'appelait d'une cabine téléphonique, quelque part au Danemark. Il était en fugue, une fois de plus. Je ne lui ai pas demandé pourquoi il avait besoin de mon aide. Il me semblait que j'étais loin de posséder les connaissances et les ruses qui pourraient lui être utiles. Le plus probable est qu'il avait tout simplement envie de voir l'est du Canada. Je ne devais pas chercher plus loin que cela. C'était un nomade, après tout.

Le 12 septembre, je suis allée le chercher à Mirabel avec la Jetta de mon père. Il arrivait de Newark, où il avait transité après être parti de Copenhague. C'est du moins ce qu'il racontait. Je l'ai aisément repéré parmi la foule qui attendait aux douanes. Lui n'a même pas levé la tête pour essayer de me trouver. Il était dans l'instant et le lieu, comme je le connaissais, centré sur l'expérience immédiate. Une demi-heure plus tard, un énorme sac au dos, il a franchi les portes qui séparent les voyageurs du monde libre et nous nous sommes salués poliment. Une fois sortis du terminal, il s'est allumé une Marlboro et je l'ai regardé faire en m'efforçant de ne rien ressentir, moi non plus.

Ce soir-là, je lui ai préparé à souper dans la petite cuisine de mon père. Nous avons mangé sans beaucoup parler. J'appréciais le mystère dont il s'entourait. L'effet immédiat que cela avait sur mes sens. Le calme, aussi.

— *You've gotten fat*, a-t-il finalement dit.

Il me parlait toujours anglais.

— *You don't have to be so rude*, me suis-je insurgée.

— *I'm sorry.*

— *It's only my face that's swollen. Because of the pills. You know.*

— *No. I don't. I don't swallow that shit.*

J'ai enregistré ce fait avec acuité, qu'il n'avalait pas « cette merde ». Il était difficile de préciser jusqu'à quel point cela pouvait être troublant. Il avait besoin de médication. Et il ne la prenait pas. Par contraste, quelle faiblesse cela révélait-il chez moi qui avalais béatement ce qu'on me prescrivait ? Il m'a semblé encore une fois que je venais de franchir une étape importante dans la connaissance de la nature humaine. Je revoyais Herbert et ses pilules, dans la salle de bain de Norderstedt. Sa puissance bridée. Je me demandais ce que pouvait donner, chez Jürgen, une telle sauvagerie non atténuée. En fait, je le savais déjà.

Jürgen est allé prendre son sac à dos dans le couloir. Il en a sorti un CD. Il est allé le mettre dans le lecteur du salon. Le rock punk allemand a explosé dans la quiétude de l'appartement.

— Les Toten Hosen, a-t-il expliqué, accroupi près du lecteur.

J'ai pris une de ses cigarettes restées sur la table et je l'ai allumée. J'ai expiré longuement. Jürgen s'était assis dans le salon et je suis allée me lover contre lui. Il s'est laissé faire. J'étais bien. Le punk allemand. La chaleur de Jürgen contre moi. J'ai fermé les yeux. L'U-Bahn glissait dans le halo glauque des tunnels de Hambourg.

Plus tard, mon père est arrivé et il a allumé la télé pour voir les nouvelles. Ce soir-là, au *Téléjournal* de 22 h, Bernard Derome annonçait que la paix entre l'Est et l'Ouest était signée à Moscou. Elle ne l'avait pas été depuis la fin de la Seconde Guerre mondiale. Le Traité de Moscou rendait à l'Allemagne son entière souveraineté.

*

Je suivais mes cours au cégep. Je ne détestais pas cela. J'apprenais la poésie et la géographie européenne. Jürgen était à l'appartement chaque après-midi pour m'accueillir. Je ne savais pas à quoi il occupait ses journées. Je ne le lui demandais pas. À mon retour, la cuisine était toujours parfaitement propre, la salle de bain aussi, et son sleeping était roulé dans le garde-robe. Je ne parvenais pas, en inspectant le garde-manger et le réfrigérateur, à déterminer ce dont il se nourrissait. Mon père ne se plaignait pas de lui. Le soir, nous allions marcher à Montréal. Ou à l'île Sainte-Hélène. Ou dans le parc du mont Saint-Bruno. D'autres soirs, il m'attendait à l'appartement pendant que je m'acquittais de mes devoirs d'hôtesse au consulat. C'était un endroit dont il refusait catégoriquement de s'approcher. Il tenait à son statut autoconféré d'apatride.

Parfois, il s'emparait du téléhoraire et me demandait d'ouvrir le téléviseur. Il aimait les vieux films d'auteur et cela ne le dérangeait pas de les écouter en français, dont il saisissait des bribes. (Il était doué pour les langues.) Un soir, nous sommes tombés sur *Persona*, d'Ingmar Bergman.

— Ce gars-là est incroyable, a-t-il dit avec fascination.

— Qui ça?

— Ingmar Bergman.

Pendant plus de deux heures, il est resté assis sur le bout des fesses, rivé à un film qui m'a paru d'un profond ennui. Lorsque, voyant la cabane retirée où évoluaient les protagonistes, je lui ai demandé où c'était, il a dit:

— Sur Faro.

— Faro?

— Oui. C'est une île au large de la Suède.

Il m'a jeté un regard en biais:

— J'y suis allé.

— C'est là que tu étais, avant de venir ici?

— Peut-être.

Il a ri :

— Oui.

— Mais pourquoi ?

— Pour lui. Pour Ingmar Bergman.

— Qu'est-ce qu'il a de si spécial ?

— Je ne sais pas. Est-ce qu'on sait jamais ce qui nous attire chez les autres ?

— Non. Tu as raison.

*

Nous discutions parfois. Je lui demandais pourquoi il rejetait ses parents et son éducation. Il me répondait qu'il ne rejetait rien. Qu'il aimait évidemment sa mère, qu'il ressentait de l'affection pour sa sœur et même qu'il respectait son père. Mais il y avait quelque chose en lui qui le poussait à trahir, à désobéir. Lui, évidemment, considérait cela de son point de vue et appelait cela s'émanciper, se libérer. Je n'en étais pas moins troublée par le chagrin et le désarroi qu'il était en mesure de faire vivre aux autres.

Une fois, quand il était petit, il avait dérobé le cahier d'une fillette dans sa classe et il l'avait regardée se désoler et même pleurer jusqu'à la fin de la journée. Alors il avait fait mine de se mettre à chercher le cahier dans le couloir, puis il était revenu dans la classe en l'exhibant et en clamant : « Le voici, ton cahier ! Il était par terre dans le couloir ! » La petite fille lui avait sauté au cou et plus tard elle avait écrit son nom, Jürgen Eichmann, dans le cahier, pour le remercier. Elle traçait de belles lettres rondes, appliquées.

Je commençais à comprendre que le meilleur et le pire coexistent en chacun de nous (merci, Hannah Arendt). Il s'agit là d'un fait assez banal sur le plan philosophique, mais voilà, je commençais à peine à m'initier à la philosophie, et ça me faisait du bien de comprendre enfin que je n'étais pas la seule à chercher désespérément la meilleure façon de m'inscrire dans le monde. Et puis Jürgen n'avait-il pas, chez cette petite fille, instillé un sentiment de merveilleux *happy ending*? Elle devait se souvenir de ce moment-là et le chérir. Elle devait avoir oublié les pleurs qui étaient venus avant. Rien n'était jamais complètement bon ni fatalement mauvais.

Il y avait, dans les fragments de récit que Jürgen me livrait, quelque chose d'attendrissant et d'effarant à la fois. Je croyais ce qu'il me racontait. Son enfance turbulente. Son amour pour sa mère, qui le poussait à faire semblant d'être équilibré pour lui faire plaisir. Son désir profond de conquérir le monde, de ne jamais se laisser amadouer par les circonstances ou les conventions sociales. Ses premières frasques, à onze ans, et la façon dont il les avait dissimulées à ses parents avec succès. Il ne me venait même pas à l'idée de douter de lui et de la lecture personnelle qu'il faisait de sa propre psychologie. Je ne lui ai pas demandé s'il s'était trouvé un psychologue pour corroborer son histoire. Mais aujourd'hui, évidemment, je ne sais plus. Peut-être avait-il envie d'être odieux et de causer du chagrin. Peut-être cela exaltait-il son sentiment d'exister. Comment savoir?

Au cours de son enfance, Jutte avait trouvé le temps et la manière de lui transmettre le goût de la flûte. Il n'avait jamais oublié ni renié cet enseignement. Le soir, dans l'appartement de mon père, ou alors sur la montagne ou sur le bord du fleuve, il extrayait les parties de sa flûte de son étui et la reconstituait. C'était un bel instrument qui étincelait dans la pénombre. Il le portait à ses lèvres et il jouait.

Pendant des années, quand j'ai repensé à Jürgen jouant de la flûte, je me le suis représenté qui immobilisait la nature. Maintes fois, je nous ai inventé des scènes sorties tout droit de *Blanche-Neige*, avec les mésanges qui venaient manger dans ma main et les chevreuils qui approchaient leur truffe avec intérêt, pendant que Jürgen, à la flûte, jouait des cantates de Bach, ou au contraire des tounes vraiment hard qu'il arrangeait avec une intensité déchirante. J'ai tout mélangé, dans les années qui ont suivi, le vrai et le faux, l'amour et la haine, le viol et la satisfaction. Longtemps je n'ai pas su ce qui s'était réellement passé entre nous.

Un soir, par exemple, dans un Tim Hortons du boulevard Taschereau, nous avons eu une conversation bizarre. Une queue d'ouragan s'abattait sur le Québec depuis quarante-huit heures et il tombait des trombes d'eau qui fouettaient les fenêtres avec une régularité violente. Le vent hurlait dans le stationnement désolé. Les gouttières débordaient. Chaque fois qu'il a fait moins beau au cours des semaines que Jürgen a passées à Longueuil, nous sommes allés au Tim

Hortons. Chaque fois, il a commandé un beigne à la confiture et chaque fois, il a dit, en regardant autour de lui : « Je n'ai jamais vu d'endroit aussi laid de toute ma vie. » Il semblait sincère. Fasciné, même, par l'aspect sordide du Monsieur Muffler voisin dont l'enseigne jaune et bleue luisait sous la pluie, avec ses ampoules à moitié grillées. Je pense qu'il ressentait une espèce de parenté avec ces choses laides, abîmées, mais solides, qui se dressaient comme des fantômes glauques dans le soir venteux et mauvais.

— Y avait pas de boulevard Taschereau à Seattle ?

— Non.

— Y as-tu mis les pieds, au moins, à Seattle ?

— Ben oui.

Mais il détestait les questions directes. Jamais il ne m'a expliqué comment il avait pu berner sa famille d'accueil américaine et Jutte en même temps, et se retrouver à Winterhüde trois semaines avant son retour officiel.

— Mon père souffre de la même chose que moi, tu sais.

— La même chose que toi ?

— Ouin. La même maladie mentale.

Ainsi, il admettait au moins cela : la maladie mentale.

— Ils ne savent pas trop ce que c'est, en fait, a-t-il repris. Soit le syndrome d'ubiquité, soit le dédoublement de personnalité, soit la schizophrénie, tout simplement. Ou bien encore la mythomanie.

— C'est quoi, ça ?

— Ben, la propension à inventer des histoires.

Je n'ai plus jamais oublié ce mot. Ce n'était peut-être pas le mieux approprié pour décrire Jürgen sur le plan psychiatrique, mais c'était le plus joli et celui qui lui convenait le mieux, à mes yeux. Mythomanie.

De temps en temps, une bourrasque plus lourde cognait contre la vitre, soulignait le moment comme un claquement de métronome déréglé. Je me rappelle cette soirée comme si c'était hier. Entre deux gorgées de café, je mordillais le styromousse de mon verre. Comment était-il possible que je ressente de la paix auprès de mon agresseur? Ce paradoxe s'était remis à m'obséder. J'avais vieilli de quelques mois et je recommençais à être en mesure d'appeler les choses par leur nom. Mais quel était, au juste, *le nom des choses*? Jürgen pouvait-il m'aider à le trouver?

La seule certitude, c'était cette espèce d'apesanteur que je ressentais en sa présence. Ce bien-être arraché au monde, à ces jumeaux Dupré qui m'avaient bien fait comprendre qu'à leurs yeux, je n'aurais plus d'existence tant que je ne répondrais pas aux critères étriqués de leur petit monde fermé. Jamais je ne travaillerais chez Simons, jamais je ne ferais l'amour avec un futur champion olympique, jamais je ne parviendrais à me draper dans cette attitude hautaine et méprisante qui fait réussir.

Mais j'avais Jürgen. Oui, pendant ces semaines qu'il a passées avec moi à Longueuil, j'ai eu Jürgen. Je l'acceptais totalement et il faisait de même avec moi. Jamais il n'évoquait d'autres personnes susceptibles de l'intéresser plus que moi. Jamais il ne me donnait à comprendre que je serais plus intéressante et mieux réussie si j'étais plus ceci ou moins cela. Il était tout entier avec moi, et il l'a été aussi longtemps qu'il en a eu envie. C'était un être terriblement authentique, d'une certaine façon. À l'époque de nos cafés au Tim Hortons du boulevard Taschereau, je comprenais déjà que c'était pour cela que – oui – je l'aimais.

*

Un soir, sur le mont Royal, il m'a annoncé qu'il partait.

— Quoi? Quand?

— Demain.

— Où tu vas?

Il a eu un geste vague :

— Tu ne veux pas le savoir.

— Oh que oui, je veux le savoir. Retournes-tu à Hambourg?

— Non.

— Tes parents vont mourir d'angoisse. Donne-leur signe de vie au moins!

— Ils savent où je suis.

— Oui?

— Oui. Ils sont plutôt rassurés de me savoir avec toi.

— Ben, je comprends. Je suis pas mal moins difficile à suivre que toi!

Nous avons souri. Puis il y a eu une pause. Jürgen s'est allumé une cigarette. La nuit était tombée. Les édifices du centre-ville luisaient devant nous. Nous avons frissonné dans nos vestes d'été. J'ai passé mon bras autour de ses épaules, appuyé ma tête contre la sienne.

Un peu plus tard, je lui ai fait face. De mes deux mains, je l'ai saisi par le menton. J'ai tourné son visage vers moi et je l'ai embrassé longuement.

Nous sommes rentrés tôt à l'appartement. Mon père n'était pas là. Nous nous sommes enfermés dans ma chambre afin de nous déshabiller silencieusement, chacun de son côté. Nous nous sommes étendus nus sous les couvertures. Il a pris ma main dans la sienne sans que nous ne disions rien. J'éprouvais une envie irrépressible de m'enfouir en lui, de le humer jusqu'à ce que je m'évanouisse, de l'agripper et de l'empoigner pour que nous nous comprenions enfin. Il avait son regard énigmatique et songeur. Je pense qu'il voulait absolument éviter que je n'associe ce que nous étions en train de faire à la scène de Winterhüde. J'étais certaine que son pénis bandé soulevait la couverture – cette seule pensée m'excitait terriblement –, mais je n'osais pas vérifier et lui n'osait pas remuer. Finalement, il s'est retourné et il a commencé à me caresser. J'ai retenu mon souffle. Je l'ai laissé redécouvrir la dureté des pointes de mes seins, le crémeux de mes hanches. Je ne voulais pas détruire cette unique chance de le serrer contre moi. Si j'avais émis la moindre velléité de le posséder, si j'avais prononcé la moindre parole, il se serait jeté par la fenêtre, je crois.

Je ne l'aimais pas passionnément comme j'avais aimé Philippe avec une ardeur d'adolescente. Je l'aimais, c'est certain, et je le désirais indéniablement, mais j'étais surtout heureuse d'être admise dans ses bras et que nous fassions l'amour. C'était aussi simple que cela. Pendant un long moment, nous avons roulé sur mon lit, lui par-dessus moi, moi par-dessus lui, dans une étreinte égale et complice. Puis il m'a pénétrée doucement et, après avoir remué comme il le fallait, il a gémi dans la pénombre. Après cela, constatant que je n'avais pas joui en même temps que lui, il a mis la main sur mon sexe en le caressant doucement et il n'a pas arrêté jusqu'à ce que j'obtienne ce qu'il y avait de plus doux et de plus attentionné en lui.

Le lendemain, je l'ai mené à l'aéroport de Mirabel. Je suis demeurée sur la passerelle du public à fixer le tarmac pendant deux heures jusqu'à ce que son avion décolle pour Detroit. Un bref instant, lorsqu'il est monté dans l'autobus qui devait le mener à l'avion, je l'ai aperçu une dernière fois. Lui, toutefois, ne s'est pas retourné vers moi pour m'envoyer la main. Il était déjà ailleurs.

Je suis alors rentrée à la maison. Mon père m'attendait avec de la lasagne décongelée. Il avait fait un effort pour rentrer tôt.

— Puis, est-ce que ton ami a pris son avion? a-t-il demandé lorsque je me suis écrasée dans le divan.

La tournure de sa question m'a frappée. Jürgen avait-il pris son avion? Était-il réellement parti pour Detroit? Allait-il revenir un jour? Je me suis assise devant la télévision avec mon père, nos lasagnes sur les genoux. Aux nouvelles, ce soir-là, le soir du 3 octobre 1990, des centaines de milliers de Berlinois en liesse chantaient l'*Hymne à la joie* de Beethoven avec ferveur devant la porte de Brandebourg. Depuis minuit, heure centrale européenne, la réunification de l'Allemagne était un fait accompli.

Soirée du vendredi 4 décembre et samedi 5 décembre 2001

Sabine se tient dans l'encadrement de la porte. Elle est terriblement en retard. Elle évalue la situation. Sa mère pleure sur le divan. Philippe est interdit, debout dans le salon, et il ne sait pas quoi faire. Finalement, il décide de s'asseoir près de Liv et de lui flatter les épaules:

— Ça va aller, Liv. Elle est rentrée, maintenant.

Liv pleure encore un moment, puis elle se calme. Elle reste prostrée sur le divan, les genoux entre les bras. Philippe se tourne vers Sabine:

— Ça va, toi, Sabine? T'as passé une belle journée?

— Pas pire.

— Bon.

Il se lève.

— Je vais nous préparer à souper. Ça va nous faire du bien.

*

Plus tard, Sabine est dans sa chambre. Philippe a mis de la musique dans le lecteur CD. Son couscous répand ses effluves de gingembre et de cumin dans tout l'appartement. Il n'y a personne d'intéressant sur MSN. Philippe frappe, puis entre. Il dépose son sac de sport sur le lit de Sabine et l'ouvre. Il en sort des prototypes de costumes de patinage.

— Qu'est-ce que t'en penses? demande-t-il, les mains débordantes de tissus chatoyants.

— C'est quoi?

— *What does it look like?*

Il la regarde. Elle aussi. Ils se sourient avec complicité, puis il reprend:

— Veux-tu les évaluer pour moi? Il faut que j'en choisisse juste deux ou trois pour les commercialiser.

— Je te l'ai dit que je ne patinais plus.

— Ça ne t'empêche pas de les essayer.

— Ouin.

Il n'a pas rêvé. Elle lui a parlé en français. Il sort en fermant doucement la porte.

Sabine reste seule avec les tenues. Elle met de côté celles qui sont trop roses ou trop lilas. Elle se déshabille lentement. Elle plie chaque vêtement méticuleusement. Son t-shirt. Ses jeans. Toute droite devant le miroir, elle ajuste longuement, parfaitement, les coussinets dans son minuscule soutien-gorge. Elle se regarde avec fascination. Je suis une grande Allemande blonde, songe-t-elle. Voilà qui je suis.

Elle se tourne vers les tenues sur le lit. Elle s'empare des deux seules qui n'ont pas des couleurs de fillette. La grise. La verte. Elle les enfile tour à tour. Chaque fois, elle se contemple longuement.

— Puis? demande Philippe lorsqu'elle paraît à la cuisine.

— La grise. Et la verte.

— La verte? T'es certaine?

— Oui.

Elle se tourne vers sa mère :

— Je m'excuse, *mom*. Je ne pensais pas que tu t'inquiéterais.

— *It's okay, baby*. Ce n'était pas juste toi. J'ai eu beaucoup d'émotions aujourd'hui.

Elle va mettre du jazz dans le lecteur.

— Depuis quand tu écoutes du jazz? demande Philippe de la cuisine.

— Depuis l'Allemagne.

— Ah? Comment ça?

— Ma famille d'accueil en écoutait là-bas. Herbert – le père – enseignait la composition jazz. À seize ans, je trouvais ça vraiment débile, comme musique. Mais maintenant, j'aime ça. Ça me fait penser à eux.

— On a vieilli.

— Oui.

Hush now, don't explain
There ain't nothing to gain
You're my joy and pain
I'm glad you're back
Don't explain

— Susie Arioli.

— Oui.

— Je la connais.

— Susie Arioli? Tu la connais personnellement, tu veux dire?

— Oui. On a des amis communs.

291

— T'es vraiment une vedette, toi! Elle est comment, en personne?

— Très gentille. Belle.

— Oh.

Il s'approche. Du doigt, il trace le contour de sa joue. Liv vacille un peu. Entre la table et le comptoir, Sabine a les bras croisés. Liv doit la pousser un peu pour se frayer un passage vers le salon.

*

Le lendemain matin, de son lit, Sabine entend le subtil remue-ménage des logis calmes, sans jeunes enfants. Sa mère qui se fait un café, qui lit le journal. Philippe qui mange ses bagels, probablement.

— Sabine?

— Quoi?

— Je peux entrer?

— Ben oui.

Liv s'assoit sur le lit.

— Je sors.

— Où tu vas?

— Je ne peux pas te le dire.

— Comment ça? C'est quoi cette affaire-là?

— Je ne *veux* pas te le dire, mettons.

— Tu vas voir mon père?

— Comment tu le sais?

— Je sais pas.

— Je vais voir ton père, oui. Mais je ne veux pas que tu viennes.

— C'est correct. C'est fini pour moi, de toute façon.

— Fini ?

— Ouin.

Liv est décontenancée :

— On en reparlera, okay ? Il y a des bagels sur la table, en tout cas. Philippe est sorti en acheter ce matin. Je veux que tu manges, Sabine.

— Oui, oui, je me lève, là.

— Philippe m'accompagne à la station, mais il va revenir bientôt. Si tu sors…

— Oui. Je vais t'avertir.

Une fois sa mère partie, Sabine ne déjeune pas. Le sac de sport de Philippe est encore sur le plancher. Elle se lève. Elle enfile une tenue.

Le regard fixé sur le miroir, elle exécute une figure de patinage. Puis une autre. Il y avait jadis des entraînements le samedi après-midi. Si elle avait continué, elle aurait maintenant l'âge d'être sélectionnée par l'équipe régionale.

La porte d'entrée claque.

— C'est toi, Philippe ?

Son pas dans le corridor. Il entrebâille la porte :

— Oui.

— T'avais pas envie de voir mon père, toi non plus ?

Il sourit :

— C'était pas l'envie qui manquait, mais ta mère a pas voulu.

— Elle voulait régler ça toute seule, je pense.

Il hoche la tête :

— Bon. Et alors, qu'est-ce qu'on fait, toi et moi ?

— Est-ce que je suis obligée de faire quelque chose avec toi ?

— J'ai envie de dire oui.

— Hmm.

— T'as pas le goût?

— Oui, oui. J'ai le goût. C'est pas ça.

— C'est quoi alors?

— On peut-tu aller au restaurant?

— Certain. Où tu veux aller?

— Chez le Mexicain.

— Okay. On peut même aller magasiner après, si tu veux.

— Ouin. Peut-être.

*

Ils sont attablés devant d'énormes burritos.

— T'es fin, Philippe.

— Tu trouves?

— Oui. Même si ça me gêne un peu de te le dire...

Il rigole. Mais il précise aussitôt:

— J'ai pas toujours été fin, par exemple.

— Je le sais. C'est pour ça que je te trouve fin.

— Parce que c'est compliqué.

— Oui.

Il plante son regard dans le sien:

— Comment ça va, maintenant, Sabine?

— Ça va bien.

— Juste « Ça va bien »?

— Oui.

Elle aspire son Coke par la paille.

— Où est-ce que t'habites, au Québec?

— À Pointe-aux-Trembles.

— C'est où, ça?

— En banlieue de Montréal.

— As-tu une auto?

— Oui. J'en ai même deux.

— Pourquoi tu viens toujours en train, d'abord?

— Bonne question. Parce que ça me donne le temps de réfléchir, je pense.

Il revient à la charge:

— Sabine?

— Quoi?

— As-tu eu peur, quand tu as vu les tours tomber?

— C'est quoi le rapport?

— Pour savoir comment tu vas.

— Je vais bien. Je te l'ai dit.

Elle finit son Coke avec le plus gros bruit de succion qu'elle puisse décemment produire. À son tour, elle plante son regard dans le sien:

— C'était...

— ...

— Épeurant.

— ...

— On aurait dit que le monde n'était plus normal. Qu'il se passait des choses qui n'auraient pas dû se passer, des choses qui n'existaient pas. On aurait dit que tout pouvait s'écrouler, tout à coup.

— ...

— Et puis après j'étais tellement en colère contre Ben Laden. C'est écœurant de vouloir attaquer les gens comme ça. On n'a rien fait, nous.

— …

— J'ai été malade. Ma mère était super inquiète. Comme d'habitude.

*

Ils ont fini de manger. Sans qu'il ne le lui demande, Sabine fait une boule des papiers cirés et elle ramasse les verres de carton, les pailles. Ils se lèvent.

— Philippe?

— Quoi?

— Vas-tu déménager ici, si...

— Oui. J'espère.

— T'amèneras Katinka une bonne fois. J'aimerais ça la rencontrer.

— Tu connais ma sœur? Comment ça se fait?

Elle hausse les épaules. Elle sort devant lui sans se retourner.

*

À l'appartement, Sabine se hisse sur la pointe des pieds et sort son sac de sport du haut du garde-robe. Tout y est encore.

— Amène-moi à l'aréna, Philippe. S'il te plaît.

*

Elle est rouillée. Elle a perdu du souffle. Et puis elle a mal aux pieds au bout de dix minutes. Dans les estrades, Philippe reste là à l'observer, les jambes croisées et les bras allongés sur les dossiers des sièges, tout le temps que dure son entraînement.

Dans le vestiaire, après la pratique, son entraîneuse se plante devant elle :

— Es-tu sérieuse, Sabine ?

Elle lève la tête :

— Ben oui.

— Parce que je ne te reprendrai pas deux fois. C'est compris ?

— Oui.

*

— Philippe ?

— Oui, Sabine.

— Je vais te laisser rentrer tout seul à la maison.

— Ah ?

— Oui. Je vais aller chez Brandon. Son numéro est dans le bottin de l'école, si vous voulez me rejoindre.

— Est-ce qu'il habite loin ?

— Non, non. C'est tout près. Proche du parc.

— À quelle heure tu vas rentrer ?

— Je vais appeler pour vous le dire.

— Okay.

— Peux-tu amener mon sac ?

— Ben oui. Donne.

*

Elle se tient sur le pallier des Copeland, père et fils. Elle a peur. Elle sonne. M. Copeland ouvre la porte presque instantanément.

— Salut.

— Salut.

— Brandon! crie M. Copeland en se retournant vers l'intérieur pour prévenir son fils.

Mais Brandon a déjà pris conscience de la situation et il se précipite vers l'extérieur. Il dépasse Sabine et dévale l'escalier.

— Je sors, *dad*.

— Je vois ça.

Brandon se tourne vers Sabine :

— Ben, tu viens ou quoi ?

Douzième partie

Longueuil et Jersey City

En mai 1996, avec à peine un an «de re-tard», j'ai obtenu mon diplôme de traduction de l'UQAM. Pendant l'été qui a suivi, nous sommes parties pour New York. Sabine venait d'avoir cinq ans.

Nous avons d'abord habité un petit deux et demie sur Bloomfield Street, à Hoboken, dans le New Jersey. Mme Winter m'avait obtenu des contacts aux Nations unies et je misais là-dessus pour établir ma réputation comme traductrice de l'allemand au français. La station de métro qui franchissait l'Hudson n'était qu'à quelques blocs, et je me rendais souvent à Manhattan pour ren-contrer des troisièmes secrétaires d'ambassade qui me confiaient des documents d'importance moyenne.

L'une des premières choses que j'ai faites, au cours de l'été qui a suivi notre installation aux États-Unis, a été d'inscrire Sabine aux cours pu-blics du samedi à l'aréna d'Hoboken. Je désirais établir une routine. Donner des repères à ma fille. Mais comment m'y prendre ? J'aurais voulu qu'on lui découvre un talent héréditaire pour la flûte, mais je ne connaissais pas de professeurs, et puis cela ne semblait pas l'intéresser outre mesure.

Ce qu'elle adorait depuis toujours, c'était les chorégraphies. Or, il se trouvait justement que les filles de ma voisine de pallier faisaient du patinage artistique. Fatiguée par notre immigration, je n'ai pas cherché plus loin. Sabine était d'accord pour mettre les jupettes et les brillants et, à vrai dire, c'est tout ce que je lui demandais.

Depuis que Sabine était née, je m'étais divisée en deux. J'avais tout juste eu le temps de terminer ma première année de cégep avant sa naissance. Je m'étais arrangée avec les professeurs. J'étais une élève docile et discrète comme ils les appréciaient. Ça n'avait pas été compliqué.

L'accouchement s'est avéré une torture. J'ai accouché sous épidurale dans une chambre calme, un mardi matin de juin. J'ai poussé pendant près de trois heures pour l'expulser, évitant la césarienne de peu. En naissant, Sabine m'a déchiré le périnée. J'ai mis des semaines à m'en remettre. Et pourtant, lorsque je l'ai tenue sur moi, j'ai pleuré d'émotion. Je savais depuis plusieurs mois que c'était une fille et que je la prénommerais Sabine. Je l'ai attendue avec beaucoup d'espoir et d'impatience.

Mon père, qui m'avait menée à l'hôpital au début du travail et qui avait attendu la naissance dans le corridor avec à peine moins de calme qu'il ne lui était habituel, avait été le premier à poser ses lèvres sur le front de ma fille.

Je lui ai fait des serments passionnés, ce soir-là, seule dans ma chambre. Aussitôt que l'infirmière est partie avec Sabine, après le boire de 20 h, j'ai sonné pour qu'elle me la ramène. Ce n'était pas l'usage. J'ai insisté doucement. «D'accord, a dit l'infirmière. Mais pas toute la nuit. Il faut que tu te reposes.» Sabine contre moi, je lui ai juré de l'aimer et de la protéger avec une intensité grave. Je sortais à peine de l'adolescence. Il me semblait que la vie venait de me confier le plus précieux des fardeaux. Pour la première fois depuis des mois, je me sentais courageuse.

Pourtant, au bout de quelques semaines de maternité, j'ai recommencé à avoir peur. Je craignais de demeurer seule avec Sabine dans l'appartement lorsque mon père sortait, de prendre le métro, de regarder les nouvelles lorsqu'elles étaient mauvaises et de m'asseoir loin de la porte dans les salles de classe. J'avais cessé de prendre du Rivotril pendant la grossesse et l'allaitement. Comme bien des gens, je détestais l'idée de vivre soutenue par des pilules. Cela m'humiliait et me faisait peur.

J'étais en colère, mais je ne savais ni identifier ce sentiment ni l'exprimer. Je continuais de trouver le monde con, inintéressant et sans avenir. Je pensais que ma tristesse était due à un malfonctionnement fatal de la société. J'étais révoltée par la fascination des gens pour les tireurs fous, les agresseurs et les disjonctés de tout acabit. On commençait à valoriser les malaises psychologiques, au début des années 1990, mais à moins d'être carrément schizophrène, je ne pouvais espérer attirer l'attention de quiconque. C'est du moins ainsi que je voyais les choses.

Je ne savais pas s'il était normal d'avoir peur à ce point. Si j'étais normale. Alors je me disais : ce n'est pas moi, c'est le monde qui va mal.

Chaque fois que je m'installais pour allaiter Sabine, chaque fois que je m'endormais avec elle sur le divan, chaque fois que je me promenais avec elle sur le bord du fleuve, je me sentais invincible et sûre de moi. Je savais d'instinct lui prodiguer ce qu'il lui fallait. Elle grandissait bien. Et elle était belle. Adorablement dodue et rose. Jamais je ne me rassasiais de l'embrasser et de me pencher sur elle pour l'admirer. Pour elle, j'ai trouvé une garderie fiable, avec des éducatrices qui l'ont adorée et auprès de qui elle a traversé sa petite enfance en sécurité, pendant que je m'appliquais à obtenir un baccalauréat pour que nous puissions vivre décemment. Pour elle, je suis restée à la maison à peu près tous les soirs pendant trois ans et je n'ai pas eu d'amants ni cherché à en avoir. Mon père a été d'un soutien silencieux inestimable. Ma mère est souvent venue me prêter main-forte. Elle couchait à l'hôtel et prenait ses repas avec nous. C'était une chance d'être si bien entourée.

Mais le fait est que je me sentais divisée en deux. Alors que j'étudiais sérieusement et que je passais des heures et des heures de qualité auprès de ma fille, dès qu'elle se couchait, dès que mes travaux étaient terminés, dès que les sessions se concluaient, en mai, l'anxiété m'attaquait. Je tremblais. J'avais chaud, puis froid. J'étais morte de peur.

Il me semblait évident que cette fracture était liée aux deux mondes que je ne cessais plus de porter en moi. Le Québec. L'Allemagne.

À travers toute cette angoisse et toutes ces luttes mentales que je menais contre mon passé, je suis tombée un soir, alors que je berçais Sabine, sur une énième rediffusion de *Persona* à Radio-Québec. J'avais oublié ce film, mais une injonction venue de très loin m'a empêchée, à la vue de la plage caillouteuse de Faro, d'immédiatement zapper vers autre chose.

— Jürgen, ai-je murmuré.

Et tout de suite il m'a semblé ressentir sa présence. Il s'agissait de ce film qui le fascinait, de ce réalisateur scandinave qu'il trouvait génial. Je me suis penchée sur Sabine qui gisait, endormie, ses petites lèvres ourlées et roses. Je l'ai emmaillotée dans sa doudou et je l'ai posée contre mon épaule. J'ai regardé le film.

Malgré la maternité, la maturité ne me venait pas vite sur tous les plans, et la première émotion que j'ai ressentie, quand j'ai compris que le synopsis de *Persona* tournait autour de deux magnifiques femmes blondes, c'est de la jalousie. Physiquement, je n'étais pas du tout du même type. Je n'avais certainement pas perdu l'habitude de tout ramener à moi et il m'est soudain apparu comme une évidence que Jürgen, qui semblait se pâmer sur la blondeur scandinave, ne m'aimerait jamais. Au moins, songeai-je, Sabine était-elle d'une pâleur qui ne pourrait que l'émouvoir et flatter son ego paternel.

Le film était pour le moins psychologisant et assez angoissant. Il s'agissait d'un type de cinéma expérimental auquel j'avais été, jusqu'alors, très peu exposée. Ardemment tendue vers le téléviseur, j'ai essayé de comprendre ce que Bergman s'efforçait de transmettre. Peu à peu, Jürgen s'est révélé à moi, à travers l'histoire de ces femmes manipulatrices qui se débattaient, s'assaillaient et se détruisaient paisiblement par le silence ou, au contraire, le trop-plein verbal, dans un enfer désertique voué à la névrose. Il y avait du chantage affectif, aussi, dans ce film. Et du sexe. Beaucoup de sexe. Cela aussi, sans que je puisse me l'expliquer clairement, me révélait Jürgen.

Le plus troublant était cette scène où l'infirmière – mariée – se donnait de bonne grâce à deux garçons qui la surprenaient nue sur une plage délaissée. Elle se mettait à jouir violemment et à plusieurs reprises aussitôt que le premier garçon la pénétrait. Et elle remettait cela avec le deuxième.

Au générique, je suis tombée sur le nom de Liv Ullmann. Cela m'a causé un choc. Je suis restée devant le téléviseur longtemps après que le film a été terminé. J'aurais dû me lever pour déposer Sabine dans son berceau, mais j'avais besoin d'elle. Lorsque mon père est rentré, vers minuit, je lui ai dit que je venais de voir *Persona*.

— *Persona*? D'Ingmar Bergman? Comment t'as trouvé ça?

— Bon, je pense.

Je ne bougeais pas du sofa à cause de Sabine qui dormait sur moi. Il s'est approché. Il a caressé la tempe de sa petite-fille. Il semblait ému, mais je savais qu'à moins de le questionner immédiatement, je n'en saurais jamais plus. Je l'ai donc regardé :

— Papa ?

— Oui, Liv ?

— Est-ce que c'est à cause de ce film-là que tu m'as appelée Liv ?

— Oui.

— Pourquoi ?

— Je ne sais pas. Honnêtement, Liv, je n'ai rien compris à *Persona*. J'avais été voir ça avec une fille qui se pensait intéressante parce qu'elle trippait sur le cinéma de répertoire. J'y suis allé avec elle pour lui faire plaisir, mais je n'avais pas l'intention d'aimer ça. J'étais plutôt du type *M.A.S.H.* ou *Le parrain*, tu vois le genre.

Il a soupiré.

— Il y a quelque chose dans ce film-là. Le silence. L'île isolée, forgée par le vent et la mer pendant des millénaires. Ça m'expliquait peut-être le Québec, d'une certaine façon. Cette impression d'habiter un endroit oublié du reste du monde. Ce qu'on est capable d'endurer avec notre cerveau d'humain. Les choses qu'on n'est pas capable de se dire. Et puis la beauté lumineuse des deux femmes...

— Mais je ne leur ressemble vraiment pas. Ça doit te décevoir !

— Non. Ça ne me déçoit pas.

Il y a eu un silence. Il s'est retenu de me dire de ne pas tout ramener à moi.

— Tu ne me déçois pas du tout, a-t-il fini par me dire avec beaucoup de tendresse.

*

Bergman jeune ressemblait beaucoup à Jürgen. Une photo dans une revue française de cinématographie leur donnait le même visage sérieux et appliqué, comme élevé vers une lumière qui ne pouvait venir que d'ailleurs. Mais Jürgen, contrairement à Bergman, avait horreur des bonnets. Cela le contraignait. La seule pensée de se mettre quelque chose sur la tête lui procurait une immense frustration, disait-il.

Au fond, je pense que ce que Jürgen aimait chez Bergman, c'était la brutalité de son univers. La cruauté pure de l'image non filtrée. Je pense que Jürgen s'identifiait à la communication rudimentaire du cinéaste, à l'absence de forme. Et puis, bien sûr, il y avait cette histoire de porosité des limites, où est-ce que je commence, où est-ce que tu te termines, n'est-il pas effarant de constater que nous nous ressemblons tous, et qu'est-ce que nous faisons ici à tenter de construire une réalité. Il est certain que cela devait plaire à Jürgen.

Si je revoyais Jürgen aujourd'hui, j'aimerais lui souligner que Bergman a eu neuf enfants. Un parent ô combien absent et imparfait, comme nous le sommes tous, mais un homme de famille, bel et bien. Je suis certaine que cela ferait réfléchir Jürgen. Même s'il n'apprécierait pas que je sois demeurée prosaïque et entêtée à le ramener près de moi et de Sabine.

D'une certaine façon, *Persona* m'a aidée à comprendre que cela ne pouvait pas continuer ainsi. Fille-mère dans un cinq et demie de Longueuil – le cinq et demie de mon père –, il était temps que je pose les bases de ce qui deviendrait mon autonomie et mon équilibre. Ma vie. Lorsque enfin j'ai obtenu mon diplôme de traduction, j'ai décidé de partir.

J'associais mon angoisse à Jürgen. Je voulais le retrouver pour qu'il m'explique ma vie et qu'il la guérisse. Je voulais l'accuser, aussi. Lui imputer tout ce qui avait mal été dans ma vie et qui n'avait pas suivi le chemin idéal. Je savais qu'il y avait peu de chances qu'il reconnaisse la paternité de Sabine. Je n'avais pas l'intention de lui imposer des tests. Mais j'étais décidée à tenter le tout pour le tout, à lui arracher le peu qu'il pourrait me donner.

Nous sommes donc parties pour New York. J'ai commencé à y travailler pour les Nations unies. On m'y offrait des contrats stables qui me procuraient une sécurité financière, pendant que le soir, je bûchais fiévreusement sur des contrats privés que je dénichais ailleurs. Je rêvais de m'installer à mon compte. Pendant l'hiver de 1998, à travers les soins que je donnais à Sabine et les innombrables heures passées à mes traductions, j'ai enfin amassé assez de courage pour contacter Jürgen. Grâce à Internet, je connaissais son adresse et son numéro de téléphone. Je l'ai appelé. Je lui ai donné rendez-vous dans Battery Park. Il y avait six ans que je ne prenais plus de médication et j'espérais qu'il ne me trouverait pas si bouffie, cette fois.

Il m'a donné des nouvelles précises et raison-
nables : il vivait en couple, il communiquait par
courriel avec sa mère, il travaillait pour une compagnie de transport. Il était tentant de le croire.
Nous nous sommes quittés en bons termes. Mais
le rendez-vous ne m'a pas apaisée et quelques semaines plus tard, j'ai consulté un médecin. Pour
le bien de Sabine, j'ai recommencé à me médica-
menter.

*

Après cela, je n'ai revu Jürgen qu'une seule
fois. C'était en décembre 2001, peu de temps
après les attentats contre le World Trade Center.
Il m'avait donné rendez-vous sur les quais de
l'Hudson, à Union City, devant cet endroit précis
où un avion de la US Airways s'est posé en catastrophe en janvier 2009. C'est lui qui avait insisté
pour se déplacer si loin de son domicile. Je ne sais
pas ce qu'il désirait ainsi dissimuler.

J'étais dans une drôle de période de ma vie.
Philippe venait de me retrouver grâce à une
indiscrétion de ma mère. Je ne savais pas ce
qui lui avait pris de me rechercher ainsi. Il avait
sonné à ma porte quelques semaines après le 11
septembre 2001. Depuis, nous nous adonnions à
un long et fragile réapprivoisement, lui et moi.

Sabine n'allait pas très bien. Elle avait été
malade et puis on se plaignait d'elle à l'école. On
me disait qu'elle faisait preuve d'indolence et de
bizarrerie. Je n'avais pas de peine à le croire. Elle
était bien la fille de son père.

Le soir du 11 septembre 2001, Jutte avait téléphoné. Elle était convaincue que Jürgen s'était trouvé aux alentours du World Trade Center, ce jour-là. Il n'y avait aucune raison pour qu'elle pense cela, et pourtant je comprenais son angoisse. Pour la rassurer, j'ai accepté de consulter les listes de victimes. J'ai mené de brèves recherches. Lorsque je suis partie à sa rencontre, ce jour-là, je savais que Jürgen habitait un deux et demie à Brooklyn, qu'il était employé dans un bar de jazz où il jouait parfois de la musique, qu'il n'avait ni conjointe ni enfant, qu'il était devenu citoyen américain sous le nom de Eckman (sans, pour autant, avoir abandonné sa citoyenneté allemande), et, surtout, qu'il déjeunait tranquillement chez Ott Bagel, sur Manhattan Avenue, dans Prospect Heights, le matin du 11 septembre 2001.

Philippe a marché avec moi jusqu'à la station Harborside, ce matin-là. Il insistait pour m'accompagner à mon rendez-vous avec Jürgen. J'ai refusé.

— C'est le père de Sabine, non?

— Oui.

— Laisse-moi venir avec toi.

— Pourquoi?

— Pour lui casser la gueule.

J'ai ri.

— C'est quoi, le rapport?

— Il t'a fait souffrir.

— Toi aussi, je te ferai remarquer.

— Physiquement, je veux dire.

— Pas tant que ça. Et puis tu n'en sais rien. Si tu veux m'aider...

— Je vais m'occuper de Sabine jusqu'à ce que tu reviennes. Inquiète-toi pas.

— Okay. Merci, Philippe.

Je me suis engouffrée dans l'escalier qui menait sous terre. Comme toujours, il était traversé de bourrasques qui sentaient le goudron et les déchets. Des trajets d'autobus et de métro, il y en a eu des milliers, dans ma vie. Tout au long de celui qui me menait vers Jürgen, ce jour-là, j'ai pensé à ce que cela avait représenté, tout au long de cette route ténue qui au bout du compte avait fait de moi une adulte, cette accumulation d'heures inertes dans des engins qui me menaient d'un endroit à un autre. L'autobus 30 avec mon walkman entre le carré d'Youville et la rue Sherwood, à Notre-Dame-des-Laurentides. L'U-Bahn qui me menait chaque jour de Garstedt à Klein Borstel, alors que j'étais torturée par l'envie d'être ailleurs. Le trajet fatal qui m'avait menée chez Jessica, le 10 novembre 1989.

Je suis descendue à la station Port Imperial. J'ai marché vers un café de Ferry Boulevard. Je pensais à Jürgen, bien sûr, à cette unique fois où nous avions fait l'amour. En me rendant vers lui ce jour-là, j'avais le dessein clair de mettre un terme à notre histoire. Le mythe de mon adolescence, de toute façon, était sur le point de se fracasser. Le miroir se pulvérisait en millions de minuscules fragments. Il n'était plus possible de considérer Jürgen comme un agresseur. Je n'excusais pas cette mauvaise soirée à Winterhüde.

Mais j'avais été là, moi aussi. Mes gestes, mes pensées et mes décisions avaient compté dans ce qui était arrivé.

J'ai émergé de la bouche de métro. J'ai vu Jürgen, au loin, qui m'attendait sur un banc de parc. J'ai marché vers lui, consciente que la libération résidait dans ces pas que je posais librement en allant à sa rencontre, dans ce courage que j'avais eu d'exiger un rendez-vous avec lui. Je ne redoutais pas de me trouver face à lui. Le plus difficile était déjà fait. J'avais renoncé à mon histoire de malheur.

— Tiens, dit-il.

— Qu'est-ce que c'est?

— Un morceau du mur de Berlin.

Du béton coloré d'environ deux pouces de largeur, avec un minuscule signe de paix tracé en noir.

— Où t'as eu ça?

— À Berlin.

Il hésite.

— J'étais là, en 1989. En décembre.

— En décembre?

Elle se met à trembler.

— Je ne me souviens même plus de la raison pour laquelle je ne t'ai pas contactée. Mon entraîneur, sûrement. Une compétition, je ne sais plus.

— Tu étais là et tu ne m'as pas appelée!

Elle pleure.

— Si tu savais comme j'ai pensé à toi.

— Je sais. Moi aussi.

— Ne mens pas!

— Mais c'est vrai. Au début, quand tu es partie là-bas, en Allemagne, je t'ai dit à quel point tu me manquais. Mais je ne comprenais pas ce que je te trouvais. Puis j'avais pas le goût d'écrire. J'étais trop jeune. Trop égoïste.

Elle tourne et retourne le morceau du mur de Berlin dans sa main. Il se penche pour l'entourer de ses bras, mais elle le repousse. Elle se lève pour aller chercher un mouchoir. Dans la salle de bains, elle attend que ses larmes se tarissent. Puis elle revient s'asseoir près de lui, le mur de Berlin dans sa main.

— Tu sais ce qu'il représente, ce béton, pour les Allemands ? demande-t-elle avec calme.

— Non.

— La réconciliation.

Elle étend sa main contre la sienne, le morceau de béton froid entre leurs paumes.

— Dans les mois qui ont suivi la chute du mur, en 1990, explique-t-elle, le gouvernement ouest-allemand s'est mis à préparer la réunification. Il y avait des résistances. Certains Allemands de l'Est ne voulaient pas du capitalisme, qui leur paraissait frivole et destructeur. À l'Ouest, il y en avait qui craignaient les centaines de milliers de chômeurs qu'il faudrait soutenir pour réussir la fusion de l'Est et de l'Ouest. Alors, pour amadouer l'opinion populaire, le gouvernement a entrepris une campagne de publicité colossale qui jouait sur l'émotion. Sur le passé commun et le sentiment de parenté. À l'Est comme à l'Ouest, ils étaient tous des Allemands, après tout ! Ils devaient prouver au monde que des frères et des sœurs de sang étaient capables de s'entendre. Réussir la réunification des Allemagne devenait un gage de paix universelle. Et puis le pays, d'un côté comme de l'autre, avait encore beaucoup à prouver, quarante-cinq ans après la fin de la

314

guerre. Dans des dizaines de stations de métro, on a donc posé des affiches qui montraient le mur de Berlin démoli, avec des gros blocs de béton qui gisaient autour, sur la chaussée. «*Aus diesen Steinen*, disaient ces affiches, *laßt uns Brücken bauen.*»

— Qu'est-ce que ça veut dire?

— De ces pierres, construisons des ponts.

Elle explique cela, mais elle se tient droite, à distance. Elle revient de son rendez-vous avec Jürgen et Philippe n'a aucune idée de ce qu'ils se sont dit. *Love, only love, can break down the walls someday*, chantaient les Scorpions quand il était jeune. Peut-être qu'il a perdu tout espoir.

Machinalement, imperceptiblement, il caresse le morceau de mur de son pouce, pour se réconforter, et ce faisant il effleure sa paume à elle. Elle tressaille. Elle le regarde.

Elle le veut. Oh! qu'elle le veut. Mais elle a la tête lourde. Le cerveau plein de ces significations qu'il faut donner au sexe. Si je fais enfin l'amour avec Philippe après toutes ces années, je ne pourrai plus le haïr, et est-ce que je le désirerai encore après, et est-ce que ma vie sera encore ma vie si je lui retire l'unique mythe sur lequel elle se fonde, maintenant que j'ai aussi pardonné à Jürgen?

Il se lève. Il pose le morceau de béton sur la commode. Il revient vers elle.

Ce ne sont pas, alors, des gestes d'adolescents timides dans une chambre de Notre-Dame-des-Laurentides. Non. C'est une conflagration d'émotions, un épouvantable tumulte, c'est un débordement violent qui les fait se pousser, s'entrechoquer, se griffer, se mordre et se lécher. Ils roulent et tombent du lit, ils se cognent la tête sur le plancher. Cette étreinte se superpose à combien d'autres dans le passé, et jusqu'où fallait-il aller pour oblitérer ces moments qui l'ont traumatisée, Philippe qui renonce au condom dans sa chambre de jeune fille, les épaules de Sacha sur fond de chute du mur, la conception de Sabine dans un cinq et demie à Longueuil, ces étreintes brûlantes et pourtant pénibles, inoubliables, sur lesquelles elle échafaude depuis douze ans une histoire malheureuse qui n'attendrit qu'elle-même? Elle prend son pénis comme s'il était un bâton sec à casser, elle le serre le plus fort qu'elle peut, elle veut l'entendre retenir son souffle sous la douleur, mais en demander plus aussi. Il lui écrase les seins et l'étouffe avec sa langue enfoncée au plus profond d'elle. Et c'est ainsi qu'ils se veulent.

Et maintenant ils reposent par terre, lacérés, exténués. C'est la nuit.

— Sabine! s'écrie Liv, subitement folle d'angoisse. Où est Sabine?

— Elle a téléphoné pour avertir qu'elle soupe chez Brandon.

— Brandon? demande Liv interloquée. Brandon qui?

— Un garçon de sa classe.

— Oh.

Elle se soulève sur un coude. Le regarde.

— Tu savais ça, toi.

— Ben, par hasard, là.

— Tu savais qu'on serait seuls.

Elle s'étonne de son attention, de sa délicatesse. C'est bien le Philippe qu'elle a connu jadis. Et ce n'est plus lui. Elle pose sa tête contre son épaule. Les choses passées, présentes et à venir sont comme elles doivent être. Finalement.

Dehors, sur l'Interstate, un camion particulièrement lourd passe en grondant. Les murs en tremblent. Sur la commode, le mur de Berlin vacille, bascule, tombe par terre. Dans sa chute, il se désagrège.

GARANT DES FORÊTS
INTACTES

Tous les livres des Éditions Triptyque sont désormais imprimés sur du papier 100 % recyclé postconsommation (exempt de fibres issues des forêts anciennes) et traité sans chlore.

L'impression de *La chute du mur* a permis de sauvegarder l'équivalent de 7 arbres de 15 à 20 centimètres de diamètre et de 20 mètres de haut. Ces bienfaits écologiques sont fondés sur les recherches effectuées par l'Environmental Defense Fund et d'autres membres du Paper Task Force.

Marquis imprimeur inc.

Québec, Canada
2010